Aufbruch

»Hast du keinen Hunger?«, fragte Ludwig Sedlacek seine Frau, die mit der Gabel lustlos auf dem Teller vor ihr in den Semmelknödeln herumstocherte.

»Ich weiß nicht. Ich habe schon seit ein paar Tagen keinen richtigen Appetit«, antwortete Rosina und verzog das Gesicht zu einem unsicheren Lächeln.

»Was ist denn los mit dir? Gibt es irgendeinen Grund für deine schlechte Laune?«

»Eigentlich nicht ...«

»Was heißt denn hier eigentlich?«

Rosina ließ ihre Gabel fallen und rückte ihren Stuhl vom Tisch weg.

»Mir geht momentan einfach alles auf die Nerven. Die Arbeit im Labor mit den bescheuerten Patienten, die enge Wohnung hier, in die kaum Licht fällt. Und Geld haben wir ja auch nie genug«, schimpfte Rosina. »Wien habe ich sowieso über.«

»Und mich wahrscheinlich auch, schätze ich mal.«

»Ah geh! Das hat nichts mit dir zu tun. Ich müsste einfach nur mal raus. Irgendwas anderes sehen als immer nur die gleichen Goschen.«

»Und wovon willst du das bezahlen? Wie du weißt, kommen wir auch ohne Extravaganzen nur knapp über die Runden.«

Sichtlich verärgert räumte Ludwig seinen Teller in die Spülschüssel. Rosina antwortete nur mit einem tiefen Seufzer und ließ sich resigniert gegen die Stuhllehne fallen.

»Ich würd' gern, was weiß ich, nach Italien oder so fahren. Da soll es jetzt im Frühling …«

»Jetzt spinnst wohl komplett. Nach Italien! Zu den drecks Katzelmachern[1]«, polterte Ludwig.

»Was hast du denn gegen die Italiener?«

»Diese ganze Mussolini-Bande, dieses ganze feige Gesindel hat unseren Adolf doch im Regen stehen lassen, als es hart auf hart kam. Mit denen kannst du eben keinen Krieg gewinnen. Das hätte unser Führer vorher wissen müssen.«

»Der Krieg ist jetzt fast fünf Jahre vorbei. Aber du bist und bleibst ein alter Nazi. Hast du denn immer noch nicht die Nase voll von der braunen Bande?«

Rosina schüttelte verständnislos mit dem Kopf. Ludwig war im Grunde kein übler Kerl. Im Gegenteil: Er ging nicht zu oft ins Wirtshaus, nahm seine Arbeit als Drogist ernst und wurde ihr gegenüber nie handgreiflich. Da hatte sie von Kolleginnen aus dem Röntgen-Institut schon ganz andere Sachen gehört. Erst kürzlich war die Franzi Piontek mit einem blauen Auge zum Dienst erschienen. Und der Mann von der Vroni Moser versoff regelmäßig seinen halben Lohn. Zugegeben: Ihr Ludwig war nicht gerade ein Märchenprinz und sicherlich nicht der unterhaltsamste Ehemann der Welt. Aber er war verlässlich. Ja, das war er. Rosina ärgerte sich zwar jedes Mal, wenn ihr »Wiggerl« einem schönen Mädchen auf der Straße hinterherglotzte. Aber sie war sich ziemlich sicher, dass er sich zu

1 Abfällige Wiener Bezeichnung für Italiener.

mehr als anschauen nicht hinreißen lassen würde. Außerdem hatte er ja sie, Rosina, eine von vielen Männern umschwärmte junge Frau, die jedem als Gattin gut zu Gesicht gestanden hätte.

»Hör zu, Ludwig. Wenn du mir ein paar Schilling für die Reise geben könntest, ich meine ...«

»Du willst also ernsthaft fahren?«

»Es ist doch nur für ein paar Wochen. Ich möchte so gern einmal den Frühling in Mailand oder sonst wo erleben«, bettelte Rosina und schob wie ein kleines Kind die Unterlippe vor.

»Und was ist mit mir? Was ist mit dem Burli? Wer kümmert sich um das Kind?«

»Deine Mutter. Ich habe schon mit ihr gesprochen, dass sie den Kleinen übernimmt, solange ich weg bin.«

»Das wird ja immer schöner. Meine Mutter hast du auch für deine Spinnereien eingespannt.«

»Ja, schau, Ludwig. Was hast du davon, wenn du eine Ehefrau hast, die immer mit langem Gesicht herumsitzt und jammert? Ich bleib ein paar Wochen in Italien und bin dann wieder dein geliebtes Weibchen hier in Wien.«

»Ich hätt's wissen müssen, dass du das Sesshafte nicht in dir hast. Das kommt davon, wenn man eine halbe Zigeunerin ist.«

»Lass meine Familie aus dem Spiel. Die hat schon genug durchgemacht, ohne dass du sie noch durch den Dreck ziehen musst«, fauchte Rosina ihren Mann an.

Sie hätte sich denken können, dass Ludwig mit ihren Plänen nicht einverstanden war. Er war halt ein Ur-Wiener, war nie irgendwo anders gewesen und hatte auch nie so etwas wie Fernweh verspürt. Erst kürzlich hatte sie in einem Magazin beim Friseur einen Artikel über die Adria gelesen. Die Fotos, die ein tiefblaues Meer und weiße Strände mit bunten Sonnenschirmen zeigten, hatten in ihr eine schier unstillbare Sehnsucht geweckt. Einmal nach Venedig! Einmal dort über die Promenade an San Marco spazieren und eine der berühmten italienischen Eissorten probieren!

Rosina hatte sich erkundigt: Zwischen Wien und Venedig lagen gerade mal sechshundert Kilometer. Für eine Bahnfahrkarte hatte sie kein Geld, das war klar. Aber per Autostopp könnte sie in zwei bis drei Tagen in Norditalien sein. Sie wusste, dass es nicht ganz ungefährlich sein würde, als Frau alleine in ein fremdes Auto einzusteigen. Aber sie wusste sich zu wehren, wenn's drauf ankam. Das hatte sie erst wenige Tage zuvor getan, als ihr Dr. Oberhofer ohne Vorwarnung an den Hintern gelangt hatte. Sie hatte ihm reflexartig eine Ohrfeige verpasst. Hinterher war sie erschrocken über ihre heftige Reaktion und hatte gefürchtet, dass Oberhofer sie entlassen würde. Aber dem war nicht so. Der Doktor hatte so getan, als sei nichts vorgefallen.

Nachdem Rosina ein ganzes Wochenende lang weitgehend stumm und mit betrübter Miene ihre Hausarbeit erledigt hatte, platzte Ludwig irgendwann der Kragen.

»Also, bevor ich dein langes Gesicht noch weiter ertragen muss: Fahr halt nach Italien. Wenn's dich glücklich macht.«

»Im Ernst?« Rosina blieb vor Staunen der Mund offen stehen.

»Passen tut's mir nicht. Aber wenn du zurückkommst …«

»Na klar komme ich wieder zurück. Was denkst denn du? Das verspreche ich dir hoch und heilig, Ludwig.« Rosina warf sich ihrem Mann freudestrahlend an den Hals.

»Du kannst dir nicht vorstellen, was mir das bedeutet«, flüsterte sie ihm ins Ohr.

»Ich hoffe nur, dass ich das nicht bereue.«

»Ganz sicher nicht. Ich schreibe dir auch einmal die Woche. Ganz sicher.«

Eine Woche später stand Rosina mit einem kleinen hellblauen Koffer an der Ausfallstraße im Wiener Stadtteil Mödling. Sie trug einen Strohhut mit blauer Schleife auf dem Kopf, ihr rot getupftes weißes Lieblingskleid und eine extravagant aussehende Sonnenbrille, die ihr die Kolleginnen vom Röntgeninstitut zum Abschied geschenkt hatten. Rosina hatte ihrem Chef Dr. Oberhofer gehörig um den Bart gehen müssen, um unbezahlten Urlaub für drei Monate zu bekommen. Bei Männern, das hatte Rosina schon in jungen Jahren herausgefunden, musste sie nur mit den Wimpern klimpern und ihr süßestes Lächeln aufsetzen, und schon fraßen sie ihr quasi aus der Hand.

Sie hatte keine Ahnung, wie sie den Autofahrern oder den Jungs in den Lastwagen, die über die breite Straße Richtung Süden rollten, signalisieren sollte, dass sie eine Mitfahrgelegenheit suchte. Etliche hatten zwar der hübschen jungen Frau am Straßenrand zugewinkt oder gehupt. Aber sonst war nichts passiert. Nachdem sie eine halbe Stunde lang vergebens in der herrlichen Frühlingssonne darauf gewartet hatte, dass jemand anhielt und sie mitnahm, beschloss sie, bis zur nächsten Tankstelle zu laufen, um dort vielleicht jemanden anzusprechen. Auf ihre Stöckelschuhe hatte sie zugunsten von einfachen weißen Sandalen verzichtet, was sich als nützlich herausstellen sollte, denn der Fußmarsch zog sich zu ihrem Leidwesen ziemlich in die Länge. Außerdem musste sie noch ihren Koffer schleppen, der zwar nicht besonders schwer war, aber zum Tragen sehr unhandlich.

Als sie endlich eine Tankstelle erreichte, war ihre Kehle schon wie ausgetrocknet. An einem Schlauch, der in der

Nähe der Zapfsäulen hing und zu einem Wasserhahn führte, löschte sie ihren Durst. Sie war gegen sechs Uhr in der Früh von zu Hause aufgebrochen, jetzt war es fast acht. An der Tankstelle war kaum etwas los. Lediglich ein Lastwagen mit der Aufschrift »Spedition Schmiedinger« wurde gerade vom Tankwart, einem schlaksigen, jungen Mann mit mürrischem Gesicht, betankt. Rosina schnappte ihren Koffer und lief um den Lkw herum. Entschlossen klopfte sie von außen an die Fahrertür.

»Entschuldigen Sie, dass ich Sie so einfach anspreche. Aber ich suche eine Mitfahrgelegenheit«, sprach Rosina den Mann an, der auf ihr Klopfen hin den Kopf aus dem Fenster steckte.

»Wo wollen Sie denn hin, schöne Frau?«

»Nach Süden. Richtung Italien.«

»So ganz allein?«

»Ja klar, warum nicht?«

Der Lkw-Fahrer, ein stämmiger Mittvierziger mit Stoppelbart, schüttelte den Kopf.

»Na, Sie trauen sich ja was. Ich fahr bis Klagenfurt. Muss eine Fuhre Maschinenteile abliefern. Bis dort kann ich Sie gerne mitnehmen.«

Eine Minute später saß Rosina auf dem Beifahrersitz des MAN-Lastwagens, den kleinen blauen Koffer auf dem Schoß. Jetzt ging es endlich los, ihr italienisches Abenteuer. Sie konnte ihr Glück kaum fassen, dass sie direkt bis Klagenfurt mitgenommen wurde. Das war mehr als die halbe Strecke bis Venedig. Unterwegs versuchte der Fernfahrer – er hieß übrigens Xaver –, ein wenig mit ihr zu flirten. Um ihn bei Laune zu halten, erzählte Rosina ihm von ihrer Arbeit im Röntgenlabor, von ihren Kolleginnen und von ihrem kleinen Sohn Franz, der jetzt daheim von der Oma betreut wurde.

»Was wollen S' denn in Italien?«, fragte Xaver beiläufig.

»Na, mir alles anschauen, andere Menschen sehen, am Meer in der Sonne liegen. Was man halt so macht in Italien«, antwortete Rosina.

»Das kostet aber Geld.«

Rosina zuckte mit den Schultern. Sie machte sich keine allzu großen Sorgen, wie sie jenseits der Alpen über die Runden kommen würde. Notfalls könnte sie in einem Restaurant in der Küche helfen. Das hatte sie als Sechzehnjährige schon mal in einem Heurigen-Lokal in der Grinzing gemacht. Allerdings nur zwei Wochen, bis der Chef, ein widerlicher Kerl mit Bierbauch und dunklen Tränensäcken, sie im Weinkeller in die Ecke gedrängt und begrapscht hatte. Seither war sie vor fremden Männern auf der Hut, wenn sie mit ihnen alleine war. Während der Fahrt war sie vor Xaver jedenfalls sicher, auch wenn er in regelmäßigen Abständen zu ihr hinüberschielte und dabei beängstigend lange die Straße aus den Augen ließ.

Nach zwei Stunden Fahrt hielten sie an einer Raststätte an, um eine Kleinigkeit zu essen. Xaver lud Rosina sogar auf eine Limo und eine Burenwurst ein. Als sie sich auf dem Rückweg zum Lastwagen bedankte, winkte Xaver ab.

»Keine Angst. Ich verlange dafür keine Gegenleistung. So einer bin ich nicht«, versicherte er ihr beim Einsteigen. Und Rosina lächelte ihn dankbar an. Sie fühlte sich so frei wie noch nie in ihrem Leben, als der Lkw durch die Serpentinen der Passstraße nach oben kurvte und sie die Sicht auf die noch schneebedeckten Berge im Vorbeifahren genießen konnte. Sie war noch nie außerhalb von Wien gewesen, außer einmal in Salzburg, bei Ludwigs Tante Mali.

Am Bahnhof in Klagenfurt hielt Xaver seinen Lastzug an und ließ Rosina aussteigen.

»Viel Glück, Mädchen«, wünschte er ihr zum Abschied. »Und pass gut auf dich auf.«

Die erste Etappe wäre schon mal geschafft, freute sich Rosina. Da es schon später Nachmittag war, beschloss sie, nicht weiterzufahren, sondern sich eine preiswerte Unterkunft zu suchen. Nachdem sie mehrere Passanten nach einer Pension gefragt hatte, schickte ein freundlicher älterer Herr sie in die St.-Peter-Straße, wo sie in einem ziemlich heruntergekommenen Hotel ein bezahlbares Zimmer fand.

Am nächsten Morgen war Rosina schon früh auf den Beinen. Nach einem eher bescheidenen Frühstück machte sie sich auf die Suche nach einer Tankstelle. Was einmal geklappt hat, klappt auch ein zweites Mal, dachte sie sich. Diesmal wurde ihre Geduld jedoch auf die Folter gespannt. Sie versuchte es bei einem älteren Herrn, der seinen Opel betanken ließ. Doch der fuhr nicht in Richtung Adria. Sie handelte sich fünf weitere Absagen ein und war kurz davor, ihre Hoffnung aufzugeben, als ein dunkelroter Borgward Isabella an der Zapfsäule vorfuhr. Ihm entstieg ein kugelrunder kleiner Mann mit dunklem Anzug, Menjou-Bärtchen und elegantem schwarzen Hut. Nachdem er den Tankwart angewiesen hatte vollzutanken, schaute er sich um und entdeckte Rosina, die sich auf eine kleine Mauer gesetzt hatte und ihre nackten Füße massierte. Der Mann baute sich breitbeinig vor Rosina auf und betrachtete sie voller Interesse.

»Schon richtig heiß heute, was?«, eröffnete er das Gespräch.

»Schon fast zu heiß. Meine Füße brennen ein wenig«, antwortete Rosina.

»Was machen Sie hier so ganz alleine, wenn ich fragen darf?«

»Dürfen Sie. Ich bin auf dem Weg nach Italien und hatte gehofft, dass ich hier jemanden finde, der mich ein Stück mitnimmt.«

»Da haben Sie aber Glück, meine Dame. Ich fahre zufällig in Richtung Triest.«

»Ehrlich? Das ist ja ganz wunderbar. Wie weit ist es denn bis dorthin?«, wollte Rosina wissen.

»Ich denke, so um die fünf Stunden. Es scheint nicht so viel Verkehr zu sein.«

»Dann könnte ich ja schon heute Nachmittag in Italien sein. Wie toll!«

»Darf ich Ihren Koffer zum Wagen tragen?«

»Sehr gerne.«

Wenig später rollte der Borgward vom Tankstellen-Gelände, und Rosina konnte sich entspannt im bequemen Beifahrersitz zurücklehnen. In einem solch luxuriösen Auto war sie noch nie gefahren. Sie bewunderte die blinkenden Armaturen und die lange Frontpartie des Wagens. Ihr Fahrer, den sie auf Anfang fünfzig schätzte, erzählte ihr, dass er Schuhvertreter sei und zum Einkaufen neuer Ware regelmäßig nach Italien fahre.

»Dort gibt es einfach die elegantesten Modelle, das kriegen wir in Deutschland nicht hin«, verriet er Rosina unterwegs.

Er heiße im Übrigen Eugen Häberle und komme aus Stuttgart. Die ganze Fahrt über riss der Redefluss des Schwaben nicht ab. Er erzählte Rosina von seiner Frau, die in den letzten Jahren für seinen Geschmack etwas zu sehr aus der Form geraten war, von seinen drei schon erwachsenen Kindern und von seiner kleinen Firma, die so kurz nach dem Krieg schon erstaunlich gut lief.

»Die Leute brauchen ja immer Schuhe. Ohne geht's nun mal nicht«, philosophierte Häberle vor sich hin, während Rosina hin und wieder gelangweilt die Augen schloss und das Gebrabbel ihres Nebenmanns nur mit einem gelegentlichen Kopfnicken kommentierte. Sie konnte sich nicht sattsehen an den wunderbaren Landschaften, an denen sie vorbeiglitten. Vor allem der Wörthersee gleich hinter Klagenfurt hatte es ihr angetan. Hin und wieder wies Häberle sie auf eine Besonderheit am Straßenrand hin, was den Schwaben allerdings nicht davon abhielt, weiter ohne Punkt und Komma zu schwadronieren. Schon bald erreichten sie die italienische Grenze in der Nähe von Villach, und am frühen Nachmittag rollte der Borgward schließlich durch die engen Gassen von Triest.

»Also, meine Liebe, es war mir ein großes Vergnügen, eine solch hübsche Dame als Mitfahrerin zu haben. Wissen Sie schon, wo Sie zu übernachten gedenken?«, wollte Häberle wissen, als sie am Hafen vorbeifuhren.

»Ich suche mir wieder eine kleine Pension. Ein wenig Geld hab ich schon dabei. Dafür wird's reichen.«

»Ich meine, wenn Sie Lust hätten, könnten wir uns ein Hotelzimmer teilen und ich würde Sie heute Abend groß zum Essen ausführen. Was meinen Sie?«

»Ich glaube, das ist keine so gute Idee, Herr Häberle. Dazu müssten wir ja verheiratet sein. Hier in Italien sind die Leute doch noch so katholisch. Und wenn das Ihre Frau erführe ...«

»Ach, meine Frau ist mir ziemlich egal. Sie können es sich ja noch überlegen. Ich steige im Hotel Bellavista ab, das liegt nur drei, vier Gehminuten vom Hafen entfernt an der Cattedrale San Guisto Martire. Gegen ein kleines Extrascheinchen drückt der Hotelchef auch mal ein Auge zu.«

Rosina griff nach ihrem Koffer, öffnete die Beifahrertür und bedankte sich bei Häberle fürs Mitnehmen, ehe sie mit schwingenden Hüften am belebten Hafenbecken vorbei in Richtung Innenstadt schlenderte. Sie hatte sich noch im Auto die Lippen mit einem neuen, leuchtend roten Stift nachgezogen und ihren Strohhut aufgesetzt. In ihrem rot gepunkteten Kleid und in den Sandalen mit den weißen Söckchen sah sie hinreißend aus, wie auch die zahlreichen Ragazzi an der Hafenpromenade fanden, die ihr fröhlich hinterherpfiffen und versuchten, sie auf ein Gläschen in die nächste Bar zu locken. Rosina war auch in Wien durchaus daran gewöhnt, dass sie Aufsehen erregte, wenn sie vom Röntgeninstitut zur Straßenbahnstation lief. Allerdings waren die österreichischen Männer bei Weitem nicht so unverschämt, was das Flirten anbelangte, wie die Italiener.

Bis zum Dunkelwerden waren es nur noch ein paar Stunden, wie Rosina mit ein wenig Unbehagen feststellte. Sie musste irgendwo einen Platz zum Schlafen finden. Schließlich konnte sie nicht auf irgendeiner Parkbank übernachten. Dafür waren die Nächte noch zu kalt. Doch zuerst wollte sie sich ein Eis gönnen nach der langen, anstrengenden Fahrt. Sie fand ein hübsches Café mit Blick auf die sanft auf dem Wasser schaukelnden Fischerboote im Hafen von Triest und bestellte sich einen Kaffee und ein großes Eis. Vorher hatte sie der stämmigen, dunkelhaarigen Bedienung signalisiert, dass sie lediglich österreichische Schillinge zum Bezahlen dabeihatte. Die Serviererin hatte ihr zugenickt und die Bestellung kurze Zeit später an ihren Tisch gebracht.

»Buongiorno, Signorina. Smecke Ihne die Kaffee? Und die Gelato? Wie sagt man bei Ihnen? Eisse?«

»Sie sprechen Deutsch?« Überrascht musterte Rosina den Mann, der plötzlich vor ihrem Tisch stand und sie interessiert anschaute.

»Un pò. Eine bissjen«, meinte er grinsend und verdeutlichte seine Worte, indem er mit Daumen und Zeigefinger einen kleinen Abstand anzeigte.

»Wo kommen her?«

»Aus Österreich, aus Wien.«

»Aah, Vienna! Perfetto! Sei tutta sola, pardone, ganze alleine?«

Rosina nickte und nahm einen Schluck des hervorragenden Kaffees, den die Bedienung ihr gebracht hatte. Sie wartete darauf, dass der Mann sich wieder zurückziehen und sie in Ruhe lassen würde. Diesen Gefallen tat er ihr allerdings keineswegs.

»Sie wohne in Albergo?«, hakte er weiter nach.

Rosina zuckte mit den Schultern.

»Ich zeige eine piccola Pensione di mia Madre, von meine Mamma. Da können Sie mal bleibe für eine Notte«, schlug der Mann vor. »Sono Alberto, Signorina«, stellte er sich mit einer kleinen Verbeugung vor.

»Signora«, verbesserte ihn Rosina, wobei sie genussvoll an ihrem Eis schleckte.

»Bella Signora, che bella Signora.«

»Wo haben Sie so gut Deutsch gelernt?«, wollte Rosina wissen, um Alberto ein wenig abzulenken.

Ohne um Erlaubnis zu fragen, ließ sich Alberto auf dem freien Stuhl an Rosinas Tisch nieder. In seinem ulkigen Kauderwelsch aus Deutsch und Italienisch erzählte er ihr, dass er im Zweiten Weltkrieg für die Operation Todt gearbeitet hatte und in Sirmione am Gardasee eingesetzt worden war. Dort hatte er im deutschen Hauptquartier als Lastwagenfahrer gearbeitet und durch den ständigen Umgang mit den Wehrmachtsoffizieren Deutsch gelernt. Alberto hatte das Kriegsende unbeschadet überstanden und war in seine Heimatstadt Triest zurückgekehrt, um dort das kleine Hafencafé seiner Mutter zu übernehmen. Er erzählte Rosina, dass seine Frau Francesca mit den drei Bambini in einem kleinen Dorf etwa dreißig Kilometer von Triest entfernt lebe. Man sehe sich im Sommer nicht so häufig, weil er viel arbeiten müsse.

Alberto hatte dunkles, volles Haar, das vor Brillantine glänzte. Er trug eine weit geschnittene schwarze Stoffhose mit Hosenträgern und ein schwarz-weiß geringeltes Seemannshemd. Wie Rosina erfuhr, war er fünfunddreißig Jahre alt. Das kleine Bäuchlein, das sich unter dem Ringelhemd wölbte, ließ keinen Zweifel daran, dass Alberto Wein und gutem Essen sehr zugetan war.

»Und jetzt, was maacken hier in Trieste, Signora Rosina?«

»Die Stadt anschauen, ein wenig im Meer baden und am Strand die Sonne genießen.«

»Molto bene. Brava.«

»Ich habe aber nicht so viel Geld. Deshalb suche ich Arbeit. Vielleicht irgendwo in der Küche oder im Haushalt. Das kann ich gut.«

»Cucina, nooo. Nix gut für Rosina. Ich weiß besser: Du helfe hier in Café. Und schlafe bei Mamma in pensione. E basta.«

»Wenn das ginge, wäre das natürlich toll«, freute sich Rosina über Albertos Vorschlag. Dass sie ohne große Sucherei ein Nachtquartier finden würde, hatte sie nicht zu hoffen gewagt. Und dann auch gleich noch eine Arbeit. Italien schien für sie unter einem guten Stern zu stehen. Nachdem sie ihren Kaffee ausgetrunken hatte, brachte ihr Alberto unaufgefordert ein Stück Brot, dazu Käse und Salami sowie ein Glas Rotwein. Rosina langte nach Herzenslust zu. Sie war inzwischen der einzige Gast auf der Terrasse des Hafencafés. Noch während sie aß, traf Alberto Vorbereitungen, das Café zu schließen. Kurz vor acht bedeutete er ihr, den Koffer zu nehmen und ihm zu folgen. Nach einem zehnminütigen Fußweg durch die malerischen Gassen von Triest gelangten die beiden schließlich zu einem schmalen Haus, das eingeklemmt zwischen einer Schusterwerkstatt und einem kleinen Lebensmittelladen lag.

»Ecco! La pensione di mia Madre«, verkündete Alberto stolz und zog Rosina über die Schwelle der niedrigen Haustür. Albertos Mutter erwies sich als weniger entgegenkommend als ihr Sohn. Sie beäugte den Neuankömmling argwöhnisch und tauschte mit Alberto einige Sätze aus, die nicht sonderlich freundlich klangen. Die ganz in Schwarz und mit einem Kopftuch gekleidete Alte schien nicht begeistert davon zu sein, Rosina Obdach zu gewähren. Sie thronte in einem Lehnstuhl am offenen Fenster des kleinen Zimmers direkt neben dem Hauseingang. Von ihrem Platz aus hatte sie einen perfekten Blick auf die Gasse und die vorbeikommenden Passanten. Den wachsamen Augen von Albertos Mutter entging nichts und niemand. So muss die Hexe aus Hänsel und Gretel ausgesehen haben, schoss es Rosina durch den Kopf: ein dürres Klappergestell mit einer Hakennase und einer dicken Warze am Kinn. Mit der ist jedenfalls nicht gut Kirschen essen.

Alberto musste seinen ganzen Charme in die Waagschale werfen, um von seiner Mamma den Schlüssel für eines der Zimmer der Pension zu bekommen. Als Rosina schließlich allein in ihrer Unterkunft war, nachdem sich Alberto wortreich verabschiedet hatte, ließ sie sich erschöpft auf das Bett fallen. In der Pension sah es nicht besser aus als in ihrer Wohnung in der Josefstadt, im achten Bezirk in Wien. Es gab nur das Bett mit Kruzifix über dem Kopfteil, einen kleinen Tisch mit Waschschüssel und eine altmodische Kommode, die kurz davor war, aus dem Leim zu gehen. Der Unterschied war jedoch: Sie war in Italien, sie war am Meer, sie konnte die Sonne und die Wärme der ersten richtigen Frühlingstage auf ihrer noch blassen Haut spüren. Sie war stolz auf sich selbst, dass sie ihren Traum hatte Wirklichkeit werden lassen. Obwohl hundemüde von der Reise, zog Rosina eine Ansichtskarte von Triest, die sie an einem Kiosk im Hafen gekauft hatte, aus ihrer Handtasche und schrieb ein paar Zeilen an Ludwig in Wien, bevor sie in einen tiefen, traumlosen Schlaf sank.

Am nächsten Morgen schlüpfte Rosina kurz nach acht aus der Tür der Pension und lief in Richtung Meer, das sie nach kleineren Umwegen schließlich fand. Albertos Mutter war sie

Gott sei Dank nicht begegnet. In einer kleinen Tasche hatte sie ihren blauen Badeanzug und ein Handtuch mitgenommen. Am Strand angekommen, zog sie gleich den Badeanzug an und rannte voller Vorfreude ins seichte Wasser, das allerdings nicht mehr als achtzehn Grad aufwies. Obwohl sie sich tüchtig bewegte, fror Rosina elendig, weshalb sie nach wenigen Minuten ihre erste Begegnung mit dem Mittelmeer beenden musste, um sich in der stärker werdenden Sonne aufzuwärmen.

Nach einem zweiten Bad im Meer, das ihr gleich weniger eisig erschien, machte sich Rosina auf den Weg zum Hafencafé, wo Alberto bereits auf sie zu warten schien. Er plauderte in bester Laune mit drei alten Männern, die trotz der frühen Stunde ein Gläschen Wein vor sich stehen hatten. Alberto zog Rosina von der sonnenbeschienenen Terrasse in den dunklen Gastraum des Cafés und erläuterte ihr, wie er sich ihre Mitarbeit vorstellte. Die Bestellungen der Gäste sollte demnach Ernestina, Albertos einzige Angestellte, aufnehmen. Rosina würde die Getränke und das Essen dann an die Tische der Gäste bringen und hinterher auch wieder abräumen. Auf diese Weise würden Rosinas fehlende Italienischkenntnisse gar nicht ins Gewicht fallen. Als Entlohnung stellte ihr Alberto freie Übernachtung in der Pension seiner Mutter, Essen und Trinken sowie ein kleines Taschengeld in Aussicht. Während des Gesprächs war Ernestina ein paar Mal an ihnen vorbeigestreift und hatte die Neue mit finsteren, nicht eben wohlwollenden Blicken bedacht, bis Alberto schließlich der Kragen platzte und er die Kellnerin in die kleine Küche hinter der Theke zerrte. Zwar konnte Rosina nur einzelne Gesprächsfetzen hören, doch es bestand kein Zweifel daran, dass der Padrone seine Angestellte ordentlich zusammenstauchte. Entsprechend belämmert kam Ernestina wieder aus der Küche, um sich weiter um die Gäste zu kümmern.

»Imme Ärger mit die Donne«, schimpfte Alberto, als er sich wieder zu Rosina gesellte und ihr freundschaftlich den Arm um die Schulter legte. Er bedeutete ihr, dass sie gleich mit der Arbeit anfangen könne. Da Rosinas rot gepunktetes Kleid nicht unbedingt als Arbeitskleidung einer Kellnerin geeignet war, schickte Alberto sie zurück in die Pension. Er werde in einer halben Stunde dort sein und Sachen zum Anziehen mitbringen. Wie angekündigt tauchte Alberto wenig später im Zimmer von Rosina auf, die sich geschminkt und die Haare zurechtgemacht hatte.

»Ecco! Vielleicht passt für Signora Rosina. Ist von meine Sorella, wie sage man, Schwester«, berichtete Alberto strahlend.

Da Rosina keine Anstalten machte, die Sachen anzuprobieren, musste sich Alberto schweren Herzens trollen und auf der Straße vor der Pension warten. Als sie schließlich umgekleidet aus der Tür trat, sperrte er Mund und Augen auf.

»Mamma mia! Che bello!«, stammelte er. Rosina hatte ihre schwarzen Stöckelschuhe aus dem Koffer geholt und das schwarze Kleid mit dem Schalkragen von Albertos Schwester angezogen. Es gefiel ihr sehr, obwohl das geliehene Kleidungsstück sowohl am Busen als auch am Po ein wenig spannte. Zum Schluss hatte sie noch die weiße Servierschürze umgebunden, die ihr Alberto herausgelegt hatte.

Es fehlte nicht viel und Alberto wäre vor lauter Begeisterung vor Rosina auf die Knie gesunken. Nachdem er sie mehrmals umrundet und sein Entzücken wortreich bekundet hatte, zog er Rosina an der Hand in Richtung Hafencafé, wo er sie mit allen notwendigen Gerätschaften wie Tabletts und Geschirr vertraut machte. Ernestina lehnte derweil gelangweilt am Tresen, weil außer den drei alten Männern am

Vormittag niemand auf der Terrasse bedient werden musste. Rosina lächelte ihr freundlich zu, während sie den Ausführungen Albertos aufmerksam zuhörte.

Gegen Mittag füllte sich das Café merklich, und Rosina hatte alle Hände voll zu tun, um Ernestinas Bestellungen zu servieren. Es dauerte keine Viertelstunde, ehe sie zum ersten Mal eine Männerhand auf ihrem Hintern spürte. Wie von der Tarantel gestochen fuhr Rosina herum und bedachte den Übeltäter lautstark mit einem Schwall übelster Wiener Dialektausdrücke. Zu ihrer Überraschung klatschten die vorwiegend männlichen Gäste ihr begeistert Beifall. Sekunden später stand Alberto neben ihr und putzte den unverschämten Gast, der Rosina angefasst hatte, nach allen Regeln der Kunst herunter.

Auch wenn es in den Stoßzeiten anstrengend war, ständig zwischen Café und Terrasse hin- und herzulaufen, machte Rosina die neue Arbeit Spaß. Sie verstand am Anfang kaum ein Wort von dem, was die Gäste ihr in rasend schnellem Italienisch an den Kopf warfen. Doch nachdem sie sich eingewöhnt hatte, schnappte sie doch das ein oder andere Wort auf, das ihr bei der Kommunikation in der fremden Umgebung weiterhalf. Wenn es Probleme gab, konnte sie sich darauf verlassen, dass Alberto ihr zur Seite stand und im Notfall übersetzte. Mit ihrem Chef kam Rosina bestens aus – sehr zum Verdruss von Ernestina, die sich zurückgesetzt fühlte, weil ihr kaum noch jemand Beachtung schenkte. Die männlichen Gäste ignorierten sie fast völlig, seit Rosina im Café mitarbeitete. Ernestina trug bei der Arbeit ebenfalls ein schwarzes Kleid und eine weiße Servierschürze. Allerdings machte sie darin keine ganz so vorteilhafte Figur mit ihren kräftigen Unterschenkeln, ihrer unförmigen Taille und dem leichten Damenbart auf der Oberlippe. Ihr entging natürlich nicht, dass Alberto ständig um Rosina herumscharwenzelte und ihr nach Feierabend aus dem Restaurant nebenan Pasta in allen Variationen und andere wohlschmeckende Gerichte besorgte, um sie bei Laune zu halten. In den Genuss von solchen Vergünstigungen war Ernestina nie gekommen. Aber auch sie musste zur Kenntnis nehmen, dass das Hafencafé, seit Rosina dort als Bedienung arbeitete, einen unerwarteten Aufschwung genommen hatte. Lief der Betrieb vorher frühestens am Mittag langsam an, waren die Tische und Stühle auf der Terrasse jetzt schon morgens ab zehn Uhr, wenn Alberto seine Gastronomie öffnete, gut besetzt.

Obwohl Rosina nur die Speisen und Getränke servieren und wegen ihrer mangelnden Italienisch-Kenntnisse nicht mit den Gästen abrechnen durfte, strich sie jeden Tag mehr Trinkgeld ein als Ernestina. Bald stapelten sich die großen Lirescheine in der Schublade der kleinen Nachtkommode des Pensionszimmers, das Rosina nach wie vor bewohnte. Über wie viel Geld sie verfügte, wusste sie nicht, denn mit dem Umrechnungskurs kam sie nicht zurecht. Für eine Bahnfahrkarte zurück nach Wien würde es in jedem Fall reichen.

Alberto hatte mehrere Male versucht, nachts zu Rosina ins Zimmer zu schlüpfen, was wahrlich nicht ganz einfach war, denn seine Mutter wachte mit Argusaugen über ihn. Rosina hatte die Tür jedoch vorsorglich verschlossen und nicht auf Albertos beharrliches Klopfen reagiert. Sie verspürte zwar – sie hielt sich zu diesem Zeitpunkt bereits drei Wochen in Triest auf – ein gewisses körperliches Verlangen. Aber Alberto war einfach nicht nach ihrem Geschmack, auch wenn er ein netter Kerl zu sein schien, der ihr jeden Wunsch von den Augen ablas.

Da gefiel ihr Gigi, der eigentlich Luigi hieß, schon entschieden besser. Er kam jeden Tag gegen elf Uhr ins Café und bestellte sich einen Espresso und ein kleines Stück Gebäck. Während der guten halbe Stunde, die er auf der Terrasse verbrachte, ließ er Rosina nicht eine Sekunde aus dem Blick – immer ein verträumtes Lächeln auf den Lippen. Gigi war nicht besonders groß, dafür schlank und schon im Frühjahr braun gebrannt, was er durch seine weißen Hemden unterstrich, die er zu seiner dunklen Arbeitshose trug. Er hatte ein hübsches Gesicht und einen Kopf voll ungebändigter schwarzer Locken. Seine Augen verbarg er stets hinter einer undurchsichtigen Sonnenbrille. Gigi war zwar nur einer von vielen jungen und nicht mehr ganz jungen Männern, die zur Schar der Bewunderer Rosinas gehörten, aber er machte den meisten Eindruck auf sie – vielleicht auch, weil er jünger war als Alberto. Zumindest vom Äußeren her hätte er Schauspieler sein können, wie Rosina fand. Ein Typ wie Marcello Mastroianni. Dabei war er Lastwagenfahrer in einem nahen Zementwerk, wie Alberto Rosina in einer Zigarettenpause verriet. An Ludwig dachte Rosina inzwischen nur noch kurz vor dem Einschlafen, wenn sie das schlechte Gewissen übermannte, weil sie ihm nur ganze zwei Mal geschrieben hatte.

Mit Alberto hatte Rosina vereinbart, dass sie jeden zweiten Tag bis mittags und jeden vierten Tag den ganzen Nachmittag frei hatte. Schließlich war sie nicht nur zum Arbeiten nach Italien gekommen, sondern vor allem, um sich am Strand zu sonnen und im Meer zu schwimmen, das von Tag zu Tag wärmer wurde. Und natürlich um Land und Leute kennenzulernen. Als sie wieder einmal an einem ihrer freien Nachmittage auf ihrem Handtuch im Sand lag und den neuesten italienischen Schlager summend vor sich hin träumte, fiel plötzlich ein Schatten auf sie. Sie drehte sich vom Bauch auf den Rücken und erkannte Gigi, der nur mit einer blauen Badehose bekleidet vor ihr stand.

»Buongiorno, Bella«, begrüßte er sie breit grinsend, indem er einen imaginären Hut vor ihr zog. »È permesso sdraiarsi accanto a lei?«

Rosina schaute ihn irritiert an. Gigi deutete auf sein Handtuch, das er unterm Arm trug, und tat so, als würde er es neben sie legen.

»Si, si, certo, naturalmente«, antwortete Rosina, als sie begriff, was er wollte.

Sekunden später hatte Gigi sein Handtuch und seine Badesachen neben Rosina platziert. Da die Sprachbarriere selbst eine einfache Unterhaltung unmöglich machte, beschränkte sich Gigi darauf, seine Nachbarin auf der Seite liegend und auf einen Ellbogen gestützt anzuschauen und dabei hin und wieder ein paar Worte zu murmeln, die sich für Rosina ausgesprochen zärtlich anhörten. Gigi hatte nicht nur zwei eiskalte Flaschen Bier mit dabei, sondern auch zwei kleine Stücke Kuchen, die er mit Rosina teilte. Seit sie in Italien war, erhielt Rosina fast jeden Tag eindeutige Angebote von Männern, die sie bisher allesamt abgelehnt hatte. Doch mittlerweile war sie des Nein-Sagens müde. Es war nämlich ausgesprochen anstrengend. Beim Blick in Gigis Augen, der seine Sonnenbrille ausnahmsweise nach oben ins Haar geschoben hatte, schmolz ihr Widerstand wie Eis in der heißen Mittagssonne.

»Andiamo a nuotare«, forderte Gigi Rosina schließlich auf, nachdem Bier und Kuchen verzehrt waren. Als sie nicht gleich reagierte, zog er sie an der Hand in Richtung Meer. Gemeinsam liefen sie mit Geschrei ins Wasser und tauchten in die immer noch reichlich kühlen Fluten ein. Wie zwei junge Hunde tobten Rosina und Gigi durch die Wellen, wobei sich zwangsläufig Körperberührungen ergaben, die beiden nicht unangenehm erschienen. Als Gigi sich schließlich ein Herz fasste, Rosina an sich zog und ihr einen leidenschaftlichen

Kuss auf den Mund drückte, war es um ihre Beherrschung geschehen. Sie ließ ihre Zunge flink durch Gigis Mundhöhle gleiten und klammerte sich wie eine Ertrinkende an ihn. Obwohl sie stark fröstelte, löste sie sich erst nach Minuten aus der Umarmung, völlig verwirrt von der Erregung, die Gigis Küsse bei ihr ausgelöst hatten. Dergleichen hatte sie beim eher selten stattfindenden Sex mit Ludwig noch nie empfunden.

Weil sie gegen fünf Uhr wieder im Hafencafé arbeiten musste, raffte Rosina wenig später ihre Sachen zusammen und versuchte Gigi mit Gesten zu erklären, dass Alberto sie erwartete. Ihr Verehrer zuckte nur resignierend mit den Schultern und tat so, als wischte er sich eine Träne aus dem Auge.

»Un momento, Cara.« Er lief ihr nach und holte sie nach wenigen Metern ein. Er legte den Arm um sie und führte sie zu einer roten Vespa, die an einem Mäuerchen lehnte, das die Straße vom Strand abtrennte. Und schon saß Rosina eng an Gigi gepresst auf dem Sozius und genoss die schnelle Fahrt über das Kopfsteinpflaster der Altstadt, während ihr halblanges, blondes Haar munter im Wind flatterte. Genauso hatte sie sich Italien vorgestellt: mit blauem Himmel überm endlosen Meer, mit Spaghetti und Eis, mit Amore und Chianti. Die Bilder im Magazin beim Friseur hatten also nicht gelogen. Als die beiden auf der Vespa vorm Hafencafé vorfuhren, wandten sich ihnen wie auf ein geheimes Kommando alle Augen zu. Rosina vermied es tunlichst, sich mit einem Kuss von Gigi zu verabschieden, obwohl sie dies liebend gern getan hätte.

»Gigi hat mich ein Stück mitgenommen. Ich habe ihn zufällig am Strand getroffen«, erzählte Rosina Alberto, als sie sich die Servierschürze umband und an die Arbeit machen wollte. Die Terrasse war wieder bis in die letzte Ecke belegt.

»Weißt du, Luigi isse pericoloso. Rosina besser aufpasse. Nix gut für Rosina«, warnte sie Alberto, der missmutig an einer dicken Zigarre nuckelte.

Rosina nickte ihm zu und tätschelte leicht seinen Arm, um ihn zu beruhigen. Ihr war klar, dass Alberto hochgradig eifersüchtig und alles andere als erfreut war, dass sie mit Gigi angebandelt hatte. An diesem Abend gab es zum ersten Mal keine Leckereien aus der Pizzeria für Rosina, die mit leerem Magen ins Bett gehen musste. Was sie allerdings verschmerzen konnte, denn Gigis Küsse und Berührungen hatten sie in eine derartige Euphorie versetzt, dass sie den Hunger kaum spürte.

So also muss es sich anfühlen, wenn man richtig verliebt ist, dachte sie bei sich, als sie nachts in ihrem Pensionszimmer lag und nicht einschlafen konnte. Wie mochte sie sich erst fühlen, wenn Gigi und sie es richtig taten? Und der arme Ludwig saß zu Hause in Wien mit seiner Mutter und passte auf den Burli auf. Ganz kurz meldete sich Rosinas schlechtes Gewissen, das sich in Erinnerung an den erregenden Kuss sofort wieder verflüchtigte. Mit ihren neunundzwanzig Jahren war sie in Sachen Liebe eher noch unerfahren, doch durch die Gespräche mit ihren Freundinnen wusste sie, was ein Orgasmus war, wenn sie einen solchen auch mit Ludwig noch nie verspürt hatte. Sie war sich jedoch sicher, dass sie zumindest so etwas wie einen leichten Höhepunkt erlebt hatte, als sie ihre Scham bei Gigis Küssen im Wasser an dessen hartes Knie gepresst hatte. Zwar hatte sie ihren kleinen Sohn Franz, der in einem Monat drei Jahre alt würde, ganz in den hintersten Winkel ihres Bewusstseins verbannt, doch jetzt, wo sie schon eine Zeit lang von ihm getrennt war, verspürte sie doch eine leichte Sehnsucht nach ihrem Kind, nach seinem duftenden blonden Haar, seinen Patschhändchen und der feinen Stimme, mit der er beim Spielen vor sich hin zu singen pflegte. In Gedanken an den Burli schlief sie schließlich weit nach Mitternacht ein.

Am nächsten Morgen überlegte Rosina auf dem Weg zum Hafencafé, wie lange sie noch in Triest bleiben sollte. Nach Venedig, das hatte sie bereits beschlossen, würde sie ein anderes Mal reisen. Vielleicht könnte sie noch den Juni und den Juli über in Italien arbeiten. Vorausgesetzt, Alberto würde wegen Gigi keine Scherereien machen und sie vor die Tür setzen. Auch wenn Rosina immer noch sehr wenig Italienisch sprach und verstand, hatte sie schon mitbekommen, dass vor allem die zahlreichen Männer, die das Hafencafé in letzter Zeit den übrigen Bars vorzogen, wegen ihr kamen. Alberto würde sich sicher nicht sein eigenes Geschäft kaputt machen und auf sie verzichten, nur weil sie ein wenig mit einem gut aussehenden Ragazzo herummachte.

Wie gewohnt betrat Gigi pünktlich um elf Uhr die Terrasse des Hafencafés und bestellte bei Ernestina das Übliche. Als ihm Rosina die Bestellung brachte, drückte er ihr, ohne dass es jemand bemerkte, einen Zettel in die Hand. Erst eine halbe Stunde später, als Gigi wieder zurück an die Arbeit gegangen war, konnte sie den Zettel auf der Toilette lesen.

»Alle nove, alla fontana«, stand da in einer krakeligen Handschrift. Warum konnte der Kerl nicht wenigstens ein bisschen Deutsch? Rosina war ratlos. Wie sollte sie den Zettel entziffern? Alberto konnte sie wohl kaum fragen. Nove konnte eigentlich nur neun heißen. Was aber bedeutete fontana? In einer ruhigen Minute stellte sie sich mit einer heißen Schokolade neben Ernestina, die die anfängliche Reserviertheit ihr gegenüber etwas abgelegt hatte.

»Fontana? Cos'è fontana, Ernestina?«, sprach Rosina ihre Kollegin an. Ernestina schaute sie zunächst verdutzt an und wies dann mit der Hand in Richtung des Brunnens, der etwa zweihundert Meter vom Café entfernt den Mittelpunkt eines kleinen Platzes an der Hafenpromenade bildete.

»Ho capito. Grazie.«

Gigi würde also um neun Uhr am Brunnen auf sie warten, wenn sie den Zettel richtig verstanden hatte. Das hieß, sie musste sich irgendwie unbemerkt von Albertos Mutter aus der Pension schleichen. Alberto selbst würde nicht im Haus sein, weil er nach Feierabend noch mit Freunden das ein oder andere Gläschen Wein zu trinken pflegte. Aber eigentlich konnte es ihr egal sein, wenn die Alte sie sah. Sie war möglicherweise sogar erleichtert, dass Rosina die Avancen ihres Sohnes abgewiesen hatte und sich jetzt anderweitig vergnügte.

In ihrem Sommerkleid und Sandalen sowie einer warmen Strickjacke, die sie sich um die Schultern gebunden hatte, verließ Rosina kurz vor neun mit einem mulmigen Gefühl im Bauch die Pension. Sie benötigte zu Fuß etwa zehn Minuten bis zum Brunnen, wo Gigi, lässig auf seiner Vespa sitzend, bereits auf sie wartete. Ohne ein Zeichen von ihm abzuwarten, setzte sich Rosina hinter Gigi auf den Beifahrersitz, und schon ging es los. Sie fuhren am Hafen entlang durch das Viertel San Vito und gelangten nach einer Viertelstunde an den Stadtrand, als Gigi plötzlich in eine schmalere Straße abbog, die einen Hügel hinaufführte. Die letzten Häuser von Triest hatten sie schon eine Weile hinter sich gelassen. Er hielt die Vespa an einer Holzhütte an, die auf einem ziemlich ungepflegten Grundstück stand. Auf den Wiesen vor und hinter der Hütte liefen einige Ziegen und Hühner herum, die die Neuankömmlinge neugierig musterten.

Bevor sie abstiegen, lehnte sich Gigi nach hinten und zog Rosinas Kopf zu sich, um ihr einen ersten leidenschaftlichen Kuss auf die dunkelrot geschminkten Lippen zu drücken. Die Holzhütte, in die Gigi sie wenig später führte, machte einen sehr spartanischen Eindruck. Es gab ein paar rustikal zusammengezimmerte Holzregale, einen uralten Herd, der mit Holz befeuert werden musste, einen Tisch mit vier Stühlen und in einer Ecke ein einfaches Bett aus weißen Metallstäben. Nachdem Gigi zwei Kerzen angezündet und im Herd Feuer gemacht hatte, zog er aus einer Tasche, die er am Lenker der Vespa transportiert hatte, eine Flasche Rotwein und zwei Gläser hervor.

»Mmh, der schmeckt aber gut«, durchbrach Rosina die Stille in der abgelegenen Holzhütte. Eigentlich hätte sie ein wenig Angst haben müssen mit einem wildfremden Mann an einem unbekannten Ort.

»Come?«, sah Gigi sie fragend an.

»Tutto bene«, beeilte sie sich zu versichern. »Il vino è fantastico.«

Damit waren ihre Italienisch-Kenntnisse auch schon fast erschöpft. In Gigis Augen konnten Rosina sehen, dass er an einer weiteren Unterhaltung nicht unbedingt Interesse hatte. Stattdessen zog Gigi sie vom Stuhl hoch, umarmte sie und presste seine vollen Lippen leidenschaftlich auf die ihren, während seine Hände Rosinas Rücken hinunterwanderten. Weniger als fünf Minuten später lagen beide nackt unter der Decke des schmalen Metallbetts und rieben ihre Körper aneinander, bis Gigi ihre Beine auseinanderbog und ihr seine harte Männlichkeit zu spüren gab. Sie gab sich ihrem italienischen Liebhaber mit Haut und Haaren hin, ganz anders als bei Ludwig zu Hause in Wien, mit dem die Sache meist schon nach wenigen Minuten beendet war. Bei ihrem Mann war sie bisher nur selten auf ihre Kosten gekommen.

Gigi ließ dagegen keine Körperstelle Rosinas ungeküsst, tauchte mal zwischen ihren Schenkel auf, ließ seine Zunge über ihre Brustwarzen, ihre Achseln und ihren Bauchnabel gleiten und nuckelte genüsslich an ihren Zehen. Rosina versuchte vergebens, Gigis Tempo mitzugehen und ihm seine Liebkosungen zu vergelten. Nachdem er sie zwei Mal zum Höhepunkt gebracht hatte, ließ sie ihn einfach weiter gewähren und genoss jede Sekunde ihres intensiven Liebesspiels.

Es war bereits kurz vor Mitternacht, als Gigi Rosina vor der Pension absetzte und sie mit einem zärtlichen Klaps auf den Po verabschiedete. Rosina wusste, wo Albertos Mutter den Ersatzschlüssel für die Eingangstür verborgen hatte, und gelangte so ungesehen zu ihrem Zimmer.

Oh Gott, was hatte sie getan? Ludwig durfte davon auf keinen Fall erfahren, schwor sie sich, als sie mit kaltem Wasser frisch gewaschen unter die Bettdecke schlüpfte. Ihr ganzer Körper war in Aufruhr, ihr Herz schlug doppelt so schnell wie gewohnt. Sie hatte sich nie vorstellen können, dass sie an Sex so viel Spaß haben könnte. Man musste offenbar nur den richtigen Partner haben. Rosina machte sich trotz des Hochgefühls, das die Liebesnacht in der Holzhütte bei ihr ausgelöst hatte, keine Illusionen darüber, dass sie sicher nur eine von Gigis zahlreichen Eroberungen war. Alberto hatte sie ja gewarnt, aber sie hatte nicht auf ihn gehört.

Es ist ja nur für ein paar Wochen. Ende August bin ich wieder weg, zurück in Wien, dachte Rosina, während sie immer noch den Liebkosungen ihres feurigen Liebhabers nachspürte. Sie war fest entschlossen, ihr italienisches Abenteuer in vollen Zügen zu genießen. Und auf Gigis Umarmungen würde sie in keinem Fall verzichten. In Wien wäre sie dann zwangsläufig wieder die brave Ehefrau und Mutter, könnte dann aber immerhin von den Erinnerungen an einen heißen, leidenschaftlichen Sommer zehren.

Alberto

An Albertos Miene konnte Rosina am nächsten Morgen unschwer ablesen, dass sich ihr Rendezvous mit Gigi bereits im Hafenviertel rundgesprochen hatte. Der Padrone stand im Abstellraum des Cafés und wuchtete ein paar Holzkisten mit Weinflaschen von der einen auf die andere Seite. Als er Rosina entdeckte, trat zu ihr auf die Terrasse.

»Madonna mia! Warum du nicht höre auf mich? Was habe ich gesaget? Gigi è pericoloso? E tu?«, schimpfte er mit gedämpfter Stimme, um die Gäste nicht zu stören.

Rosina schaute ihn fragend an und zuckte mit den Schultern.

»Gigi hatte due bambini mitte due donne«, flüsterte Alberto Rosina ins Ohr. »Gigi, imme neue amore: Cosima, Francesca, Isabella, Daria …«

Rosina sah mit Unbehagen, dass Alberto kurz davor war, die Fassung zu verlieren. Sein Hals hatte bereits eine ungesunde rote Färbung angenommen.

»Keine Angst, es ist alles okay. Ich bin ja nicht mehr lange hier«, versuchte Rosina ihn zu beruhigen. »Ich will ihn ja nicht gleich heiraten.«

Alberto verdrehte die Augen und machte auf dem Absatz kehrt, um sich wieder seiner Arbeit im Vorratslager zu widmen. Auf Rosina warteten bereits einige Bestellungen, die sie den Gästen servieren musste. Ihr Herz machte einen gewaltigen Satz, als gegen elf Uhr Gigi wie gewohnt auf der Terrasse auftauchte und sie mit einem Blick bedachte, der jedem Außenstehenden klarmachte, dass sie jetzt ein Liebespaar waren. Wie ein Pfau, der sein wundervolles Gefieder spreizt, ließ sich Gigi breit grinsend an seinem Stammtisch nieder und legte einen Fuß lässig auf einen Stuhl vor ihm. Per Handzeichen bestellte er bei Ernestina Espresso und Gebäck.

Noch bevor Rosina die Möglichkeit hatte, Gigi zu bedienen, baute sich Alberto vor seinem Gast auf. Der anschließende Wortwechsel, wenn man denn von einem solchen sprechen kann, weil Gigi so gut wie gar nicht zu Wort kam, wurde vonseiten Albertos sehr energisch geführt, auch wenn er sich darum bemühte, kein Aufsehen zu erregen. Selbst Rosina, die nur wenig Italienisch verstand, konnte sich zusammenreimen, dass Alberto Gigi zusammenfaltete wie einen Schuljungen. Es fehlte nicht viel und Alberto wäre seinem Gast, der ihn nur in arroganter Manier anlächelte, an die Gurgel gegangen. Nachdem er zehn Minuten pausenlos auf Gigi eingeredet hatte, warf Alberto resignierend beide Arme nach hinten und verschwand mit rotem Kopf im Café.

Durch den Zwischenfall war Rosina so durcheinander, dass sie Bestellungen verwechselte oder nur unvollständig an den Tisch brachte. Alberto nahm ihre Liebschaft mit Gigi offensichtlich persönlich. Allerdings dachte Rosina nicht daran, sich von irgendjemandem vorschreiben zu lassen, mit wem sie sich nach Feierabend vergnügte. Da konnte sich Alberto auf den Kopf stellen. Sie war nicht alleine nach Italien gereist, um ihre neu gewonnene Freiheit gleich wieder aufzugeben.

Als der Betrieb gegen Abend nachließ, stellte sie Alberto, der alleine an einem der freien Tische saß, zur Rede.

»Was sollte das eben mit Gigi?«, fragte sie ihn, ohne lange um den heißen Brei herumzureden.

»Isse meine Sache. Gigi è uno stronzo. Eine Arscheloch, capito?«

»Ich arbeite hier den ganzen Tag, und du bist der Padrone. Das ist in Ordnung. Aber am Abend mache ich, was ich will, Alberto. Capisci?«

Alberto war kurz davor zu explodieren, überlegte es sich dann jedoch anders und ließ Rosina einfach stehen, um seinen Ärger in einer der vielen Bars im Hafen zu ertränken. Er machte kein Hehl daraus, dass er sauer war, weil Rosina ihm Gigi vorgezogen hatte. Dass Alberto seit Jahren verheiratet war und drei Kinder zu versorgen hatte, spielte dabei offenbar nur eine untergeordnete Rolle. Alberto hätte trotzdem keine Sekunde gezögert, zu ihr ins Bett zu steigen und ihr Liebhaber zu werden. Solange der äußere Schein gewahrt wurde, konnte er sich das offensichtlich erlauben im eigentlich so katholischen Italien. Wäre Alberto familiär ungebunden gewesen, wäre das Gespräch mit Gigi auf der Terrasse vermutlich nicht ohne eine handgreifliche Auseinandersetzung ausgegangen. Alberto, das wurde Rosina nach und nach bewusst, betrachtete sie nicht nur als seine Angestellte. Vielmehr glaubte er wohl, auch sonst Ansprüche an sie stellen zu können. Aber diesen Zahn hatte sie ihm wohl gezogen, als sie ihm klargemacht hatte, dass sie sich weiterhin mit Gigi treffen würde – mit oder ohne sein Einverständnis. Um Alberto bei Laune zu halten, beschloss Rosina, ihm ein wenig entgegenzukommen. Sie wusste, dass er sie gerne, wenn niemand zusah, um die Hüfte fasste und ihren Hintern tätschelte. Vielleicht reichte das ja, um bis zum Ende des Sommers im Café arbeiten zu können.

Gigi würde sie auf keinen Fall freiwillig aufgeben, nicht nach diesem wundervollen Abend in der Holzhütte, wo sie zum ersten Mal erfahren hatte, wie beglückend körperliche Liebe auch sein konnte. Natürlich war er ein eitler Schürzenjäger, das hatte sie gleich auf den ersten Blick gesehen. Aber er war nett und zuvorkommend ihr gegenüber, hatte sie mit Zärtlichkeiten überhäuft und sah dazu noch blendend aus. Es würde bei einer kurzen Urlaubsliebe bleiben. Am Ende des Sommers würden sie sich ohne Bedauern trennen und basta.

Nach Hause

Der Nachtzug nach Klagenfurt war nicht sonderlich voll. Rosina hatte ein leeres Abteil gefunden, wo sie sich lang ausstrecken und ein wenig schlafen konnte. Obwohl sie reichlich müde war, weil sie schon in den Morgenstunden von Triest aufgebrochen war, fand sie nicht sofort in den Schlaf. Zu viele Gedanken gingen ihr durch den Kopf. Erinnerungen an einen fast perfekten Sommer, an die heiße Sonne auf ihrer Haut, an das im August lauwarme Wasser des Mittelmeers und an das fantastische Essen, das sie in Italien so sehr schätzen gelernt hatte. Und dann war da ja noch Gigi, ihr geliebter Gigi, von dem sie sich am Abend zuvor, nachdem sie sich ein letztes Mal ausgiebig geliebt hatten, unter Tränen verabschiedet hatte. Sie würde seine Zärtlichkeiten und seine Küsse in Wien schmerzlich vermissen, dessen war sie jetzt schon sicher.

Trotz dieser für sie erlebnisreichen Wochen im Norden Italiens hatte für Rosina immer festgestanden, dass sie nach Wien zurückkehren würde, zu Ludwig, ihrem Mann, und vor allem zu Franz, ihrem kleinen Sohn. In einem Brief, der sie vor ein paar Tagen erreicht hatte, schrieb Ludwig, dass der

Burli kränkele, kaum etwas esse und fürchterlich blass um die Nase sei. Als sie dies las, schien für Rosina der Moment gekommen zu sein, ihre Zelte in Triest abzubrechen. Der Junge brauchte offenbar dringend seine Mutter, die sich um ihn kümmerte. Erstaunlicherweise hatte sie ihr Kind in Italien kaum vermisst und lediglich abends, kurz vor dem Einschlafen, hin und wieder an es gedacht.

Bin ich eine schlechte Mutter? Hätte ich den Kleinen nicht allein lassen dürfen? Diese Fragen gingen Rosina durch den Kopf, während der Zug durch die Dunkelheit in Richtung österreichische Grenze dampfte. Sie war ja nur für drei Monate weg gewesen – eine Zeit, die ein Kind ohne Mama überstehen konnte, ohne dabei bleibende Schäden zu erleiden. Zumal die Oma Sedlacek immer ausgesprochen liebevoll mit ihrem Enkel umging. Jetzt würde wieder alles gut werden. Sie würde sich intensiv um den Kleinen kümmern, zumindest in den ersten Tagen. Danach müsste sie sicher wieder zur Arbeit ins Röntgeninstitut. Ohne ihren Verdienst kämen sie nicht über die Runden, so viel war klar.

An ihr altes Leben in Wien wollte Rosina noch nicht denken. Und an die Zukunft schon gar nicht. Da wurde ihr gleich ein wenig flau im Magen. Überhaupt war ihr in letzter Zeit ungewöhnlich oft übel, vor allem am Morgen, nach dem Aufstehen. Einmal hatte sie sich sogar übergeben müssen.

Wenn ich es nicht besser wüsste, fühlt es sich fast an, als wenn ich schwanger wäre, schoss es Rosina durch den Kopf. Diesen Gedanken hatte sie bisher erfolgreich verdrängt. Schließlich hatten Gigi und sie immer aufgepasst beim Liebemachen. Sie hatte ihre fruchtbaren Tage genau im Auge gehabt und Gigi im Zweifel gebeten, ein Kondom zu benutzen.

»Non voglio rimanere incinta.« Diesen Satz hatte sie sich mithilfe eines kleinen Wörterbuchs, das sie in einer Buchhandlung in Triest gekauft hatte, zusammengesucht, um Gigi klarzumachen, dass sie auf keinen Fall schwanger werden wollte. Allerdings hatte er einmal, als sie sich außer der Reihe schon am Vormittag am Strand getroffen hatten, kein Kondom dabeigehabt. Die Leidenschaft hatte sie beide einfach übermannt, und sie hatten sich im Stehen hinter einer Strandbude geliebt – trotz oder vielleicht sogar wegen der Gefahr, von Passanten oder Badegästen entdeckt zu werden. Im Zug erinnerte sich Rosina mit einem gewissen Unbehagen daran, dass weder sie noch Gigi im Eifer des Gefechts an Verhütung gedacht hatten.

Rosina hatte in Italien eine Menge Freunde zurückgelassen, allen voran natürlich Gigi, der vielleicht noch ein paar Tage um sie trauern, sich dann jedoch wieder einer anderen Hübschen zuwenden würde. Da machte sie sich keine Illusionen. Alberto würde ihr sicherlich auch ein wenig fehlen, ebenso wie Ernestina, mit der sie sich zum Schluss richtig gut verstanden hatte.

»Tja, Alberto«, seufzte Rosina. Noch in der vergangenen Woche hatte er alles versucht, um auf den letzten Drücker bei ihr zu landen. Es hatte ihm irgendwann nicht mehr genügt, sie hin und wieder an gewissen Stellen anzufassen. Der Padrone war ihr zwar nach und nach ans Herz gewachsen, aber sie hatte absolut keine Lust darauf, noch einen zweiten Ball in der Luft zu halten. Immer und immer wieder musste sie Alberto die Grenzen aufzeigen, wenn er seine Finger nicht bei sich behalten konnte, weil er glaubte, als Chef ein natürliches Anrecht darauf zu haben, seine Angestellte befummeln zu dürfen. Wenn sie ihn zurechtwies, reagierte er zwar stets charmant und nie nachtragend. Aber sie spürte, dass er mit jedem Tag, an dem sie für ihn unerreichbar war, frustrierter wurde. Möglicherweise wäre es irgendwann doch zu einem richtigen Krach gekommen, wenn nicht unvermittelt Guiseppa, Albertos Frau, mit den Kindern im Hafencafé aufgetaucht wäre. Mit Guiseppa, einem temperamentvollen, dunkelhaarigen Weib mit ausgesprochen hübschem Gesicht, war offenbar nicht zu spaßen. Ihr genügte ein einziger Blick auf Rosina, um sich ein Bild von der Situation im Café zu machen. Vielleicht hatte ihr auch jemand gesteckt, dass Alberto seit Wochen um Rosina herumflatterte wie eine Biene um den Blütenkelch.

Während Rosina den Kindern, die brav an einem der Tische saßen, Limonade und Eis servierte, ging es hinten im Abstellraum ordentlich zur Sache. Guiseppas durchdringendes Organ war bis auf die Terrasse deutlich zu hören. Albertos klägliche Antworten ebenso. Als das Ehepaar nach zehn Minuten intensiver Auseinandersetzung wieder auf der Terrasse erschien, verstummten schlagartig die Gespräche. Unter den neugierigen Blicken der Gäste sammelte Guiseppa ihre Bambini ein und räumte das Feld, ohne ihren Gatten noch eines Blickes zu würdigen. Rosina wäre fast in schallendes Gelächter ausgebrochen angesichts der bedröppelten Miene, die Alberto nach der ehelichen Aussprache zur Schau trug.

Er hatte sich diese »Abreibung« mehr als verdient, dachte Rosina im Zugabteil vor sich hin lächelnd, während ihr langsam die Augen zufielen und sie in einen leichten Schlummer sank. Sie konnte jedenfalls ein Lied singen von der Penetranz und Unverschämtheit italienischer Männer, für die kein »No« zu gelten schien. Auch in Wien hatte sie sich schon mehrfach gegen unerwünschte Avancen wehren müssen. Dort reichte es jedoch in der Regel, wenn sie einmal energisch abgelehnt hatte.

Als der Nachtzug gegen halb sieben morgens in den Bahnhof von Klagenfurt einrollte, hatte Rosina nur wenig geschlafen. Sie fühlte sich wegen der unbequemen Lage im Abteil ziemlich zerschlagen, und übel war ihr auch schon wieder. Vielleicht hatte sie sich in Triest ja nur einen Magen-Darm-Virus eingefangen. Doch tief in ihrem Innern ahnte Rosina schon, dass ihr Unwohlsein einen anderen, wesentlich unerfreulicheren Grund haben könnte.

In Erklärungsnot

»Und ich lass dich auch noch fahren, damit du endlich deinen Willen bekommst und mir nicht ewig in den Ohren liegst. Zum Dank schleppst du mir einen Bankert an. Na Servus! So blöd wie ich kann doch keiner sein.«

Ludwig Sedlacek umkreiste den Küchentisch wie ein Tiger im Käfig, raufte sich die Haare und schlug sich die Hand vor die Stirn.

»Und? Hast du dazu nichts zu sagen? Ich schau, dass hier zu Hause alles weiterläuft, dass es dem Franz gut geht, dass wir irgendwie über die Runden kommen, und die liebe Frau Gemahlin vergnügt sich in Italien und lässt sich obendrein noch ein Kind anhängen«, kreischte Ludwig außer sich.

Rosina saß zusammengesunken wie ein Häuflein Elend auf ihrem Stuhl und ließ die Schimpfkanonade ihres Mannes widerspruchslos über sich ergehen. Was hätte sie auch zu ihrer Verteidigung vorbringen können? Sie war nun einmal schwanger, daran bestand kein Zweifel mehr, nachdem sie ihren Hausarzt Dr. Berninger konsultiert hatte. Dabei hatten Gigi und sie doch wirklich aufgepasst, damit so etwas nicht passierte. Und trotzdem *war* es passiert.

»Würde die gnädige Frau die Güte haben, sich zur Sache zu äußern?«

»Na, was soll ich schon dazu sagen? Dass es mir leidtut, dass ich es jetzt nicht mehr ändern kann?«, brachte Rosina stockend heraus, bevor sie in Tränen ausbrach.

»Ich will gar nicht wissen, von wem du dich hast schwängern lassen. Ich hätt's mir ja denken können, dass du dich dem erstbesten Gigolo an den Hals wirfst, der dir ein romantisches Liederl singt.«

»Aber ich bin doch jetzt wieder da, ich bin zu dir zurückgekommen, wie ich es versprochen habe.«

»Dummerweise mit einem dicken Bauch«, polterte Ludwig wieder los. »Als hätten wir Geld genug, um noch ein weiteres Maul stopfen zu können.«

»Es tut mir leid, es tut mir wirklich sehr leid, Ludwig, das musst du mir glauben. Es hat nichts zu bedeuten, die Sache mit dem anderen. Sonst wäre ich sicher in Triest geblieben«, versuchte sich Rosina zu verteidigen.

»Na, ich denke eher, dein Gigolo hat Arrivederci gesagt, als er mitgekriegt hat, dass da was unterwegs ist.«

»In Italien hab ich doch noch gar nichts gemerkt. Es war ja auch nichts Ernstes zwischen uns, es ist halt einfach so passiert. Mehr kann ich dazu nicht sagen«, schluchzte Rosina.

Schließlich konnte sie Ludwig schlecht davon erzählen, wie lebendig und frei sie sich gefühlt hatte, wenn sie mit Gigi zusammen auf der Vespa unterwegs war oder mit ihm am Strand herumgeturtelt hatte. Sie konnte ihm auch nicht berichten, wie viele Männer ihr eindeutig zu verstehen gegeben hatten, dass sie gerne mit ihr ins Bett gehen würden. Ludwig wäre völlig ausgerastet, wenn er auch nur eine Ahnung davon gehabt hätte, was sich im Hafencafé in Triest abgespielt hatte. Diese Erinnerungen würde sie in keinem Fall mit ihm teilen, komme, was wolle.

Die ersten Tage nach Rosinas Rückkehr aus Italien waren das reine Spießrutenlaufen für sie. Ständig musste sie sich Ludwigs Vorwürfe anhören, dessen Stimmung zwischen Wut und Resignation hin- und herschwankte. Ihre Schwiegermutter Helene Sedlacek, die wieder in ihre eigene Wohnung gezogen war, hielt sich zwar zurück, wenn sie gelegentlich vorbeischaute. Doch der Blick, mit dem sie Rosina bedachte, sagte mehr als tausend Worte. Nach etwa einer Woche beruhigte sich Ludwig langsam, vielleicht auch, weil er seinen Kummer jeden Abend mit reichlich Schnaps hinunterspülte.

Rosina war heilfroh, dass er sie nicht gleich, als sie ihm von der Schwangerschaft erzählte, aus der Wohnung geworfen hatte. Die meisten Männer hätten dies fraglos getan. Sie schliefen zwar wieder gemeinsam in ihrem Ehebett, aber Ludwig hatte noch keinen Versuch gestartet, ihr körperlich nahe zu kommen. Trotz der anhaltenden Dissonanzen sah Rosina prächtig aus: Ihre blonden Haare glänzten, ihre Haut war stark gebräunt von der Mittelmeersonne, und ihre Brüste waren trotz des frühen Stadiums ihrer Schwangerschaft schon zu beachtlicher Größe angeschwollen. Das neue Leben in ihrem Bauch hatte sie noch schöner werden lassen, hatte ihr eine Aura umwerfender Weiblichkeit verliehen.

Wenn Ludwig seine Frau morgens beim Ankleiden vom Bett aus beobachtete, konnte er trotz seines Ärgers über ihre Untreue nicht umhin, sie zu bewundern. Es war neu für ihn, dass Rosina jetzt ständig nackt durch das Schlafzimmer lief und sich dabei völlig ungezwungen bewegte. Zwar war Ludwig kein Mann, der mit einem starken Sexualtrieb ausgestattet war. Aber: Er war immer noch ein Mann. Was schließlich dazu führte, dass Ludwig eines Abends, als er mit seiner Frau im Bett lag, auf die andere Seite hinüberlangte und eine der beiden prallen Brüste unter Rosinas Nachthemd umfasste.

Na endlich, das wurde aber auch Zeit, dachte Rosina erleichtert, als sich Ludwig auf sie rollte und sich ohne langes Zögern mit ihr vereinigte. In diesem Moment wusste sie, dass er ihr verziehen hatte. Zumindest vorerst.

Franz

Beim Interview, das ich mit Franz Sedlacek führe, sitzt er mir an einem runden Tisch im Haus seiner Halbschwester Amina in einer Kleinstadt im Rheinland gegenüber. Er ist dreiundsiebzig Jahre alt, hat noch volles, leicht ergrautes Haar. Er trägt eine Jeans mit Hosenträgern, die über seinem runden Bauch spannen, und ein einfarbiges dunkelgrünes Hemd. Bevor er sich mit mir unterhält, steht er auf, um sich aus Aminas geräumigem Kühlschrank einen Schnaps einzuschenken. Auffällig an Franz sind sein prächtiger Schnäuzer und seine lebhaften Augen. Er spricht einen waschechten Ur-Wiener Dialekt.

Franz erzählt:

Na, wo soll ich anfangen mit der Geschichte? Meine Mutter Rosina war – wie soll ich das sagen, ohne dass das jetzt schlecht klingt – ein sehr unternehmungslustiger Mensch. Und immer wenn es Frühling wurde, da wollte sie raus, da wollte sie weg. Und das in einer schlechten Zeit, damals, nur ein paar Jahre nach dem Krieg. Es gab wenig zu essen. Mein Vater hatte Berufsverbot. Er war ursprünglich Drogist, musste aber nach 1945 schwere Arbeit leisten. Wahrscheinlich war die Entnazifizierung nicht gründlich genug gewesen.

Und vermutlich weil es uns damals nicht so gut ging, suchte meine Mutter nach einem besseren Leben. Sie wollte raus aus Wien, wollte reisen und neue Eindrücke sammeln. Ich war vielleicht drei Jahre alt, als sie eines Tages plötzlich weg war. Sie hatte sich nicht von mir verabschiedet. Wenn ich meinen Vater fragte, wo die Mama sei, antwortete er mir immer, sie sei in Urlaub gefahren. Die Oma Sedlacek würde sich um mich kümmern. Das hatte die Oma auch schon vorher getan, weil meine Mutter in einem Röntgenlabor arbeitete. Weshalb ich sie als kleiner Junge auch nicht sehr vermisste – vielleicht ein bisserl abends beim Schlafengehen, weil mein Vater mir keine Gutenachtgeschichte vorlesen wollte.

Nach ein paar Wochen, ich glaube, es war im Spätsommer, war die Mama auch wieder da. Es war eigentlich wieder alles so wie früher. Allerdings war meine Mutter leider ein bisschen schwanger zurückgekommen aus Italien. Sie hatte dort, wie sie mir viel später erzählt hat, einen Mann kennengelernt, einen gewissen Luigi Zerforelli, genannt Gigi, der, wie sich herausstellte, wohl der Vater meines Bruders Helmut ist oder vielmehr war, denn er ist schon eine Weile tot.

Mein kleiner Bruder Helmut wurde bei uns sehr gut aufgenommen, auch von meinem Vater. Er hat ihn sofort adoptiert, da hat's gar nix gegeben. Tja, ich weiß auch nicht: Es ist ihr halt passiert auf diesen Reisen. Sie hat ja immer fortwollen. Mal wollte sie nach Südafrika auswandern, ein anderes Mal nach Australien. Aber daraus ist leider nichts geworden. Sie war nun mal sehr abenteuerlustig. Vielleicht lag es an ihrer Abstammung. Sie war ja eine gebürtige Ungarin, eine geborene Nagy. Und ich kann mich daran erinnern, dass mein Vater sie bei einem fürchterlichen Streit in der Küche einmal als

Zigeunerin beschimpfte. Er äußerte sich auch sehr schlecht über ihre Familie, die ich leider nie kennengelernt habe.

Vielleicht hat ihr die Lust am Reisen in den Genen gelegen, obwohl sie vom Äußeren so gar nichts Zigeunerhaftes an sich hatte. Im Gegenteil: Meine Mutter war eine gut gewachsene, schlanke, sehr attraktive Frau mit wunderschönen blonden Haaren, die sie meist offen oder mit einem Haarband trug. Sie hatte große, hellblaue Augen und ein hübsches Lächeln, mit dem sie jeden, egal ob Frau oder Mann, einwickeln konnte. Ich habe es als Kind oft erlebt, wie Fremde auf meine Mutter reagiert haben. Sie hatte einfach einen wahnsinnigen Charme – selbst bis ins hohe Alter hinein.

Zurück im Alltag

Ein unendlich kalter Winter legte sich über Wien, ein Winter, der Rosina überhaupt nicht mehr warm werden ließ. Es stürmte und schneite ohne Unterbrechung, und die Schneehaufen türmten sich in den Straßen. Mittlerweile im achten Monat, schleppte Rosina mühsam ihre Einkäufe die ausgetretene Treppe hinauf in den dritten Stock des Mietshauses in der Millergasse Nr. 12, wo sie mit ihrer Familie wohnte. Obwohl sie sich abends oft Fußbäder machte, blieb die Kälte hartnäckig in ihren Knochen und machte sie noch unbeweglicher, als sie durch das Kind in ihrem Bauch ohnehin schon war.

Hin und wieder dachte sie mit Wehmut an den vergangenen Sommer in Italien, als das Leben ihr so unendlich viel leichter erschienen war. Nie hatte sie sich so frei und unbeschwert gefühlt. Und jetzt hing sie wieder in diesem vermaledeiten Wien fest, in einer Dreizimmerwohnung mit Klosett auf der Zwischenetage. Eine Wohnung mit wenig Licht, mit ein paar ärmlichen Möbeln und abgetretenen Teppichen. Spaß hatte sie eigentlich nur an dem Burli, ihrem kleinen Franz, der sich zu einem kecken Bürschchen gemausert hatte.

Was mag der Gigi jetzt so treiben drunten in Triest, dachte Rosina, als sie ihre Einkäufe auf den Küchentisch fallen ließ. Zu gern hätte sie ihm geschrieben, dass ihre Sommerliebe unerwartete Folgen gehabt hatte. Aber sie hatte keine Adresse von ihm, außerdem wäre es Ludwig gegenüber nicht fair. Dem hatte sie versprechen müssen, nie mehr Kontakt zu ihrem »Gigolo« aufzunehmen – überhaupt zu keinem in Triest, Alberto eingeschlossen. Ludwig hatte sie, nachdem er sie tagelang mit Vorwürfen traktiert hatte, letztendlich wie ein Gentleman behandelt. Natürlich hatte sie ihm schwören müssen, dass so etwas wie mit Gigi nie mehr vorkommen werde. Aber sie hatte ihn wahrlich nicht dazu gedrängt, das Kind, das bald geboren würde, als sein Eigenes anzunehmen. Dazu war er jedenfalls fest entschlossen.

In der Nachbarschaft hatte sich schnell herumgesprochen, dass Rosina ein kleines, mittlerweile unübersehbares Souvenir aus dem Süden mitgebracht hatte. Doch Ludwig hatte sich über den allgemeinen Tratsch hinweggesetzt. Sicher, er war in der Nazizeit ein glühender Anhänger des Führers gewesen und auch nach dem Krieg seiner rechten Gesinnung weitgehend treu geblieben – trotz Entnazifizierung. Aber als Ehemann stand er zu Rosina ohne Wenn und Aber. In Wahrheit hatte ihn ihre dreimonatige Abwesenheit in eine kleine Depression gestürzt, die er mit entschieden zu viel Alkohol und Zigaretten zu kurieren versuchte. Seine Erleichterung war dementsprechend groß, als Rosina zu Beginn des Herbstes wieder in Wien auftauchte. Dass Bekannte und Kollegen über ihn lästerten, weil er sich ein Kuckucksei hatte ins Nest legen lassen, ließ Ludwig kalt. Auf das Gerede der Leute hatte er noch nie etwas gegeben.

Er war vielmehr heilfroh, endlich seine Mutter nach Hause schicken und wieder ein normales Familienleben führen zu können. Noch dazu mit einer Frau, die schöner denn je war, selbst mit ihrem inzwischen gewaltigen Bauch. Zum Glück für die Familie hatte Rosina ihre Arbeit im Röntgeninstitut wieder aufnehmen dürfen. Bis zum achten Monat hatte sie dort gearbeitet. Das Geld konnten sie gut gebrauchen, schließlich verdiente Ludwig als Handlanger auf dem Bau nicht sonderlich gut. Seit der Entnazifizierung hatte er kaum Anstalten gemacht, sich eine neue, besser bezahlte Beschäftigung zu suchen. Dazu fehlten ihm einfach Ehrgeiz und Elan. Weshalb Rosina schon mit Schrecken an die Zeit nach der Geburt dachte. Sie würde sich kaum selbst um das Neugeborene kümmern können – jedenfalls nicht länger als ein paar Monate. Dann müsste die Oma Sedlacek wieder einspringen und sie zurück an ihre Arbeit.

Vielleicht hätte ich doch auf der anderen Seite der Alpen bleiben sollen, dachte sie beim Bügeln von Ludwigs Arbeitshemden, um den Gedanken jedoch gleich wieder zu verwerfen. Auf Gigi war als Vater und Ehemann kein Verlass, das musste sie sich einfach eingestehen. Seine Zärtlichkeiten, seine überraschenden Einfälle beim Liebemachen vermisste sie trotzdem, ganz besonders dann, wenn sie wieder einmal nach einem enttäuschenden, weil viel zu kurzen ehelichen Beischlaf unbefriedigt und frustriert auf der Seite ihres Ehebetts lag und Ludwig zufrieden schnarchen hörte.

»Ich kann hier auf Dauer nicht bleiben«, flüsterte sie sich selbst in der Dunkelheit zu. »Verzeih mir, lieber Gott, ich weiß, ich bin undankbar, aber ich halte es hier nicht ewig aus.«

In ein paar Tagen würde sie ihr zweites Kind bekommen und danach erst einmal fest ans Haus gebunden sein. Mit einem Baby und einem Kleinkind würde es noch viel schwerer werden, irgendwo außerhalb von Wien ein neues Leben anzufangen. Darüber war sich Rosina im Klaren. Sie fasste den

Entschluss, erst einmal einen Schritt nach dem anderen zu tun. Irgendwann, wenn sie sich mit den Kleinen eingerichtet hatte, würde wieder die Gelegenheit kommen, über Veränderungen nachzudenken.

Konnte sie ein ganzes Leben lang an der Seite von Ludwig in Wien bleiben, als brave Ehefrau und fürsorgliche Mutter? Diese Vorstellung jagte ihr einen kalten Schauer über den Rücken. In Italien wäre es ihr indes auch nicht besser ergangen. Der Sprache kaum mächtig, in einem miserabel bezahlten Job als Kellnerin und obendrein schwanger! Da war sie mit ihrem Ludwig doch besser bedient, auf den konnte man wenigstens bauen. Zumindest für den Augenblick. Auch wenn ihr sein ewiges Gejammer über den verlorenen Krieg längst zum Hals heraushing.

Es ist, wie es ist. Man muss sich dreinfügen, sagte Rosina zu sich selbst und legte die gefalteten Hemden in den Wäschekorb. Beim Bücken spürte sie plötzlich ein heftiges Ziehen im Bauch. Und Rosina wusste sofort, dass es Zeit war, sich auf den Weg ins Krankenhaus zu machen …

Die Annonce

Sie war schon seit Jahren nicht mehr in einem Wiener Caféhaus gewesen. An das letzte Mal als Jugendliche zusammen mit ihren Eltern erinnerte sie sich kaum noch. Entsprechend unsicher bewegte sich Rosina zwischen den kleinen Tischen hindurch, an denen überwiegend gut gekleidete Gäste bei Kaffee und Kuchen saßen. Einzelne Herren hatten auch einen Cognac vor sich stehen und zogen beim Lesen der Tageszeitung genüsslich an ihren Zigarren.

Das Caféhaus Central im ersten Wiener Bezirk hatte nur wenig gemein mit dem Hafencafé in Triest, in dem Rosina zwei Jahre zuvor für eine kurze Zeit gearbeitet hatte. Dort gab es keine vornehmen Garderobenständer, keine riesigen Fenster mit schweren Samtvorhängen, keine opulenten Auslagen mit feinsten Konfitüren. Rosina war beeindruckt von der Geschäftigkeit, die in diesem berühmten Caféhaus herrschte. Die Kellner in ihren schwarzen Hosen und Westen mit dem obligatorischen weißen Hemd und Fliege flitzten in professioneller Lässigkeit zwischen den Tischen umher, sichtlich bemüht, die Wünsche ihrer anspruchsvollen Kundschaft möglichst prompt zu erfüllen.

Nachdem Rosina sich im Café umgesehen hatte, entdeckte sie ihre Freundin Margarete an einem der hinteren Tische.

»Na, da bist du ja endlich. Ich dachte, du kommst überhaupt nicht mehr«, begrüßte Margarete ihre Freundin Rosina.

»Tut mir leid, ich musste warten, bis meine Schwiegermutter aus der Messe zurück war. Sie passt Gott sei Dank immer gern auf die Kleinen auf. Ich wüsste gar nicht, was ich ohne sie anfangen würde.«

»Ist ja auch egal. Hauptsache, du bist jetzt da und wir können ratschen«, lachte Margarete. Sie hatte einen Kaffee und ein großes Stück Sachertorte bestellt, wovon sie die Hälfte bereits aufgegessen hatte.

»Ist aber ganz schön vornehm hier. Und sicher auch teuer, oder?«

»Ach, geh, ist eh wurscht. Der Ferdi hat mir heute Morgen ein paar Scheinchen zugesteckt. Ich lad dich gern ein. Denk dran, Rosina, wir leben nur einmal. Ins Caféhaus zu gehen sollte man sich viel öfter gönnen.«

Margarete war Rosinas beste Freundin. Die beiden hatten sich vor einiger Zeit bei der Arbeit im Röntgeninstitut kennengelernt. Margarete war im Büro für die Abrechnungen zuständig, während Rosina den Ärzten bei den Röntgenaufnahmen assistierte. Margarete war Mitte dreißig und mit Ferdi, einem erfolgreichen Viehhändler, verheiratet. Kinder hatte das Ehepaar nicht. Weil ihr Mann häufiger außerhalb Wiens zu tun hatte, war Margarete stets froh, wenn sie sich mit jemandem treffen konnte. Die groß gewachsene Brünette mit den hohen Wangenknochen und der markanten Nase war keine auffallende Schönheit wie Rosina, hatte allerdings das gewisse Etwas, das bei Männern Eindruck hinterließ.

»Der Oberhofer hat gestern wieder mal versucht, ob bei mir was geht. Ich habe ihn aber abblitzen lassen. Er war ganz schön wütend, der Herr Medizinalrat«, erzählte Margarete mit halb vollem Mund. »Die Torte ist übrigens himmlisch, musst unbedingt probieren.«

»Der Oberhofer ist ein Widerling. Der hat mich ganz schön bedrängt, als ich aus Italien zurückgekommen bin und meine Arbeit zurückhaben wollte. So nach dem Motto: Wenn wir ein wenig herumpoussieren, kann ich dich auch wieder einstellen.«

»Und? Hast du ihn rangelassen?«

»Wo denkst denn hin. Den Oberhofer doch nicht mit seinem sauren Atem und seinem faltigen Hals. Ich hab ihm gesagt, dass ich eine anständige Frau und verheiratet bin.«

»Das war mutig – ein paar Wochen nachdem du ein Kind von einem anderen bekommen hast, Schatzl.«

»Davon weiß der Oberhofer doch nichts.«

»Von wegen. Das ganze Institut hat davon gewusst. So was spricht sich halt schnell herum.«

»Ich hab's eben drauf ankommen lassen. Wenn er mich nicht wieder eingestellt hätte, tja, dann …«

»Was dann?«

»Dann hätt' ich mir was anderes suchen müssen. In Italien ist mir dieses An-mir Rumfummeln schon gewaltig auf die Nerven gegangen, das kannst' mir glauben, Margarete. Da kam mir der Dr. Oberhofer gerade recht.«

»Und wie geht's dir sonst?«

»Ich habe ganz schön zu tun mit den beiden Jungs. Auch wenn der Helmut ein ganz ein Süßer ist. So brav und so zufrieden. Nicht so ein Rabauke wie der Franz, den du immer im Auge haben musst«, seufzte Rosina und nippte an ihrem noch zu heißen Kaffee.

»Wie läuft's mit dem Ludwig. Ich meine … du weißt schon.«

»Er ist, wie er ist, eigentlich ein Lieber, da kann ich mich nicht beschweren. Aber er ist halt fad, macht seine Arbeit, trinkt abends sein Bier, und ab und zu muss ich mit ihm schnackseln.«

»Was heißt ab und zu?«

»Na ja, mittlerweile vielleicht alle zwei Wochen. Aber wenn ich das mit Italien und Gigi vergleiche, würde es mir auch alle vier Wochen reichen.«

Rosina hatte Margarete von ihrer aufregenden Zeit in Triest erzählt, weil sie ihr als einziger Person vollkommen vertraute. Natürlich hatte ihre Freundin alle Einzelheiten genau wissen wollen und im Gegenzug versprochen, keiner Menschenseele ein Wort darüber zu sagen.

»Das hört sich aber gar nicht gut an, Schatzl. Das hört sich so an, als wenn du den Ludwig bald überhast und ihn verlassen wirst, wenn du jemand anderen gefunden hast«, bemerkte Margarete.

»Ich kann ihn nicht einfach sitzen lassen. Wo soll ich denn hin mit zwei kleinen Kindern? Mit dem bisschen, das ich verdiene, kann ich mir nicht einmal eine Wohnung mieten. Außerdem war der Ludwig so großzügig zu mir. Er hat den Helmut als sein eigenes Kind angenommen. Das werde ich ihm nie vergessen«, antwortete Rosina.

»Glücklich macht dich das aber trotzdem nicht. Wenn ich dich so ansehe: Hängst ein bisserl durch, gell?«

Rosinas Augen füllten sich mit Tränen. Sie konnte vor ihrer Freundin nicht verbergen, dass sie in Wahrheit todunglücklich war. Schon seit Wochen schlief sie schlecht, hatte kaum Appetit und schleppte sich nur mit Mühe zur Arbeit. Selbst an ihren beiden Kindern, die mehr an der Oma als an der Mutter hingen, hatte sie nur wenig Freude. Immer, wenn sie nachts wach lag, träumte sie von Italien, von der Sonne und vom Meer, vom Liebemachen am Strand und natürlich von Gigi.

»Ich sitz in der Falle. Da gibt's keinen Ausweg für mich«, schluchzte Rosina, die das Taschentuch, das Margarete ihr hinhielt, dankend annahm.

»Na, vielleicht gibt es doch noch einen Ausweg, Liebes. Ich habe da neulich eine Annonce in der Zeitung gelesen. Darin sucht ein ägyptischer Arzt eine leitende Krankenschwester für ein Spital in Kairo.

»Und was hat das jetzt mit mir zu tun?«

»Wo du doch immer so ein Fernweh hast. Vielleicht wäre das ein Ausweg aus deiner Falle.«

»Kairo? Ägypten? Jetzt spinnst du aber völlig.«

»Hör, Rosina, das war ja nur so eine Anregung. Ich habe die Annonce noch zu Hause. Ich kann sie dir morgen mitbringen«, schlug Margarete vor.

»Aber das ist doch Blödsinn. Ich bin nur Röntgenassistentin und keine Krankenschwester.«

»Das ist doch fast dasselbe, zumindest für die Araber da unten.Ich wette, wenn wir dem Oberhofer ein wenig um den Bart gehen, stellt er dir ein Eins-a-Zeugnis als Krankenschwester aus.«

»Also geh, Margarete, manchmal bist du wirklich ...«

»Wenn anderes nichts hilft, müssen wir eben unsere Titten einsetzen, Herzchen. Der Zweck heiligt die Mittel, heißt es in der Bibel.«

»Ich kann mir die Anzeige ja mal anschauen. Schaden tut's nix.«

»Na, bitt' schön, Rosina, so gefällst du mir schon viel besser. Zahlen, Herr Ober.«

Auf dem Nachhauseweg ging Rosina die Annonce nicht mehr aus dem Kopf. Mit Ludwig hatte sie ganz zu Beginn ihrer Ehe hin und wieder Auswanderungspläne geschmiedet. Damals hatte vor allem Ludwig weggewollt, weil sie ihn wegen seiner Nazi-Vergangenheit in Österreich so schlecht behandelten, wie er meinte. Australien oder Südafrika, vielleicht auch Südamerika – eine Zeit lang hatten sie ernsthaft über die Möglichkeit nachgedacht, Wien für immer zu verlassen. Und dann war Rosina schwanger geworden, womit sich die schönen Pläne erst einmal in Luft auflösten.

Machbar wäre vielleicht, wenn sie erst einmal allein als Krankenschwester nach Kairo ginge – vorausgesetzt, sie würde die Stelle überhaupt bekommen, was ihrer Meinung nach eher unwahrscheinlich war. Dieser Gedanke ging Rosina durch den Kopf, während sie langsam durch den Rathauspark zurück in die Josefstadt schlenderte. Aber wenn sie tatsächlich genommen würde … Weiter konnte Rosina noch nicht denken. Nach Italien zu gehen und dort irgendwie zurechtzukommen, das hatte sie sich schon zugetraut. Aber Kairo? So weit weg von der Heimat?

Am nächsten Tag fand Rosina einen Umschlag mit ihrem Namen im Röntgenlabor vor. Wie versprochen hatte ihr Margarete die Zeitung mit der Stellenanzeige hinterlegt. In der Mittagspause, die sie mit einem Brot im Personalraum des Labors verbrachte, entfaltete sie die Zeitung, um sich die Annonce anzusehen. Darin suchte ein gewisser Dr. Musa El Farragh eine erfahrene Krankenschwester für ein Allgemein-Krankenhaus in Kairo. Telefonnummer und Adresse waren beigefügt. Die Anzeige versprach eine Bezahlung nach europäischem Standard. Rosina nahm sich vor, gleich nach Feierabend bei diesem Arzt anzurufen, um sich nach den Voraussetzungen zu erkundigen, die nötig wären, um die Anstellung in Kairo zu bekommen.

Franz erzählt

Nach der Italien-Reise meiner Mutter kehrte erst mal Frieden ein in unser Familienleben – jedenfalls soweit ich das erinnere. Mein Vater und meine Mutter gingen beide arbeiten, wir wohnten weiter in der Millergasse und die Oma Sedlacek schaute nach uns Kindern. Ich glaube, mein Bruder war zwei Jahre alt, ich ungefähr sechs oder sieben, da kam meine Mutter eines Tages mit einer Zeitungsannonce nach Hause. Darin wurde eine Krankenschwester oder vielmehr eine Oberschwester für ein ägyptisches Krankenhaus in Kairo gesucht.

Und sie hat dann, nicht glaubend, dass sie da irgendwas erreichen würde, auf die Anzeige geantwortet. Und prompt hat sich jemand gemeldet, ein Dr. Musa El Farragh, der einer der Chefs dieses Krankenhauses in Kairo war. Sie hat sich mit dem Arzt unterhalten, und oh Wunder: Meine Mutter hat den Job tatsächlich bekommen. Wie sie das hingebracht hat, weiß ich zwar nicht. Aber ich vermute mal, dass der Dr. El Farragh, als er meine Mutter gesehen hat, eher von ihrem Charme und ihrem attraktiven Äußeren angetan war als von ihren Arbeitspapieren.

Schließlich war sie ja alles andere als eine erfahrene Krankenschwester, schon gar nicht geeignet als Oberschwester. Ein Krankenhaus hatte sie bis dahin noch nie von innen gesehen. Mein Vater erzählte mir jedoch, dass meine Mutter irgendeinen Kuhhandel mit ihrem Chef Dr. Oberhofer vom Röntgeninstitut ausgehandelt hatte. Ich will's nicht beschwören, aber ich glaube mich entsinnen zu können, dass mein Vater etwas von gefälschten Arbeitspapieren sagte. Sie war zwar als Röntgenassistentin den Umgang mit Patienten gewöhnt. Aber das hätte normalerweise nie und nimmer als Qualifikation für die Stelle im Hospital in Kairo ausgereicht. Offenbar setzte meine Mutter alle Hebel in Bewegung, um nach Ägypten fahren zu dürfen, obwohl mein Vater strikt dagegen war und es deswegen bei uns tagelange Streitereien gab. Letztendlich konnte mein Vater sie allerdings nicht aufhalten. Es war wieder Frühling, meine Mutter musste raus, musste reisen …

Veränderungen

Als Rosina den Brief mit dem Absender Dr. Musa El Faragh öffnete, zitterten ihr nicht nur die Hände. Auch ihre Beine fühlten sich an wie aus Gummi, sodass sie sich auf einen Stuhl am Küchentisch setzen musste. Während sie das Schreiben las, verstärkte sich das mulmige Gefühl in ihrer Bauchgegend noch um einiges. Denn der Doktor, mit dem sie vor ziemlich genau einer Woche ein intensives Gespräch in dessen Wiener Hotel geführt hatte, teilte ihr mit, dass sie schon im Juli als Krankenschwester im Metropolitan Hospital in Kairo ihren Dienst antreten könne.

»Oh Gott, schon im Juli. Wie soll ich das nur machen?«, stöhnte sie und schlug beide Hände vors Gesicht.

Ludwig hatte sie noch nichts davon erzählt, dass sie sich auf die Annonce eines ägyptischen Arztes beworben hatte. Sie musste es ihm heute Abend sagen. Sie musste ihm sagen, dass sie diese Stelle annehmen würde. Und dass nichts und niemand sie davon abhalten konnte. Seit der Geburt von Helmut, dem jüngsten ihrer beiden Söhne, hatte Rosina sich – Gott war ihr Zeuge – alle Mühe gegeben, Ludwig eine gute Ehefrau und den Kindern eine richtige Mutter zu sein. Sie hatte ihre Arbeit im Röntgenlabor ernst genommen, war stets fleißig und pünktlich gewesen. Obwohl sie nach Feierabend oft erschöpft und müde war, hatte sie sich liebevoll um den Burli und den Kuki gekümmert. Die Oma Sedlacek, die ein wahrer Schatz von einer Schwiegermutter war, nahm ihr die Kinderbetreuung zwar größtenteils ab, aber Rosina wollte nicht, dass die Jungen ausschließlich durch ihre Großmutter erzogen wurden.

Trotzdem hatte sie die ganze Zeit über das Gefühl, als würde das Leben einfach an ihr vorbeilaufen, als wäre sie in einem Hamsterrad gefangen, aus dem es keinen Ausweg gab. Immer öfters träumte sie von ihrer Reise nach Italien, auf der sie zum ersten Mal ein Gefühl von Freiheit erlebt hatte, ein Gefühl, das mittlerweile fast verblasst war. Der Alltag in Wien mit Ludwig, den beiden Kindern, der Schwiegermama und der Arbeit saugte ihr alle Energie aus dem Leib. Für Träume blieb keine Zeit mehr. Für die Liebe schon gar nicht. Nachdem Ludwig ihr die Affäre in Triest verziehen und sogar das Kind eines anderen als sein eigenes angenommen hatte, lief es in ihrer Ehe zunächst ganz gut. Ihr Mann bemühte sich, nicht mehr so oft ins Wirtshaus zu gehen und Rosinas Bedürfnisse zu berücksichtigen. Man unternahm an den Wochenenden sogar hin und wieder Ausflüge in die ländliche Umgebung von Wien.

Nach etwa einem halben Jahr schlich sich jedoch wieder die alte eheliche Routine ein, die Rosina schon vor ihrem Ausbruch nach Italien so zu schaffen gemacht hatte. Es fiel ihr mehr und mehr schwer, Ludwigs flüchtige Umarmungen, seinen fehlenden Ehrgeiz und seine schwankenden Stimmungen zu ertragen. Er wollte wieder in seinen angestammten Beruf als Drogist zurückkehren, fand aber keine Anstellung. Die Arbeit auf dem Bau machte ihm überhaupt keinen Spaß, weshalb er häufig übellaunig nach Hause kam und seinen Ärger in Alkohol ertränkte.

Wie zu erwarten reagierte Ludwig mit einem Wutausbruch, als Rosina ihm von der Zeitungsanzeige, vom Gespräch mit dem ägyptischen Arzt und von der Stelle in Kairo erzählte, die sie anzutreten gedachte.

»Geht das schon wieder los! Bist jetzt komplett narrisch«, brüllte er und schlug vor Wut mit der Faust auf den Tisch.

»Geh, Ludwig, lass uns doch vernünftig darüber reden ...«

»Vernünftig? Was ist denn daran vernünftig, dass meine Frau alles stehen und liegen lässt, um in Kairo in einem Krankenhaus zu arbeiten?«

»Ich würde erst einmal allein nach Ägypten gehen und schauen, ob ich als Krankenschwester zurechtkomme. Immerhin verdiene ich dort viel mehr als im Röntgeninstitut«, brachte Rosina schüchtern vor.

»Jaja, ich weiß schon, wie das ausgeht: Dann stehst du in einem halben Jahr wieder mit einem Bankert im Bauch vor der Tür, gell?«

»Du bist gemein, Ludwig. Ich habe dir gesagt, dass mir das nie wieder passieren wird. Das habe ich dir hoch und heilig versprochen.«

»Und was ist mit den Buben? Wer kümmert sich um die?«

»Deine Mutter. Sie ist damit einverstanden, dass ich nach Kairo gehe. Es ist ja nur für eine kurze Zeit. Wenn ich mich eingelebt habe, hol ich euch nach. Dann sind wir alle wieder zusammen.«

»Was um Himmels willen soll ich bitt' schön in Kairo, Rosina? Vielleicht als Kameltreiber durch die Wüste reiten?«

Ludwig hatte sich ein Wasserglas voll Schnaps eingeschenkt, das er fast in einem Zug hinunterstürzte.

»Der Dr. El Farragh hat gesagt, dass er sicher auch für dich eine Anstellung findet. Im Hospital zum Beispiel. Vielleicht als Hausmeister«, schlug Rosina vor. »Und wir werden eine tolle Wohnung bekommen, viel größer und schöner als hier in Wien.«

»So wie ich dich kenne, hast du dich eh schon entschieden. Egal was ich dazu zu sagen hab.«

»Schau, Ludwig, ich hab's wirklich versucht, ich hab mir wirklich alle Mühe gegeben. Aber ich halt es in Wien einfach nicht mehr aus. Ich werde hier verrückt. Diese elende Wohnung, in die kaum ein Sonnenstrahl fällt, zur Hälfte des Monats ist kein Geld mehr da, und dann auch noch der Ärger auf der Arbeit mit dem Oberhofer ...«

»Was ist denn jetzt mit dem Oberhofer? Davon weiß ich ja noch gar nichts«, bellte Ludwig.

»Ach, was immer ist: Der will mich pudern, was denkst denn du?«

»Der alte Trottel?«

»Die Alten sind die schlimmsten, das kannst du mir glauben. Aber überleg mal: Wir könnten doch einfach versuchen, irgendwo anders als in diesem vermaledeiten Wien Fuß zu fassen. Weißt du noch, als wir nach Australien oder Südafrika auswandern wollten? Das war damals deine Idee. Stimmt's? Und wenn's nicht passt, kann man ja auch wieder zurück.«

Ludwig schüttelte resignierend mit dem Kopf und goss sich einen weiteren Schnaps ein.

»Ach, rutsch mir den Buckel runter, Rosina. Machst ja eh, was du willst. Ich bin dir doch völlig wurscht. Kannst halt nicht an gegen dein Zigeunerblut ...«

»Hör ein für alle Mal auf mit deinem Zigeuner-Gerede. Meine Familie kommt zwar aus Ungarn, aber mit Zigeunern haben wir nichts zu tun. Sonst hätte ich sicher schwarze und keine blonden Haare«, polterte Rosina.

»Und wie willst du die Reise nach Ägypten bezahlen, wenn ich fragen darf?«

»Der Doktor hat mir versprochen, dass das Hospital dafür aufkommt. Er reist Anfang Juli zurück, und ich soll ihn dann begleiten.«

»Wahrscheinlich will er dich auch pudern, der feine Herr Mediziner.«

»Du bist widerlich, Ludwig. Der Dr. El Farragh ist ein ganz vornehmer Herr, ganz anders als der Oberhofer. Du wirst ihn ja vielleicht kennenlernen.«

Am Wiener Hauptbahnhof wartete Dr. Musa El Farragh schon am Bahnsteig auf Rosina, die mit zwei Taschen in der Hand auf ihn zusteuerte. Ein Gepäckträger folgte ihr mit einem riesigen Koffer. Vor dem Bahnhofsgebäude hatte Rosina sich von ihren beiden Kindern verabschiedet. Franz und Helmut hatten beide angefangen zu weinen und sich heftig an ihre Mutter geklammert. Sie wollten sie nicht gehen lassen. Die Oma Sedlacek hatte sie schließlich weggezogen und ihnen ein großes Eis im Caféhaus versprochen. Rosina war fast das Herz gebrochen, als sie ihre Buben mit verheulten Augen zurücklassen musste.

Wir sind ja nur für kurze Zeit getrennt, sagte sie sich, als sie die Treppe zum Bahnsteig hinaufstieg. Ihr Verstand sagte ihr jedoch, dass es sicherlich eine gewisse Zeit dauern würde, bis sie sich in Kairo eingewöhnt hatte. So lange würde sie wohl auf ihre Kinder verzichten müssen. Sie hatte nächtelang hin und her überlegt, ob sie Franz und Helmut bei der Oma lassen konnte. Immer wieder waren Rosina Zweifel gekommen, ob sie die Reise nach Ägypten wagen durfte. Aber ihre Neugier auf die fremde Welt des Orients hatte schließlich gegen alle Bedenken obsiegt. So eine Chance würde sich ihr so schnell nicht wieder bieten, dessen war sie sicher. Und auf die Oma Sedlacek konnte sie sich immer verlassen. Bei ihr würden es die Buben gut haben.

Als der Zug endlich aus dem Bahnhof rollte, fühlte sich Rosina wie ein neugeborener Mensch – trotz des heftigen Schmerzes, den die Trennung von ihren Kindern ausgelöst hatte. Sie unterhielt sich angeregt mit Dr. El Farragh, der von einem Studenten aus Graz als Dolmetscher begleitet wurde. Rudolf, so hieß der junge Mann, sprach ausgezeichnet Englisch und hatte schon beim Bewerbungsgespräch im Hotel übersetzt. Rosina nahm sich vor, in Kairo möglichst schnell Englisch zu lernen. Sie hatte sich, nachdem sie dem Doktor ihre Zusage gegeben hatte, gleich ein Wörterbuch besorgt.

Mit dem Zug würden sie über Klagenfurt, Udine und Treviso direkt nach Venedig reisen, wo das Schiff nach Alexandria auf sie wartete. Unterwegs erwies sich Dr. El Farragh als angenehmer Reisegefährte. Er lud Rosina und Rudolf im Speisewagen zum Essen ein und erzählte ihnen in blumigen Worten von seiner Heimat. Der Arzt war Ende vierzig, nicht sehr groß gewachsen, dafür ein wenig untersetzt. Er hatte schwarze, schon ein wenig lichter werdende Haare, einen gepflegten Vollbart und dunkle, seelenvolle Augen, die Rosina gleich bei der ersten Begegnung fasziniert hatten.

Sie gefiel ihm, das konnte Rosina in diesen Augen lesen. Sie gefiel ihm sogar sehr, wie es schien. Ansonsten hätte der Ägypter die Zeugnisse, die Dr. Oberhofer ihr ausgestellt hatte, nicht so achtlos beiseitegeschoben, als sie sich im Hotel gegenübersaßen. Es hatte noch weitere Bewerbungen geben, wie Rudolf Rosina unter dem Siegel der Verschwiegenheit berichtet hatte. Aber El Farragh hatte sich schließlich für sie entschieden, obwohl die Zeugnisse sie nicht zweifelsfrei als gelernte Krankenschwester auswiesen.

Dass Dr. Oberhofer ihr zum Abschied Papiere ausgestellt hatte, in denen er ihr Qualifikationen bescheinigte, die sie nachweislich nicht hatte, verdankte sie Margarete. Ihre

Freundin hatte den Herrn Medizinalrat abends in seinem Büro besucht und ihn mit »handfesten Argumenten«, über die Rosina lieber nicht nachdenken wollte, davon überzeugt, der ausscheidenden Mitarbeiterin ein erstklassiges Zeugnis auszustellen. Margaretes letzter Freundschaftsdienst sozusagen.

»Er hätte sicher lieber mit dir herumpoussiert. Das hab ich ihm angesehen. Aber mit meinem Hintern war er offenbar auch zufrieden«, hatte Margarete bei ihrem Abschiedstreffen im Café Central gescherzt.

Und in ein paar Stunden würden sie in Venedig ankommen, in ihrer Traumstadt, dachte Rosina, während der Zug durch Slowenien zuckelte. Die Zukunft hatte für sie begonnen. Sie würde ihre Chance nutzen und ein neues Leben beginnen.

Kairo

Das Zimmer, das Dr. El Farragh für sie reserviert hatte, war nicht sonderlich groß. Die Wände waren weiß gekalkt, es gab ein einfaches Bett, einen Kleiderschrank, eine Kommode mit einer Schüssel zum Waschen und einen Stuhl mit Tischchen, der direkt unter dem Fenster stand, durch das man auf einen großen Park mit riesigen Palmen blickte. Rosina war von der langen Reise völlig erschöpft. Sie konnte vor Müdigkeit kaum noch stehen. Sobald sie allein in ihrem neuen Zuhause war, ihre Taschen und den großen Koffer abgestellt hatte, ließ sie sich, ohne sich vorher auszuziehen, auf das Bett fallen und war nur wenig später eingeschlafen.

Als sie nach knapp vierzehn Stunden aufwachte, wusste sie zunächst nicht, wo sie sich befand. Erst nach und nach wurde ihr bewusst, dass sie in Ägypten war, im Metropolitan Hospital in Kairo. Die Sonne stand bereits hoch am Himmel und hatte die Temperatur in Rosinas Zimmer im Wohnheim des Krankenhauses schon auf fast dreißig Grad aufgeheizt. Immer noch benommen vom langen Schlaf entledigte sich Rosina ihres Kleides, zog Seidenstrümpfe, Büstenhalter und Slip aus und streckte sich nackt auf ihrem Bett aus. Mit geschlossenen Augen ließ sie die aufregende Reise, das bisher größte Abenteuer ihres Lebens, noch einmal Revue passieren.

Ihr waren die Augen übergegangen, als der Zug in der Stazione principale, im Hauptbahnhof von Venedig, eingerollt war. Schon vorher hatte sie aus dem Zugfenster die Lagune sehen können, dieses flache Gewässer mit den vereinzelten Holzpfählen, die den Bootsführern den Weg wiesen. Überall konnte man kleinere und größere Schiffe sehen, riesige Vogelschwärme belebten den strahlend blauen Himmel. Am Bahnhof hatte Dr. El Farragh eine Gondel gemietet, die ihn gemeinsam mit Rosina und dem Studenten Rudolf zu einer kleinen Pension brachte, in der die kleine Reisegesellschaft die Nacht verbringen würde. Das Schiff nach Alexandria lief erst drei Tage später aus. Der Doktor hatte Rosina versprochen, ihr die schönsten Seiten der Lagunenstadt zu zeigen. Und er hielt Wort. Mit offenem Mund lief Rosina über den Markusplatz. Sie bestaunte die Architektur der vielen historischen Bauwerke, flanierte zwischen den zahllosen Touristen durch den Dogenpalast und schaute von einem kleinen Café den Gondolieri zu, wie sie mit Kraft und Geschick ihre Boote durch die engen Kanäle manövrierten.

Sicher: Auch Wien war eine faszinierende Stadt, eine Stadt mit Historie, eine Stadt mit Lebensart, eine Stadt voller Musik und Theater, wie Rosina zugeben musste. Aber Venedig übte auf die junge Frau einen Zauber aus, der mit nichts vergleichbar war, was sie bislang gesehen und erlebt hatte. Das Lächeln schien in ihr Gesicht eingraviert zu sein, während sie ihren beiden Begleitern wie benommen durch die pittoresken Gassen folgte. Rosina wäre zu gern in einen der vielen Läden gegangen, an denen sie vorbeikam, um ihren Kindern ein Geschenk zu kaufen. Ihr äußerst knappes Reisebudget ließ indes keine Extravaganzen zu. Sie durfte Dr. El Farraghs Großzügigkeit nicht zu sehr strapazieren. Schließlich war sie nicht zum Vergnügen in Venedig, sondern um sich nach Ägypten einzuschiffen.

Die Tage bis zum Auslaufen des Schiffes »Esperia« vergingen wie im Flug. Der Doktor war trotz der sommerlichen Hitze unermüdlich von einer Sehenswürdigkeit zur anderen geeilt. Er hatte Rosina und Rudolf stolze Paläste, kleine, verträumte Plätze und beeindruckende Brücken gezeigt. Er kannte unscheinbare Restaurants abseits der Touristenströme, in denen die Spaghetti Carbonara und der Rotwein vortrefflich schmeckten, so wie Rosina es noch von Triest in Erinnerung hatte. Sie hätte ewig in Venedig bleiben können, völlig verzaubert von dieser einzigartigen Stadt im Wasser.

Als die »Esperia« schließlich ablegte und Rosina auf dem Oberdeck stehend einen letzten Blick auf den Canale Grande warf, fiel es ihr sichtlich schwer, Abschied zu nehmen. Dr. El Farragh, der neben ihr stand, schien ihren Gemütszustand zu erahnen. Denn er legte spontan einen Arm um Rosina und drückte beruhigend ihre Schulter. Sie lächelte ihm für diese mitfühlende Geste dankbar zu. Überhaupt hatte sie es mit dem ägyptischen Arzt gut getroffen. Schließlich hatte er ihr die Anstellung im Krankenhaus verschafft. Darüber hinaus übernahm er die Kosten für Verpflegung und Unterkunft auf der Reise nach Kairo. Unter diesen Umständen fand es Rosina erstaunlich, dass sich der Doktor ihr gegenüber noch keine persönlichen Freiheiten herausgenommen hatte, wie sie das etwa bei Alberto, ihrem ehemaligen Padrone in Triest, erlebt hatte. El Farragh, so schien es, genoss ihre Gegenwart und erfreute sich an Rosinas Schönheit in etwa so, wie er die Architektur eines prachtvollen venezianischen Patrizierhauses bewunderte.

Bei Rudolf, dem Dolmetscher, sah die Sache schon anders aus. Der schlaksige Student aus Detmold in Westfalen, zweiundzwanzig Jahre jung und noch voller Komplexe, geriet regelmäßig ins Stottern, wenn Rosina ihn ansprach. Er hätte vermutlich alles dafür gegeben, während der Reise das Bett mit Rosina teilen zu dürfen, wie man an seinen begehrlichen Blicken unschwer ablesen konnte. Rudolf war jedoch intelligent genug, seine Gefühle unter Kontrolle zu halten. Dr. El Farragh hätte ihn unweigerlich zurück in die Heimat geschickt, wenn er sich gegenüber Rosina ungebührlich benommen hätte.

Unter diesen Umständen konnte sie die mehrtägige Überfahrt nach Alexandria in vollen Zügen genießen. Tagsüber sonnte sie sich meistens auf einem der zahlreichen Liegestühle auf dem Oberdeck – stets das englische Wörterbuch in Griffweite. Der Doktor hatte ihr bereits einige Sätze beigebracht und sie anschließend für ihre rasche Auffassungsgabe gelobt. Auch Rudolf hatte sich erfolgreich bemüht, ihr Ausdrücke und Redewendungen, die im Alltag nützlich waren, zu vermitteln. Wenn sich Rosina in ihrem neuen weiß-blauen Badeanzug und in Stöckelschuhen auf dem Schiff bewegte, kriegte nicht nur Rudolf einen trockenen Mund. Auch etliche Matrosen ließen ihre Arbeit für kurze Zeit ruhen, um ein Auge auf die umwerfende Blondine mit den langen Beinen und der schmalen Taille zu werfen.

Anerkennende Pfiffe und zweideutige Sprüche, die Rosina bei ihrem dreimonatigen Aufenthalt in Triest ständig begleitet hatten, blieben auf der »Esperia« erstaunlicherweise aus.

Unterwegs schweiften Rosinas Gedanken immer mal wieder zurück nach Wien zu Burli und Kuki, ihren beiden Kindern. Ob sie sich wohl inzwischen wieder ein wenig gefangen hatten? Beim Abschied waren beide außer sich gewesen und hatten geheult wie Schlosshunde. Rosina nahm sich vor, die Buben so schnell wie möglich nach Kairo zu holen, sobald sie sich dort eingerichtet hatte. Seltsamerweise hatte sie keine Angst vor der Aufgabe, die sie dort erwartete. Sie hatte noch nie in einem Krankenhaus gearbeitet. Dr. El Farragh, so hatte es ihr Rudolf übersetzt, war fest entschlossen, sie als Oberschwester auf seiner Station der Inneren Medizin einzusetzen. Wie das funktionieren sollte, darüber machte sich Rosina noch keine Gedanken. Am Anfang würde sie sicherlich große Probleme mit der Sprache haben. Aber sie war fest entschlossen, so schnell wie möglich sowohl Englisch als auch Arabisch zu lernen, um das Vertrauen, das Dr. El Farragh in sie setzte, zu rechtfertigen.

Schon in Wien hatte sie eine Stelle mit viel Verantwortung besetzt, auch wenn die Bezahlung gering gewesen war. Sie war häufig für ihr Organisationstalent und ihr Engagement gelobt worden – speziell von Dr. Oberhofer. Allerdings musste man bei seinen Belobigungen gehörig aufpassen. Sie waren in der Regel nicht ganz zweckfrei. Oberhofer, obwohl verheiratet und mit vier Mädchen im Alter zwischen vier und sechzehn Jahren gesegnet, hatte bereits Affären mit etlichen von Rosinas Kolleginnen gehabt. Diejenigen, die dem Chef des Röntgeninstituts zu Willen waren, wurden, so hieß es im Kollegenkreis, mit einem leicht verbesserten Gehalt belohnt.

An Oberhofer wollte Rosina jedoch keinen Gedanken mehr verschwenden, so zuwider war ihr dieses »alte Klappergestell«, wie Margarete ihn treffend genannt hatte. Stattdessen ließ sie sich die frische Seeluft um die Nase wehen. Sie genoss die Ausblicke auf kleinere und größere Inseln, die die »Esperia« auf ihrem Weg in den Orient passierte. Wenn Ludwig jetzt an ihrer Stelle wäre, würde er vielleicht verstehen, warum sie Wien hatte den Rücken kehren müssen. Sie hätte sich selbst nie verziehen, wenn sie in ihrem Leben den einzigartigen Moment verpasst hätte, als das Schiff in den Hafen von Alexandria einlief. Mit wachsendem Erstaunen erblickte Rosina eine Allee aus riesigen Palmen, ein irritierendes Verkehrsgewirr mit vielen hupenden Autos und Männer in langen weißen Gewändern mit seltsamen Kopfbedeckungen sowie primitive Holzkarren, die wie im Mittelalter von Eseln gezogen wurden.

Dr. El Farragh, der neben Rosina an der Reling stand, breitete die Arme aus: »Welcome to Egypt, Mrs. Sedlacek!«

»Thank you, Doctor, I am very happy«, antwortete Rosina noch etwas unsicher.

Das Taxi, das den Doktor, Rosina und Rudolf zum Hospital brachte, hatte schon bessere Tage gesehen. Es war überall verbeult, teilweise blätterte der Lack ab. Aber es schien noch zu funktionieren. Der dunkelhäutige Mann am Steuer navigierte lässig durch den dichten Verkehr, schimpfte aus dem offenen Fenster, wenn ihm jemand die Vorfahrt nahm, und rauchte dabei eine spezielle Art von Pfeife, deren scharfer Tabakgeruch bis in den Fonds zog. Unterwegs wies Dr. El Farragh seine Begleiter auf Moscheen und andere größere Gebäude hin, deren Bedeutung und Funktion Rosina nur teilweise verstand. Unüberhörbar schwang im Vortrag des Arztes ein gewisser Stolz auf seine Heimatstadt mit. Er unterstrich seine Ausführungen vom Beifahrersitz aus mit weit ausholenden Gesten, merkte jedoch schnell, dass seine Gäste aus Österreich ihm nicht mehr folgen konnten, weil sie völlig erschlagen von der Reise waren.

Nachdem Rosina sich zwei Tage lang ausgeruht und ihre persönlichen Dinge im Wohnheim des Hospitals eingeräumt hatte, wartete sie gespannt darauf, dass Dr. El Farragh sie mit ihrer neuen Aufgabe auf der Inneren Station des Metropolitan Hospital vertraut machen würde. Ein Bediensteter des Krankenhauses hatte ihr bereits eine weiße Schwesternuniform mit Haube gebracht und ihr auf Englisch mitgeteilt, dass sie am nächsten Tag um sieben Uhr ihren Dienst antreten werde. Vor Aufregung schlief Rosina in der Nacht davor ausgesprochen schlecht. Sie wachte ständig auf und träumte die verrücktesten Sachen. Lange vor Sonnenaufgang war sie bereits auf den Beinen, wusch sich sorgfältig von Kopf bis Fuß und legte ihre Schwesterntracht an.

Oh Gott, ist das alles klein hier, dachte Rosina, als sie kurz vor sieben das Hospital betrat und nach der Inneren Station Ausschau hielt. Dr. El Farragh hatte ihr gesagt, dass sie im ersten Stock arbeiten werde. Dort wartete er bereits auf sie, umringt von etwa einem Dutzend einheimischer Krankenschwestern. Der Doktor nahm Rosina bei der Hand und zog sie neben sich, um sie seinen Mitarbeiterinnen vorzustellen. Rosina, die kein Wort der kurzen Ansprache verstand, lächelte freundlich in die Runde und verschaffte sich gleich einen ersten Eindruck von ihrem künftigen Arbeitsfeld. Auch Rudolf war anwesend, um ein letztes Mal als Übersetzer zu fungieren. Anschließend wollte er sein Archäologiestudium fortsetzen und zwecks Feldforschung zu den Pyramiden aufbrechen.

Die Räumlichkeiten der Inneren Station, so schien es Rosina, waren zwar auf den ersten Blick sauber und hell, jedoch viel kleiner und primitiver ausgestattet als in Krankenhäusern in Österreich. Dr. El Farragh führte sie durch einen geräumigen Krankensaal, in dem eine große Zahl von Patienten untergebracht war.

»Wie viel Kranke sind das hier? Was schätzt du?«, fragte Rosina Rudolf, der ihr wie ein Schatten folgte.

»Ich denke mal, das sind bestimmt zwei Dutzend. Vielleicht auch mehr. Ich glaube, du wirst dich hier an andere Verhältnisse gewöhnen müssen als in Wien.«

»Tja, das fürchte ich auch. Aber wir werden das Kind schon schaukeln«, sprach sich Rosina selber Mut zu. »Schade, dass du nicht länger bleiben kannst. Ich könnte deine Hilfe am Anfang sicher gut gebrauchen.«

»Tut mir leid, ich würde gerne noch bleiben und dir bei der Eingewöhnung helfen. Aber mein Schiff nach Abu Simbel geht schon morgen. Ich hoffe, dass du auch ohne mich zurechtkommst. Ich wünsche dir viel Glück. Es war ein großes Vergnügen, mit dir und dem Doktor zu reisen.«

Zum Abschied drückte Rudolf Rosina in seiner linkischen Art vorsichtig an sich und verschwand mit weit ausholenden Schritten für immer aus ihrem Leben.

Bewährungsproben

Dass es so lange dauern würde, bis sie sich im Metropolitan Hospital einigermaßen auskannte und in etwa wusste, welche Abteilung wo zu finden war, hatte Rosina nicht erwartet. Die Organisation des Kairoer Krankenhauses, in dem sie seit Anfang Juli arbeitete, war teilweise chaotisch – mit europäischen Standards jedenfalls nicht vergleichbar. Auf lange Sicht hatte Dr. El Farragh Rosina für den Leitungsposten auf seiner Station vorgesehen. Doch die ersten Wochen verbrachte sie vorwiegend damit, die Arbeitsabläufe zu beobachten. So hatte sie es mit ihrem neuen Chef vereinbart.

Dummerweise verfügte Rosina über keine einschlägigen Erfahrungen beispielsweise aus Wiener Spitälern. Aber sie kannte sich immerhin mit dem schon in die Jahre gekommenen Röntgenapparat aus, der in ihrer Abteilung benutzt wurde. Und genau dort begann sie mit ihrer Arbeit. Sie versuchte mithilfe einer einheimischen Kollegin, Ordnung in die Krankenakten zu bekommen, die nur unvollständig oder überhaupt nicht geführt wurden. Durch einen standardisierten Ablauf der Untersuchungen schaffte sie es, dass mehr Röntgenaufnahmen von den Patienten gemacht wurden als vorher. Die ägyptischen Krankenschwestern und Hilfskräfte begegneten ihr zunächst misstrauisch und äußerst zurückhaltend. Weil Rosina jedoch ständig von Dr. El Farragh gelobt wurde und für alle offensichtlich sein vollstes Vertrauen genoss, folgten die meisten Mitarbeiter widerspruchslos ihren Anweisungen. Von ihr eingeführte Neuerungen und Verbesserungsvorschläge wurden schulterzuckend akzeptiert und mal mehr, mal weniger schnell umgesetzt.

Um Rosina die Eingewöhnung zu erleichtern, hatte ihr Dr. El Farragh Fatima, eine junge Frau, nicht einmal zwanzig Jahre alt, als Assistentin zugeteilt. Fatima sprach fast perfekt Englisch und konnte sich mit Rosina schon nach kurzer Zeit verständigen. Obwohl Rosina so gut wie keine Sprachkenntnisse und auch keine höhere Schulbildung hatte, lernte sie unglaublich schnell. Nach Feierabend saß sie fast jeden Abend in ihrem Zimmer und arbeitete sich durch ihr Wörterbuch. Auch einige arabische Sätze beherrschte sie schon, täglich kamen weitere hinzu. Neu waren für sie allerdings nicht nur die Sprache und das berufliche Umfeld, neu war ihr vor allem die Mentalität der Araber, die sich zuvorderst bei der Arbeit bemerkbar machte. Häufig, speziell während der Sommermonate, herrschten im Krankenhaus Temperaturen von mehr als fünfunddreißig Grad. Entsprechend langsam agierten die Krankenschwestern bei der Versorgung der Patienten. Zum Austausch von Neuigkeiten wurden auch häufiger kleinere oder größere Pausen eingelegt – mehr, als einem gut funktionierenden Krankenhausbetrieb eigentlich guttaten.

Freundlich, aber bestimmt versuchte Rosina, ihren Kolleginnen ein gewisses Phlegma auszutreiben und sie zu kontinuierlicher Arbeit anzuhalten. Schon drei Monate später, nachdem sie sich in alle wichtigen Bereiche der Inneren Station eingearbeitet hatte, übernahm Rosina die Aufgaben einer leitenden Krankenschwester – sehr zur Freude von Dr. El Farragh, der sich darin bestätigt sah, in Wien die richtige Wahl getroffen zu haben.

Waren die ersten Wochen in Kairo von morgens bis spät in die Nacht damit ausgefüllt, das Krankenhaus und seine Angestellten kennenzulernen, fand Rosina irgendwann auch Zeit, sich mit Kairo selbst vertraut zu machen. Ihre Assistentin Fatima lud sie zu einem Besuch auf einem der berühmten Basare der Stadt ein. Begleitet wurden sie dabei von Fatimas Bruder Fehat, der sich dort offenbar bestens auskannte. Denn bei etlichen der unzähligen Händler, die ihre Waren in den vollgestopften Gassen anpriesen, blieb Fehat stehen, um mit ihnen einen kurzen Plausch zu halten und einen Tee zu trinken. Rosina hatte zwar schon Fotos von einem orientalischen Basar in Zeitschriften gesehen, aber die Wirklichkeit übertraf ihre Vorstellungen doch um einiges. Der permanente Lärm, die fremdartige Musik, die Rufe der Händler: All das berauschte sie in einem Maße, dass ihr zeitweilig schwindelig wurde.

Allein schon die sich überlagernden Gerüche, die von einem riesigen Gewürzstand ausgingen, waren überwältigend. Von Fehat ermuntert kostete Rosina von den in bunten Säcken gelagerten Produkten, deren Namen sie nie zuvor gehört hatte. Die Gewürze unterschieden sich zu ihrem nicht geringen Erstaunen stark in Farbe und Konsistenz. Zu Hause in Wien hatte sie zum Kochen kaum mehr als Pfeffer, Salz, Majoran, Kümmel und vielleicht ein wenig Paprika verwendet.

Wie köstlich mögen wohl die Gerichte schmecken, die man mit diesen Gewürzen verfeinert, fragte sich Rosina, als sie mit der Fingerspitze von einem tiefroten Pulver probierte, dessen Name ihr Fatima auf Arabisch nannte.

»Boah, ist das Zeug scharf«, wunderte sie sich. Ihre Zungenspitze brannte wie Feuer, während Fehat und seine Schwester sich königlich amüsierten.

»Damit muss man ganz vorsichtig sein beim Würzen«, erklärte Fatima. »Ich werde es dir zeigen, wenn du einmal bei uns zu Hause zum Essen kommst.«

Der Basar erstreckte sich kilometerlang über enge und zum Teil überdachte Gassen. Immer wieder blieb Rosina stehen, um Kleider aus glänzenden Seiden, geschmückt mit arabischen Ornamenten, zu bestaunen.

»Willst du nicht mal eines anziehen?«, forderte Fatima sie auf, als Rosina mit der Hand vorsichtig über die zarten Stoffe strich. »Ich weiß nicht, ich sehe in so etwas sicher sehr komisch aus«, sträubte sie sich.

Doch der verkaufstüchtige Händler hatte sie schon in den hinteren Teil seines Geschäfts gezogen, wo sie ein aufwendig besticktes Kleid anprobieren sollte. Fatima folgte ihr mit einem Paar verschwenderisch mit Strass verzierter Sandaletten, die perfekt zu der orientalischen Robe passten. Fehat klatschte vor Freude in die Hände, als sich Rosina wenig später in der ungewohnten Kleidung präsentierte.

»Wie wundervoll! Wie eine richtige Sultanin«, schwärmte er mit glänzenden Augen.

Wenn mich so meine Kolleginnen aus dem Röntgeninstitut in Wien sehen könnten, dachte Rosina nicht ohne einen gewissen Stolz bei sich. Das glaubt mir dort keiner.

Dennoch konnte sie sich nicht dazu durchringen, das zweifellos wunderschöne Kleid und die Sandaletten zu kaufen. Auf dem weiteren Weg durch den Basar, der von zahllosen, sich aneinanderdrängenden Menschen bevölkert war, schwirrte Rosina der Kopf von all den Geschäften mit Schuhen, mit Kopfbedeckungen und Goldschmuck, mit Taschen, Küchengerätschaften, Werkzeug, Lampen und Teppichen. Besonders beeindruckt war Rosina von der üppigen Auswahl an Obstsorten. Einige davon hatte sie noch nie in ihrem Leben gesehen, geschweige denn gekostet. Um Fehat und Fatima nicht ganz zu enttäuschen, kaufte Rosina in einem winzigen, bis in den hintersten Winkel vollgestapelten Laden einige Duftkerzen und ein wohlriechendes Öl für ihr noch sehr spartanisches Zimmer im Wohnheim des Hospitals.

In Begleitung von Fatima und Fehat fiel Rosinas Erscheinung auf dem Weg durch den Basar natürlich überall auf. Sie war größer als die meisten ägyptischen Frauen und hatte einen wesentlich helleren Teint, auch wenn sie versuchte, sooft es ging, in der Mittagspause auf der Dachterrasse des Krankenhauses ein Sonnenbad zu nehmen. Die ständige Sonneneinstrahlung hatte ihre blonden Haare überdies noch ein wenig heller werden lassen. Kein Wunder, dass sich vor allem die Männer ungeniert nach ihr umdrehten und sie bewundernd anstarrten.

Weil sie in den ersten Wochen kaum Zeit hatte, die riesige Stadt zu erforschen und Geld auszugeben, hatte Rosina schon ein wenig von ihrem Gehalt zurücklegen können. So konnte sie es sich erlauben, auch für ihre Schwiegermutter ein Tuch aus feinster Seide und für ihre beiden Kinder Spielzeug aus Holz zu kaufen. Selbst Ludwig sollte nicht leer ausgehen, weshalb sie eine Kiste feinster Zigarren für ihn erstand. Das Feilschen mit den Händlern, das sich über Minuten hinzog, übernahm Fehat, der verhindern wollte, dass Rosina beim Kauf übers Ohr gehauen wurde.

Fehats große dunkle Augen erinnerten Rosina entfernt an Luigi, ihren früheren Liebhaber in Triest – allerdings mit dem Unterschied, dass der Ägypter ihr gegenüber freundlich und bescheiden auftrat.

Wenn man ihm seine ärmlichen Klamotten ausziehen und ihn in prächtige Gewänder stecken würde, sähe er aus wie ein Märchenprinz aus 1001 Nacht, dachte Rosina, als sie Fehat auf dem Nachhauseweg in der Straßenbahn gegenübersaß. Seine schlanke Gestalt und sein gut geschnittenes Gesicht lösten in ihr eine Sehnsucht nach Berührung aus, die sie wegen der vielen Arbeit im Krankenhaus schon längere Zeit nicht mehr verspürt hatte. Sie nahm sich vor, Fatima bei passender Gelegenheit vorsichtig über ihren Bruder auszufragen, ohne ihr dabei ein gewisses Interesse an dessen Person zu offenbaren. Die Blicke, die ihr Fehat zuwarf, wenn er sicher war, dass seine Schwester für ein paar Augenblicke abgelenkt war, ließen jedenfalls keinen Zweifel daran, dass sie auf ihn Eindruck machte. Rosina hatte keine Ahnung, wie sie mit Fehat in Kontakt treten könnte und ob eine Affäre mit einem Einheimischen überhaupt möglich und, wenn ja, statthaft wäre. Sie hatte Ludwig zwar versprochen, sich in der Fremde mit keinem anderen mehr einzulassen, aber ihr Ehemann war weit weg in Wien und konnte das Verlangen, das die Begegnung mit Fehat in ihr entfacht hatte, nun einmal nicht stillen.

Fatima würde jedenfalls alles andere als begeistert sein, wenn sie ein Liebesverhältnis mit ihrem Bruder anfangen würde, der sicherlich schon einer entfernten Cousine als Ehemann versprochen war. Diese und viele ähnliche Gedanken gingen Rosina durch den Kopf, als sie nach dem Besuch des Basars zurück in ihrem Zimmer war. Sie entledigte sich all ihrer Kleider, wusch sich mit kaltem Wasser von Kopf bis Fuß und schlüpfte, immer noch ganz aufgewühlt von den vielen Eindrücken, unter ihr leichtes Bettlaken.

Wie fast jeden Abend vor dem Einschlafen dachte sie an ihre Buben daheim in Österreich. Gleich morgen würde sie Ludwig einen Brief schreiben und ihm von Kairo und ihrem neuen Leben dort berichten. Vielleicht könnte sie ihn überreden, schon bald mit Franz und Helmut nach Ägypten zu kommen, damit sie wieder als Familie zusammenleben konnten.

Sehnsucht nach den Buben

Für Rosina lief es im Metropolitan Hospital mit jedem Tag besser. In der Organisation der Arbeitsabläufe auf ihrer Station hatte sie schon einiges verbessert, wie Dr. El Farragh ihr bescheinigt hatte. Sie brachte die einheimischen Angestellten mal in freundlichem, zuweilen auch in barschem Ton dazu, etwas zügiger als gewohnt nach den Patienten zu schauen. Dank Fatimas Hilfe hatte Rosina in Rekordzeit sowohl Englisch als auch Arabisch gelernt – zumindest so viel, dass sie sich im Krankenhaus einigermaßen verständigen konnte.

Und was sie zusätzlich noch beflügelte: Sie hatte sich verliebt. Obwohl sie sich vorgenommen hatte, Ludwig wie versprochen treu zu bleiben, hatte es sie wie aus heiterem Himmel getroffen. Der Mann, der Rosinas Herz aus dem Takt gebracht hatte, hieß Kemal Falusi, ein Teppichhändler aus einem Kairoer Vorort. Sie hatte ihn kennengelernt, als Kemal wegen einer akuten Nierenkolik auf der Inneren Station gelegen hatte. Für besonders betuchte Patienten gab es im Metropolitan Hospital auch Einzel- oder Doppelzimmer. Dr. El Farragh hatte Rosina gebeten, sich ganz besonders um das

Wohl von Kemal zu kümmern, weil beide im gleichen Herrenclub verkehrten.

Schon bei der ersten Begegnung war Rosina von dem selbstbewussten Glatzkopf mit den leicht abstehenden Ohren fasziniert, der bei der Einlieferung noch unter schrecklichen Schmerzen gelitten hatte. Kemal erholte sich jedoch erstaunlich schnell und nutzte die ihm verordnete Bettruhe von gut einer Woche, um Rosina mit Aufmerksamkeiten zu überhäufen. Mal ließ er Konfekt für sie kommen, mal war es ein großer Blumenstrauß. Ein anderes Mal überreichte er der Oberschwester ein Etui mit einer Silberkette. Kemal musste dabei große Vorsicht walten lassen, denn er war verheiratet und hatte drei schon fast erwachsene Kinder.

Rein äußerlich war Kemal nicht annähernd so attraktiv wie etwa Fatimas Bruder Fehat, aber er verfügte über eine ungewöhnliche Ausstrahlung, eine natürliche Autorität, die Rosina mehr beeindruckte als ein hübsches Gesicht. Je länger sie sich mit dem Teppichhändler, der fließend Englisch sprach, im Krankenzimmer unterhielt, desto neugieriger wurde sie auf ihn. Wie alles, was sich im Krankenhaus abspielte, erfuhr auch Dr. El Farragh von der sich möglicherweise anbahnenden Affäre – und war alles andere als erfreut darüber.

Als Kemal das Hospital nach acht Tagen verlassen durfte, hinterließ er Rosina einen Zettel mit einer Adresse und einer Telefonnummer. Tagelang rang Rosina mit sich, ob sie die Telefonnummer anrufen sollte oder lieber doch nicht. Da Kemal gebunden war und sicher nicht die Absicht hatte, mehr als ein kurzes sexuelles Abenteuer mit ihr zu erleben, gab sie ihrem wachsenden Verlangen nach Zärtlichkeit und körperlicher Nähe am Ende nach. Sie hatte seit Monaten nicht mehr mit einem Mann geschlafen. Die erste Begegnung mit Kemal in einem Luxushotel am Ufer des Nils kam für sie deshalb einer wahren Explosion der Lust gleich. Sie fühlte sich wie ein verdorrtes Stück Land, auf das endlich der lang ersehnte Regen fällt.

Der Teppichhändler las ihr an den Abenden, an denen sie sich heimlich in immer wechselnden Hotels trafen, jeden Wunsch von den Augen ab. Er verwöhnte Rosina, wenn sie eine kurze Pause im Liebesspiel eingelegt hatten, mit allerlei Leckerbissen und Champagner, die er aufs Zimmer bringen ließ. Wenn sie die Augen schloss, fühlte sie sich wie die Lieblingsfrau eines reichen Sultans, und sie genoss jede einzelne Sekunde dieser für sie sehr befriedigenden Begegnungen. Ihr neu erwachter Spaß an der körperlichen Liebe, den Kemal durch immer neue Einfälle und Variationen befeuerte, konnte ihr schlechtes Gewissen allerdings immer nur für ein paar Stunden beruhigen. Spätestens am nächsten Morgen, wenn sie sich für den Dienst im Krankenhaus fertig machte, dachte sie an Ludwig und die beiden Buben daheim in Wien.

Wie mag es ihnen jetzt gerade gehen? Haben sie genug zu essen? Sind sie vielleicht krank oder vermissen sie mich? Diese und viele andere Fragen gingen ihr immer häufiger durch den Kopf und trübten ihre Stimmung ein. Sie musste sich eingestehen, dass trotz der wundervollen Stunden, die sie zeitweise mit Kemal verlebte, eine Sehnsucht nach den Kindern in ihr wuchs, die mit jedem Tag größer wurde. Sie musste den Burli und den Kuki nach Kairo holen, damit sie hier bei ihr aufwachsen konnten. Das Problem war Ludwig, der als Ur-Wiener sicherlich keine Lust haben würde, in den Orient auszuwandern. Dennoch war Rosina fest entschlossen, ihren Mann in einem Brief zu bitten, die Kinder nach Kairo zu schicken. Sie hatte inzwischen genug Geld zur Seite legen können, um die Reise zu bezahlen.

Zu ihrer Überraschung erhielt sie schon wenige Tage später einen Brief von Ludwig, in dem dieser schrieb:

Liebe Rosina,
ich habe mich sehr gefreut, von dir zu hören. Vor allem, dass du es so gut angetroffen hast da herunten in Kairo und dass du jetzt schon eine Oberschwester bist und viel Geld verdienst. Den Buben geht es auch gut. Der Franzl geht gern in die Schule und gibt sich sehr viel Mühe. Seine Noten sind leider nicht die besten. Aber vielleicht fehlt ihm auch die feste Hand der Mutter ein wenig. Die Oma ist bei ihm oft ein bisserl zu nachsichtig. Der Helmut ist jetzt kein Baby mehr, sondern ein gutes Stück gewachsen. Du wirst ihn kaum erkennen, wenn du ihn wiedersiehst. In meiner neuen Stelle komme ich zurecht. Die Bezahlung ist nicht eben gut, aber das kann ja noch werden. Ich bin fürs Erste jedenfalls ganz zufrieden.
Ich muss dir sagen, dass du mir sehr fehlst hier in Wien, wo man kaum Abwechslung hat, außer mal ins Wirtshaus zu gehen. Immer nur Arbeit, Arbeit, Arbeit. Die Kinder fragen oft nach dir, und manchmal weint der Helmut abends, wenn ich ihn zu Bett bringe. Vielleicht hast du recht, dass es gut wäre, wenn die Buben zu dir nach Kairo kommen und mit dir leben. Meine Mutter klagt ab und zu darüber, dass sie alleweil nach ihnen schauen muss, wo sie ja nicht mehr die Jüngste ist. Du hast in deinem Brief geschrieben, dass du eine große, moderne Wohnung mit Bad und Toilette bekommen kannst. Das wäre natürlich wunderbar für die Kinder. Für die ganze Familie. Sicher könnte ich auch nach Ägypten kommen und mir dort eine neue Arbeit suchen, wie du vorgeschlagen hast. Aber ich halte es für besser, wenn sich die Buben erst einmal eingewöhnen, ehe ich dann nachkomme. Und du hättest Zeit genug, um Dr. El Farragh zu bitten, dir bei der Suche nach einer Beschäftigung für mich zu helfen. In Kairo werden's ja möglicher-

weise auch Drogisten benötigen. Im Krankenhaus gibt es doch so viel zu tun, da wird sich vielleicht etwas für mich finden.
Meine Mutter ist einverstanden damit, die Buben auf ihrer Reise zu begleiten. Ich habe sie nicht einmal groß überreden müssen. Manchmal habe ich den Eindruck, als würde die Fremde sie genau so sehr anziehen wie dich. Ich habe versucht, Franzl und Helmut ein guter Vater zu sein und die Verantwortung für die Kinder zu übernehmen. Ohne die Oma hätte ich das nicht schaffen können. Aber wir beide wissen, dass man eine Mutter nicht ersetzen kann. Danke für das Geld, das du uns geschickt hast. Sobald der Franzl aus der Schule abgemeldet ist und wir das Gepäck aufgegeben haben, können sie zu dir reisen. Ich vermute, dass sie Anfang Februar in Alexandria eintreffen werden. Näheres werde ich dir noch mitteilen.

Dein dich liebender Ehemann
Ludwig

Die Aussicht, ihre Kinder schon bald in die Arme schließen zu können, erfüllte Rosina mit großer Freude. Zwar ging es ihr in Kairo so gut wie noch nie zuvor in ihrem Leben, sie genoss große Wertschätzung im Krankenhaus, verdiente genug Geld und hatte zudem einen Liebhaber, der sie auf Händen trug. Doch dass sie ihre Buben in Wien hatte zurücklassen müssen, hatte immer einen Schatten auf ihre Seele geworfen. Sie hatte nicht zu hoffen gewagt, dass Ludwig so ohne Weiteres ihrem Vorschlag zustimmen würde. Aber er war eben doch ein herzensguter Mensch, wie Rosina fand. Sonst hätte er Helmut sicher nicht als seinen eigenen Sohn angenommen.

Dass die Oma Sedlacek mitkommen würde, empfand Rosina als große Erleichterung. Sie würde sich unter der Woche kaum selbst um die Kinder kümmern können, weil sie ja im Hospital arbeiten musste. Mit ihrer Schwiegermutter hatte Rosina von Anfang an ein zwiespältiges Verhältnis. Wenn sie aufeinandertrafen, gab es nicht selten Streitereien, weil die Ältere der Jüngeren vorwarf, sich als Frau zu viele Freiheiten herauszunehmen, während die Jüngere der Älteren vorhielt, sich zu oft unterbuttern zu lassen. Trotz dieser gelegentlichen Differenzen wusste Rosina, dass sie sich im Notfall immer auf die Oma Sedlacek verlassen konnte. Es nötigte ihr gehörigen Respekt ab, dass ihre Schwiegermutter es mit immerhin zweiundsechzig Jahren auf sich nahm, ihre Enkel in ein ihr völlig fremdes Land zu begleiten.

Mit einer gewissen Erleichterung, für die sie sich ein wenig schämte, nahm Rosina Ludwigs Entscheidung auf, zunächst noch in Wien zu bleiben und vielleicht irgendwann später nach Ägypten nachzureisen. Ihre Affäre mit Kemal würde sie wohl aufgeben müssen, wenn sie wieder mit Ludwig zusammenlebte. Aber solange er noch in Österreich war …

Voller Euphorie über die baldige Ankunft ihrer Kinder machte sich Rosina sogleich auf die Suche nach einer Wohnung. Dr. El Farragh, den sie zunächst um Hilfe bat, zuckte nur bedauernd mit den Schultern. Auch Fatima schien ihr bei der Wohnungssuche nicht weiterhelfen zu können. So einfach, wie sie sich das vorgestellt hatte, war es offenbar nicht, in Kairo an eine neue Bleibe zu kommen, wie Rosina feststellen musste. Ihre letzte Hoffnung war Kemal, der als Geschäftsmann über viele Kontakte verfügte.

»Wozu brauchst du eine Wohnung, mein Augenstern?«, fragte Kemal Rosina, als sie an einem kühlen Sonntagnachmittag im Hotel Idris eng aneinandergeschmiegt im Bett lagen und sich nach einem anstrengenden Liebesgetümmel ausruhten.

»Ich bin so froh: Meine beiden Kinder werden bald nach Kairo kommen.«

»Ganz allein? Ich dachte, sie seien noch sehr klein.«

»So klein auch wieder nicht: Der Helmut ist drei und der Franzl fast acht. Außerdem kommt die Oma auch mit.«

»Und was ist mit deinem Mann? Wie heißt er noch?«

»Ludwig.«

»Ja, was ist mit Ludwig? Kommt der auch?«

»Nein, du kannst dich beruhigen, er bleibt erst einmal in Wien«, gurrte Rosina und strich Kemal, der entspannt auf dem Bauch lag, zärtlich über den nackten Rücken.

»Wie schön. Dann kann ich diesen wunderbaren Hintern, diese süßen Grübchen am Rücken und diese niedlichen Füße noch ein bisschen länger genießen«, freute sich Kemal, zufrieden vor sich hin brummend.

»Wir müssen allerdings noch vorsichtiger sein, wenn meine Schwiegermutter hier ist. Sie riecht auf zehn Kilometer, wenn irgendwo etwas im Busch ist. Und ich werde weniger Zeit haben, weil ich mich auch um die Kinder kümmern muss.«

»Wir werden schon einen Weg finden. Schau, ich habe ja auch meine Familie, und wir können uns trotzdem sehen.«

»Meinst du, du kannst mir helfen, eine größere Wohnung zu finden? In meinem Zimmer im Wohnheim haben wir zu wenig Platz. Ein zusätzliches Zimmer wollen sie mir nicht geben.«

»Wie groß soll die Wohnung sein?«

»Ich dachte an drei bis vier Zimmer. Wenn möglich mit Bad und Toilette.«

»Ich werde mich erkundigen. Vielleicht hat einer aus meinem Club eine Wohnung, die er dir vermieten kann.«

»Du bist ein Schatz, Kemal. Ich bin sehr glücklich, dass ich dich gefunden habe.«

Immer, wenn Rosina das Hotel verließ, in dem sie sich mit Kemal verabredet hatte, fühlte sie sich leicht wie eine Feder, immer noch berauscht von den mannigfaltigen Zärtlichkeiten, mit denen ihr Liebhaber sie verwöhnt hatte. Sosehr Kemal als Araber auch nach außen hin seinen Reichtum, seine Geschäftstüchtigkeit und seine Männlichkeit zu Markte trug: Bei Rosina war er ein ganz anderer. Ein Mann, der auf ihre sexuellen Wünsche einging, der mehr gab, als er forderte. Weshalb sie im Geheimen hoffte, dass Ludwig noch eine Weile jenseits der Alpen bleiben würde.

Das neue Zuhause

»Na, was sagst du? Gefällt sie dir?«

Kemal breitete die Arme aus, um Rosina die Größe der neuen Wohnung, in die sie schon bald einziehen würde, zu verdeutlichen.

»Das ist ja unglaublich! Wie hast du das gemacht?«

Mit ungläubiger Miene wanderte Rosina von einem Zimmer ins nächste, während Kemal ihr dabei voller Stolz zusah.

»Ein richtiges Badezimmer! Wie habe ich mir das immer gewünscht«, jubilierte Rosina, als sie das Bad mit den hübschen orientalischen Kacheln entdeckte. »Und noch eine Toilette mit Wasserspülung dazu!«

»Das Apartment gehört einem Freund von mir. Ich habe ihm gesagt, dass du nicht so viel zahlen kannst. Er hat mir versprochen, dass er die Miete nicht zu hoch ansetzt«, verkündete Kemal.

»Ich weiß nicht, was ich hier in Kairo ohne dich anfangen würde.«

Strahlend vor Glück warf sich Rosina Kemal in die Arme und ließ sich von ihm übermütig im Kreis herumwirbeln.

»Hast du schon über Möbel nachgedacht?«, fragte Kemal, als er Rosina wieder auf dem Boden abgesetzt hatte.

»Möbel? Mmh. Stimmt. Oh Gott, ich müsste ja auch noch ein paar Möbel besorgen.«

»Pass auf. Ich kenne da einen Händler, der verkauft gebrauchte Sachen, die aber noch sehr gut sind. Ich könnte ihn bitten, etwas für dich herauszusuchen«, schlug Kemal vor.

»Das würdest du tun? Wie soll ich dir das nur wiedergutmachen?

»Na, da fällt mir sicher etwas ein, mein Augenstern.«

Die neue Wohnung lag in einem Hochhaus direkt an einem großen Platz, auf dem täglich ein Viehmarkt stattfand, was man vom Balkon aus unschwer riechen konnte. Von dort bis zum Metropolitan Hospital waren es nur etwa zwei Kilometer. Rosina würde die Straßenbahn nehmen müssen, um zur Arbeit zu fahren, was sicherlich eine zusätzliche Belastung darstellte. Vom Wohnheim waren es nur ein paar Schritte bis zum Krankenhaus gewesen. Dafür würde sie ihre Kinder von jetzt an immer um sich haben, noch dazu in einer so schönen Wohnung. Die Miete konnte sie sich so eben noch leisten. Dr. El Farragh hatte ihr Gehalt schon einmal erhöht, vielleicht würde er es noch ein weiteres Mal tun, wenn sie ihm ihre neue familiäre Situation schilderte. Rosina war jedenfalls fest entschlossen, Franz und Helmut ein Zuhause zu bieten, in dem sie sich wohlfühlten. Sie war sich bewusst, dass die Buben in der neuen Umgebung erst einmal fremdeln würden. Es würde wohl eine ganze Weile dauern, bis sie in Kairo neue Freunde fänden.

Rosina hatte sich schon im Krankenhaus erkundigt, ob es in der Nähe eine englischsprachige Schule gab. Man hatte ihr die Akropolis Modern School genannt. Sie würde Franz dorthin schicken, auch wenn sie dafür Schulgeld bezahlen müsste. Von den staatlichen Schulen Ägyptens hatte sie nicht viel Gutes gehört. Die meisten Krankenschwestern, die auf ihrer Station arbeiteten, waren auf eine staatliche Schule gegangen. Wie Rosina feststellen musste, verfügten diese Mädchen nur über ein sehr geringes Bildungsniveau. Sie wollte ihrem Ältesten außerdem nicht zumuten, eine Schule zu besuchen, in der in erster Linie Arabisch gesprochen wurde. Wo er doch ohnehin schon kein besonders guter Schüler war, wie Ludwig geschrieben hatte.

Es wäre für Rosina wesentlich einfacher gewesen, weiterhin allein in Kairo zu leben und zu arbeiten. Doch sie hatte nun einmal zwei Kinder, die sie nicht guten Gewissens einfach bei ihrem Vater zurücklassen konnte. Und sie war überzeugt davon, dass sie alle Schwierigkeiten, die sich mit dem Umzug ihrer Söhne von Österreich nach Ägypten ergaben, letztendlich meistern würde. Dank Kemal hatte sie eine Wohnung gefunden, dank Kemal würde sie auch noch Möbel bekommen. Rosina war allerdings noch schleierhaft, wie sie die Möbel bezahlen sollte. Dazu reichte ihr Erspartes nicht mehr aus. Aber sie war sicher, dass Kemal ihr auch in diesem Fall helfen würde, etwa mit einem kleinen Kredit.

Rosina stand in einer Traube von Menschen im Hafen von Alexandria und wartete ungeduldig darauf, dass die Passagiere endlich von der Fähre gelassen wurden. Sie hatte ihre Söhne jetzt seit elf Monaten nicht mehr gesehen. Nach einer Viertelstunde war es so weit: Die ersten Leute stiegen vorsichtig das Fallreep hinunter, meist schwer beladen mit Rucksäcken oder Koffern. Rosinas Herz setzte für einen kurzen Moment aus, als sie Franz erblickte, der Helmut an der Hand hielt, die Oma Sedlacek folgte ihnen ein paar Schritte zurück.

»Da seid ihr ja endlich«, jubelte Rosina, als sie zuerst Helmut ungestüm in ihre Arme schloss. »Mein Gott, bist du groß geworden«, stellte sie überrascht fest.

Ludwig hatte recht: Sie hätte ihren Sohn nicht wiedererkannt, wenn er ihr irgendwo unvermutet über den Weg gelaufen wäre.

»Und der Franz, Mensch, fast schon ein großer Bub.«

»Mama, wir haben dich ja so vermisst«, brüllte ihr Franz ins Ohr, während er Rosina so fest an sich drückte, dass es schon ein wenig wehtat.

»Hallo, Schwiegermutter, wie war die Reise? Ich find's wirklich großartig, dass du die Buben begleitet hast. Ich weiß gar nicht, wie ich dir danken soll.«

»Ich bin erst mal geschafft. Unterwegs war ich a bisserl malade von dem ewigen Auf und Ab an Bord«, antwortete Oma Sedlacek. »Aber sonst ist alles in Ordnung. Ganz schön heiß hier, gell?«

»Ja, ist schon ein paar Grad wärmer in Ägypten als in Österreich, vor allem im Sommer. Dann kann man erst nach sechs Uhr abends aus dem Haus gehen.«

Im Hafen winkte Rosina eines der vielen Taxis heran, die dort herumkurvten. Nachdem das Gepäck verstaut war, ging es zum Bahnhof, wo der Zug nach Kairo in einer Stunde einfahren sollte. Unterwegs in die ägyptische Hauptstadt hatten sich Mutter, Oma und Kinder viel zu erzählen. Während Rosina ihren Söhnen von ihrer Arbeit im Krankenhaus und den vielen Überstunden, die sie dort leisten musste, berichtete, erfuhr sie von Franz und der Oma, wie das Leben in Wien ohne sie weitergegangen war.

»Manchmal habe ich mir schon gewünscht, du wärst nicht fortgegangen«, gab die Oma Sedlacek freimütig zu. »Vor allem, wenn der Helmut so traurig dreingeschaut hat. Das ist mir schon ans Herz gegangen, kannst mir glauben. Er ist ja noch so klein.«

»Ich weiß, ich weiß. Ich habe unendlich oft an die beiden gedacht. Gott sei Dank hat mich die Arbeit so sehr in Beschlag genommen, dass ich kaum wirklich zum Nachdenken gekommen bin. Sonst wäre ich sicher verrückt geworden vor Sorge um meine Buben.«

»Es ist ja alles gut gegangen. Der Ludwig lässt dich übrigens schön grüßen«, richtete Oma Sedlacek Rosina aus.

»Dank dir. Ich hoffe, er kann sich bald in Wien loseisen und nach Kairo kommen. Dann sind wir wieder eine richtige Familie«, seufzte Rosina, die im gleichen Augenblick jedoch schon an ihren eigenen Worten zweifelte. Den Ludwig, so viel war klar, konnte sie vorläufig noch nicht hier gebrauchen. Kemal würde sicherlich eine »Gegenleistung« für die schönen Möbel erwarten, die er ihr für die neue Wohnung besorgt hatte.

Während der mehrstündigen Zugfahrt hatte die Oma mit skeptischer Miene die Einheimischen beobachtet, die ein- und ausstiegen. Manche hatten ihre Kinder dabei, andere transportierten im Zug Hühner, Ziegen und ähnliches Viehzeug. Die Abteile waren so überfüllt, dass Rosina und die Ihren die Fahrt eng aneinandergedrängt weitgehend im Stehen ertragen mussten. Etliche Passagiere saßen sogar auf den Dächern der Waggons, weil es drinnen keinen Platz mehr gab. Franz machte ebenso große Augen wie seine Großmutter, als der Zug die Stadtgrenze von Kairo erreichte.

»So groß hatte ich mir das nicht vorgestellt. Und so viel Verkehr«, entfuhr es Franz, als sie auf dem mit Palmen umsäumten Bahnhofsvorplatz standen. Der Junge konnte sich nicht sattsehen am wuseligen Großstadtleben, das er zwar von seiner Heimatstadt schon kannte, das in Kairo jedoch völlig anders aussah: chaotischer und bunter, einfach fremdartiger.

»Warum laufen die Männer hier in Nachthemden herum?«, fragte Franz seine Mutter im Taxi.

»Tja, warum tragen die Leute bei uns in den Alpen Lederhosen? Überall auf der Welt kleiden sich die Menschen ein wenig anders. Hier laufen sie eben in Kaftans und mit Turbanen herum. Manche Frauen sind sogar verschleiert«, antwortete Rosina.

»Warum sind denn die verschleiert? Die sehen ja gar nichts beim Umeinanderlaufen.«

»Das ist nicht ganz einfach zu erklären, Franzl. Das hängt mit deren Glauben zusammen, mit dem Islam. Ich erzähl's dir später mal. Jetzt sind wir gleich da. Ich hoffe, dass es euch gefällt.«

Franz erzählt

Ein paar Wochen nachdem meine Mutter die Zusage von Dr. El Farragh für die Stelle im Krankenhaus in Kairo erhalten hatte, machte sie sich auf den Weg nach Ägypten, zuerst einmal allein. Bei uns in Wien lief das Leben weiter. Ich ging damals in die Volksschule, und mein Vater konnte endlich wieder eine Stelle als Drogist bei den Heilmittelwerken antreten. Die Oma Sedlacek war eigentlich immer mein Muttterersatz. Sie hat sich um mich gekümmert und gesorgt und mich größtenteils auch erzogen. Übrigens sehr zum Missfallen meiner damaligen Lehrerin, die mir erklärte: Du hast ja eine Großmutter-Erziehung. Was nicht gerade positiv gemeint war.

Meine Oma saß immer in der Küche und hat Heimarbeit gemacht. Mein Taufpate hatte damals ein Unternehmen, das Zigarettenspitzen herstellte. Die waren aus echtem Weichselholz und mussten in der Mitte mit einer Flamme geschwärzt und mit einem goldenen Stempel versehen werden. Ich weiß noch, dass meine Oma nächtelang diese Zigarettenspitzen gestempelt hat.

Unser Zuhause in der Millergasse war sehr armselig. Vielleicht war das für die damaligen Verhältnisse ja normal. Wir hatten weder ein Bad noch eine Toilette in der Wohnung. Gebadet wurden wir Kinder einmal in der Woche im Schafferl[2]. Es gab auch keinen Wasseranschluss. Wir mussten uns das Wasser vom Gang holen. Zu dieser Zeit hat es in unserer Gasse vielleicht zwei Autos gegeben. Man kann sich das heute nicht mehr vorstellen: Die ganze Straße hinauf, das war ungefähr ein halber Kilometer, waren nur zwei Autos geparkt. Heute muss man in dieser Gegend stundenlang im Kreis fahren, um einen Parkplatz zu bekommen.

Irgendwann kamen aus Kairo die ersten Briefe meiner Mutter. Darin schrieb sie, dass sie es geschafft hat, dass sie jetzt ein besseres Leben hat. Sie sei beruflich sehr erfolgreich, man habe sie als Oberschwester engagiert. Und Kairo sei überhaupt eine tolle Stadt. Die Briefe wurden mit der Zeit immer positiver. Meine Mutter einigte sich schließlich mit meinem Vater darauf, dass wir Kinder zu ihr nach Kairo kommen sollten. Wir konnten natürlich nicht alleine reisen, dazu waren wir noch zu klein. Deshalb packten wir unsere Sachen zusammen und fuhren mit der Oma Sedlacek los. Meine Mutter hatte uns vorher das Geld für die Reise geschickt. Es war ein wunderbares Erlebnis für mich. Ganz besonders Venedig. Eine Stadt, in der es statt Straßen Flüsse gab, hatte ich vorher noch nie gesehen. In Erinnerung blieb mir, wie wir mit unserem ganzen Gepäck auf einer Gondel vom Bahnhof zum Hafen fuhren. Mein Vater hatte vorher gesagt, dass man »avanti, avanti« rufen müsse, wenn der Gondoliere zu langsam fahre. Die Oma Sedlacek befolgte diesen Rat auch brav, und der Gondoliere ruderte uns prompt hübsch »rapido« zum Hafen.

Dort lag unser Schiff. Wir gingen meiner Erinnerung nach durch ein Haus – ich nehme an, es war die Hafenkommandantur –, und auf einmal stand ein Berg, ein Gebirge von Stahl

2 Blechwanne.

vor uns. Ich kann es bis heute nicht beschreiben, was für ein tolles Gefühl es war, ein solches Schiff über das Fallreep zu besteigen: ein Schiff, mit dem man übers Meer fahren konnte. Die Überfahrt an Bord war für mich etwas ganz Neues, etwas ganz Tolles. Ich war schließlich nicht gewohnt, dass man uns das Essen am Tisch servierte. Und wie das geschmeckt hat: einfach unbeschreiblich gut. Nach etwa drei oder vier Tagen kamen wir in Alexandria an, wo unsere Mutter schon auf uns wartete. Mit dem Zug fuhren wir weiter nach Kairo, in eine schöne, große Wohnung im ersten Stock eines Hochhauses, das an einem weitläufigen Sandplatz lag, wo damals Pferde angebunden waren, die zum Verkauf angeboten wurden.

Für uns war es dort vor allem angenehm warm, man musste überhaupt nicht heizen. Die Wohnung hatte fünf Zimmer und verfügte auch über ein Badezimmer und eine Toilette, was wir bis dahin überhaupt nicht kannten. Am besten für uns Kinder war allerdings der riesige Balkon, auf dem wir in der ägyptischen Sonne spielen konnten. Ich hatte jedenfalls einen positiven Eindruck von Kairo, wo ich auch ein paar Monate lang eine englische Schule besuchte, die Akropolis Modern School. Das ging jedoch nicht lange, weil die Schule sehr teuer war. Ich war froh, als ich nicht mehr dorthin musste. Endlich Ruhe vor den Quälgeistern: Ich musste kein Einmaleins lernen, ich musste keine englischen Wörter schreiben. Endlich hatte ich frei. Schön war's.

Meine Mutter war die ganze Zeit über im Hospital und kam nur alle ein, zwei Wochen zu uns. Sie sorgte natürlich für Essen und Vorräte und ließ uns auch Geld da. Aber Einkaufen war schwierig, weil die Oma Sedlacek überhaupt keine Fremdsprache konnte. Mit meiner Unterstützung als »Fremdsprachenspezialist«, der ich natürlich nicht war, versuchte sie manchmal, etwas auf dem Markt zu kaufen. Das funktionierte zwar irgendwie, aber wir zahlten sicher horrende Preise für ein Kilo grüne Bohnen oder für einen Korb Obst. Manchmal aßen wir auch »Foul«, das ägyptische Nationalgericht, das aus Saubohnen gemacht wird und das man bei fliegenden Händlern kaufen konnte.

Ein besonderes Ereignis in dieser Zeit war meine Mandeloperation, die in dem Krankenhaus vorgenommen wurde, in dem Mama arbeitete. Ich durfte einen Tag vorher schon zuschauen, wie der Arzt das bei einem anderen Kind machte. Als ich dann an der Reihe war und mit der Äthermaske betäubt werden sollte, war es mit meiner Tapferkeit nicht mehr weit her. Das war nicht sehr lustig, ich protestierte ziemlich heftig. Die Operation selbst überstand ich eigentlich gut. Nur anschließend quälten sie mich mit großen Penizillinspritzen, was sehr wehtat. Daran erinnere ich mich noch gut. Ich lag damals allein in einem Zimmer, das das Hospital meiner Mutter zur Verfügung gestellt hatte. Die normalen Patienten waren dagegen in größeren Krankensälen untergebracht. Das Krankenhaus war insgesamt nicht sonderlich groß, drei Stockwerke hoch und vielleicht mit einhundertfünfzig bis zweihundert Betten ausgestattet.

Ludwig ante portas

Die Kinder waren begeistert von ihrem neuen Zuhause. Franz hatte ebenso ein eigenes Zimmer und ein eigenes Bett wie der kleine Helmut, der allerdings darauf bestanden hatte, dass die Oma wie bisher bei ihm schlief. Kemal hatte es sehr zur Freude von Rosina tatsächlich geschafft, dass die Möbel noch rechtzeitig geliefert wurden. Die Einrichtung sah zwar ein wenig zusammengewürfelt aus, aber im Vergleich zur bescheidenen Behausung in der Millergasse kam die Hochhauswohnung den vier Sedlaceks wie ein richtiger Palast vor.

»Na, was meinst, Schwiegermutter? Können wir's hier eine Weile aushalten?«, fragte Rosina, als sie mit der Oma bei einer starken Tasse Kaffee auf dem Balkon saß und die Aussicht auf Kairo genoss.

»Ich denk, aushalten können wir's hier schon. Ich weiß nur nicht, wie du die Wohnung auf Dauer bezahlen willst. Das muss doch Unsummen kosten, so viele Schlafzimmer und das Bad und die Toilette. Wie kannst du dir das denn überhaupt leisten, Rosel?«

»Mach dir da mal keine Gedanken, ich verdiene ja gut im Krankenhaus, und demnächst kriege ich vielleicht sogar eine

Gehaltserhöhung. Der Dr. El Farragh lässt mich schon nicht hängen.«

»Dein Wort in Gottes Ohr.«

»Das geht sich schon aus, wirst sehen. Und wenn der Ludwig erst hier ist und eine Anstellung findet, können wir die Miete ganz sicher bezahlen«, versicherte Rosina ihrer Schwiegermutter. »Ich habe euch doch geschrieben, dass ich es in Kairo viel besser angetroffen habe als in Wien. Hier sind die Mieten auch nicht so hoch wie bei uns daheim.«

Die Miene ihrer Schwiegermutter, das konnte Rosina unschwer erkennen, drückte erhebliche Skepsis aus. Und wenn Rosina ehrlich zu sich selber war, wusste sie auch noch nicht so genau, wie sie die Wohnung bezahlen und die auf jetzt vier Köpfe angewachsene Familie allein mit ihrem Gehalt würde unterhalten können. Wenn das Geld nicht reichte, müsste ihr entweder Kemal unter die Arme greifen oder sie müsste Ludwig schreiben, baldmöglichst nach Kairo zu kommen. Natürlich nur im Notfall. Erst einmal musste sie Kemal ihre Dankbarkeit für die Möbel bezeugen. Dafür brauchte sie ein paar freie Stunden nach Feierabend. Schließlich war sie auch noch eine Frau und nicht nur Mutter, eine Frau, die ihre eigenen Bedürfnisse hatte. Gegenüber der Oma konnte sie sich mit Überstunden im Hospital herausreden. Die Buben waren ja gottlob gut aufgehoben bei ihr.

Nur wenige Wochen nachdem die Oma Sedlacek mit den Kindern bei ihr eingezogen war, erhielt Rosina einen Brief von Ludwig.

Liebe Rosina,
ich hoffe, die Buben und die Oma haben sich gut eingelebt in Kairo und ihr habt alleweil viel Spaß miteinander.

Hier in der Millergasse ist es jetzt arg still, a bisserl zu still für meinen Geschmack. So ein Junggesellenhaushalt ist halt nichts für unsereinen. Deshalb habe ich gestern meine Stelle gekündigt und mir meinen Lohn auszahlen lassen. Davon kaufe ich mir eine Fahrkarte nach Venedig und ein Ticket für die Passage nach Alexandria. Ich halte es ohne dich und die Kinder nicht länger aus in Wien. Ich weiß zwar nicht, ob ich mich im Orient werde einrichten können, weil die Mentalität der Leut' dort drunten doch eine ganz andere ist als bei uns in Österreich. Aber versuchen kann ich's ja mal. Ein wenig Abenteuer in meinem gleichförmigen Leben kann ja nicht schaden, gell?
Ich werde wohl in vierzehn Tagen in Alexandria ankommen. Kannst du mich dort abholen? Wenn nicht, muss ich versuchen, ohne deine Hilfe bis nach Kairo zu gelangen. Es fällt mir als altem Wiener nicht leicht, meine Heimat zu verlassen, das weißt du ja sicher. Aber wir haben damals nicht geheiratet, um an zwei verschiedenen Orten zu leben. Eheleute gehören zusammen. Das hat der Herrgott so gewollt. Deshalb mache ich mich nun auf den Weg. Ich freue mich sehr, dass wir uns bald wiedersehen.

Dein dich liebender Ehemann
Ludwig

Als Rosina den Brief gelesen hatte, musste sie sich erst einmal hinsetzen, so schockiert war sie. Mit Ludwig hatte sie frühestens in einem halben Jahr gerechnet. Aber sie konnte ihm schlecht schreiben, er möge noch eine Weile in Wien bleiben. Das wäre ihm sicher verdächtig vorgekommen. Kemal würde alles andere als begeistert sein, wenn sie ihm mitteilte, dass sie sich in Zukunft aus nachvollziehbaren Gründen seltener treffen würden. Seit die Kinder in Kairo waren, hatte sie sich erst zwei Mal für einen Nachmittag freimachen können. Sie hatte sich zwar alle erdenkliche Mühe gegeben, um Kemals starkem sexuellem Verlangen gerecht zu werden. Doch sie konnte an seinem Verhalten merken, dass er unzufrieden war und sie in Zukunft gerne öfters sehen würde. Offenbar hatte er trotz seiner familiären und beruflichen Verpflichtungen keinerlei Probleme, sich mit ihr mitten am Tag oder auch am Abend im Hotel zu treffen, woraus Rosina schloss, dass die Frauen in einer arabischen Familie nicht sonderlich viel zu sagen hatten. Nicht von Ungefähr gestand der Islam den Männern ja mehrere Ehefrauen zu.

Für die Möbel hatte Kemal bisher noch kein Geld von ihr verlangt. Wenn sie sich aus welchen Gründen auch immer von ihm zurückzog, würde er ganz gewiss auf einer Bezahlung bestehen. Er war schließlich Geschäftsmann. Rosina schwante nach Ludwigs Brief, dass sie über kurz oder lang eine Entscheidung würde fällen müssen. Kemal als Liebhaber aufzugeben würde ihr äußerst schwerfallen nach den leidenschaftlichen Stunden, die sie schon miteinander geteilt hatten. Ludwig wäre da ein eher ungenügender Ersatz. Aber sie war nun einmal mit ihm verheiratet und musste sich den Tatsachen stellen. Vielleicht fiel ihr ja noch eine Lösung für dieses Problem ein. Sie würde gleich morgen als Erstes Dr. El Farragh nach einer Gehaltserhöhung fragen. Er hatte ihr schließlich geraten, ihre Familie nach Kairo zu holen. Und er würde einsehen, dass der Umzug mit höheren Kosten verbunden war.

Wieder beieinander

»Jetzt hab ich den weiten Weg von Wien nach Kairo gemacht, um endlich mit meiner Frau zusammen zu sein, und dann ist sie die halbe Zeit bei der Arbeit im Spital und ich seh sie grad mal alle vierzehn Tage für ein paar Stunden«, schimpfte Ludwig kopfschüttelnd vor sich hin.

»Gib a Ruh, Ludwig. Hauptsache, die Familie ist wieder beieinander. In Wien habt ihr euch auch nicht viel öfters gesehen, weil du ständig im Wirtshaus warst und die Rosel allein zu Hause gelassen hast«, entgegnete Oma Sedlacek, während sie die Wäsche zusammenfaltete, die sich auf dem Küchentisch türmte.

»Geh, Mama, das ist doch was ganz anderes. Da waren wir daheim, aber hier kann man ja kaum was anfangen, außer in der Sonne sitzen und in die Wüste gucken.«

»Vielleicht liegt das ja auch a bisserl an dir, wenn du alleweil wie ein Griesgram herumhockst und jammerst. Wird Zeit, dass du endlich wieder arbeiten gehst, wie sich das gehört für einen Familienvater.«

Ludwig nahm seine Mokkatasse und seine Zigarre und verzog sich auf seinen Lieblingssessel, von dem aus er vom Balkon aus den gesamten Platz vor dem Hochhaus überblicken konnte. Er war seit drei Wochen in Kairo, aber die neue Umgebung war für ihn mehr als gewöhnungsbedürftig. Am Anfang war er noch euphorisch gewesen, weil er nach Monaten seine Buben wieder um sich hatte. Vor allem auch wegen Rosina, seiner Ehefrau, die er über ein Jahr nicht gesehen hatte. Sie war in dieser Zeit noch begehrenswerter geworden, fand er, obwohl sie auch schon Mitte dreißig war. Es war allerdings nicht nur ihr attraktives Äußeres, das sie so besonders machte. Durch ihren beruflichen Erfolg im Metropolitan Hospital hatte sie sichtlich an Selbstbewusstsein gewonnen.

Das war Ludwig gleich aufgefallen, als sie ihn im Hafen von Alexandria abgeholt hatte. Am Anfang war es nicht so gut gelaufen zwischen den beiden. Ludwig war etwas aus der Übung gewesen am ersten Abend, als sie gemeinsam zu Bett gegangen waren und er sich an Rosina gekuschelt hatte. Sie hatte ihn gebeten, ihr ein wenig Zeit zu geben, um sich wieder an ihn zu gewöhnen. Ludwig fand allerdings, dass es langsam an der Zeit war, wieder ein richtiges Eheleben zu führen, und dazu gehörte eben auch, dass man es miteinander tat, oder? Nachdem sich Rosina ein paar Tage lang geziert hatte, war Ludwig der Geduldsfaden gerissen und er hatte sie eines Abends energisch – sie meinte hinterher, er sei sehr grob gewesen – an sich gezogen und seine lang angestaute Lust an ihr ausgelassen.

Es passte ihm überhaupt nicht, dass Rosina meist im Krankenhaus übernachtete und ihre Familie eigentlich nur an den Wochenenden besuchte. Sie versuchte dann zwar, sich um die Kinder und um ihn zu kümmern. Aber viel Zeit blieb dafür nicht. Ludwig bereute jetzt schon, dass er nicht in Österreich geblieben war. Dort hatte er wenigstens Freunde gehabt, mit denen man schon mal einen trinken und mit denen man reden konnte. Ohne Englischkenntnisse, das war ihm schnell klar geworden, war man in Ägypten aufgeschmissen. Und Ludwig konnte allenfalls ein paar Brocken, von Arabisch ganz zu schweigen.

Dass er unter diesen Umständen eine Anstellung finden würde, war nach Ludwigs Einschätzung eher unwahrscheinlich. Umso überraschter war er, als Rosina eines Abends mit der Neuigkeit herausplatzte, dass sie eine Stelle für ihn habe.

»Und wo soll das, bittschön, sein?«, wollte er von ihr wissen.

»Na, du kannst bei den AMA-Arzneimittel-Werken hier in Kairo anfangen. Ich habe das für dich geregelt«, erklärte Rosina nicht ohne Stolz.

»Du hast das geregelt?«

»Na sicher. Bei uns im Krankenhaus laufen immer mal Vertreter von Arzneimittelfirmen herum. Da habe ich einfach einen gefragt, ob sie vielleicht einen Drogisten gebrauchen können. Und er hat gesagt, dass er sich einmal umhört für mich.«

»Und wie soll das vor sich gehen?«

»Du sollst dich am Mittwoch nächster Woche im Werk vorstellen. Den Namen von dem Mann, der für das Personal zuständig ist, schreib ich dir auf.«

»Es wär mir lieber, du kämst mit. Wie soll ich mich denn mit den Leuten verständigen?«

»Ich würde ja gerne mitkommen, aber du weißt ja, dass ich im Krankenhaus nur schlecht weg kann während der normalen Dienstzeiten. Vielleicht kann der Franz dich begleiten. Er spricht ja schon ganz gut Englisch«, schlug Rosina vor.

Ludwig verzog das Gesicht und antwortete seiner Frau mit einer wegwerfenden Handbewegung.

»Wenn man euch Weiber mal braucht, lasst ihr einen im Regen stehen.«

»Statt auf mich sauer zu sein, wäre es eher angebracht, sich bei mir zu bedanken. Schließlich habe ich dir eine Arbeit verschafft. Du kannst ja nicht ewig nutzlos in der Gegend herumsitzen und Trübsal blasen«, antwortete Rosina.

Mit den Kindern war es ja schon schwierig genug, in Kairo zurechtzukommen, aber Ludwigs Anwesenheit machte die Sache für Rosina keineswegs leichter. Im Gegenteil. Er hatte an allem und jedem etwas auszusetzen, machte sich über die Einheimischen lustig, die in »Schlafanzügen durch die Gegend rennen«, moserte übers Essen und langweilte sich im Übrigen schrecklich in der neuen Umgebung. Rosina konnte es ihm sowieso nicht recht machen. Sie war seiner Meinung nach viel zu selten zu Hause, sah nur gelegentlich nach den Buben und hatte so gut wie nie Lust, ihn näher als nur einen Meter an sich heranzulassen.

»Man könnte wirklich den Eindruck haben, dass du jemand anderen hast zum Pudern«, brach es aus Ludwig heraus, als Rosina sich wieder einmal auf ihre Betthälfte zurückgezogen hatte und Kopfschmerzen vorgab, um den überfälligen ehelichen Beischlaf zu vermeiden.

»Dazu hätte ich, selbst wenn ich wollte, überhaupt keine Zeit bei dem Pensum, das mir der Chef momentan aufzwingt«, rechtfertigte sich Rosina.

»Was du des Nachts im Spital treibst und mit wem, da krieg ich doch keine Nase dran. Wahrscheinlich lässt du lieber einen von den feinen Herren Doktoren ran als deinen Ehemann, der dir um die halbe Welt nachgereist ist.«

»Jetzt spinnst aber komplett, Ludwig. Bloß weil ich mal Nein sag, weil ich wie blöde Kopfweh hab, musst du doch nicht gleich eingeschnappt sein.«

Rosina zog sich die Decke über den Kopf und hoffte inständig, dass Ludwig sie heute in Ruhe lassen würde. Sie hatte keine Lust auf eine weitere Auseinandersetzung, nachdem sie am Nachmittag bereits mit Kemal heftig gestritten hatte. Sie hatten sich wie gewohnt in einem Hotel getroffen, das nur zwei Häuserblocks vom Krankenhaus entfernt lag. Kemal hatte ihr kaum Zeit gelassen, ihre Handtasche abzustellen und ihre Schuhe auszuziehen. Wie ein ausgehungerter Löwe hatte er sich auf sie gestürzt. Erst nach knapp einer Stunde, in der er sie in allen erdenklichen Positionen geliebt hatte, gönnte er Rosina eine kurze Verschnaufpause. Anschließend musste sie sich zahlreiche Vorwürfe von ihm anhören: Er nannte sie undankbar und egoistisch. Sie könne ihn nicht einfach drei Wochen hinhalten, warf er ihr vor. Nicht nach allem, was er für sie getan habe. Rosina hatte versucht, Kemal zu beruhigen, und ihm versprochen, dass man sich künftig wieder öfters sehen werde. Doch ihr Liebhaber war, auch nachdem er mit ihr geschlafen hatte, immer noch außer sich.

»Jetzt, wo dein Ehemann wieder bei dir ist, brauchst du mich offenbar nicht mehr«, fauchte Kemal und wischte Rosinas Hand ungalant von seiner Schulter.

»Red keinen Unsinn. Du weißt, dass ich viel lieber öfter mit dir zusammen wäre. Mein Mann ist mir vollkommen gleichgültig, das kannst du mir glauben. Es ist eben nicht so einfach, mich freizumachen, wenn daheim Kinder und Mann auf mich warten.«

»Bei mir ist das doch nicht anders. Ich schaffe es aber trotzdem.«

»Vermutlich deshalb, weil sich keine deiner drei Frauen dafür zu interessieren scheint, wo du dich herumtreibst«, konterte Rosina. »Ich bitte dich, Kemal, sei mir wieder gut. Wir werden weiter Spaß miteinander haben, das verspreche ich dir. Ich hatte heute Morgen schon genug Ärger im Hospital.«

Nachdem Kemal auf einem Da capo bestanden hatte, waren sie zwar nicht im Streit auseinandergegangen. Doch nach Rosinas Gefühl war ein wenig Sand ins Getriebe ihrer Affäre geraten. Die Leichtigkeit der ersten Begegnungen war dahin.

Vielleicht wäre es besser, die Beziehung mit Kemal zu beenden, dachte Rosina bei sich, obwohl er ihr körperlich so gutgetan hatte wie niemand zuvor. Aber sie hatte keine Lust, an gleich zwei Fronten zu kämpfen und dabei möglicherweise zu verlieren. Andererseits würde Kemal dann sicher Geld für die Möbel verlangen, Geld, das sie momentan nicht hatte. Rosina beschloss, die Dinge auf sich zukommen zu lassen und keine voreiligen Entscheidungen zu fällen.

Auf dem Nil

»Kannst du mir bitte mal mit der Krawatte helfen?«, bat Ludwig seine Frau. »Ich krieg den Scheißknoten nicht hin.«

»Wer hat dir denn geholfen, als du allein in Wien warst?«, wollte Rosina wissen.

»Ich hab sie einfach immer gebunden gelassen und fertig. Meinst du wirklich, ich muss mitkommen heute Abend? Ich kenn doch da keinen einzigen Menschen. Und verstehen tu ich gleich gar nix, weil alle Englisch palavern.«

»Du wirst mich doch wohl nicht im Stich lassen, wo uns der Doktor El Farragh schon mal in eine so noble Gesellschaft eingeladen hat?«, antwortete Rosina in gereiztem Ton.

»Ich bin aber nicht nobel, das ist ja das Problem, Rosina. Ich gehör nicht zu diesen Leuten und du auch nicht, auch wenn du was anderes glaubst.«

»Geh, Ludwig, stell dich jetzt bitte nicht so an. Ewig liegst du mir in den Ohren, dass ich zu wenig für dich und die Kinder da bin. Und dann haben wir mal die Gelegenheit, zusammen mit netten Leuten auszugehen, und du willst lieber zu Hause bleiben.«

»Ist ja schon gut, ich komm ja mit. Wenn's dich glücklich macht«, schnarrte Ludwig und zog widerwillig ein weißes Dinnerjacket an, das Rosina eigens für die Soiree für ihn ausgeliehen hatte.

Rosina hatte sich für ihr schwarzes, stark tailliertes Kleid mit den auffallenden orangefarbenen Applikationen entschieden, das ihre Figur vorteilhaft betonte, wie sie fand. Der junge Taxifahrer, der die beiden zur Anlegestelle am Nil bringen sollte, schielte während der Fahrt permanent in den Rückspiegel, sichtlich beeindruckt von Rosinas strahlender Erscheinung, die in krassem Gegensatz zu Ludwigs griesgrämiger Miene stand. Rosina musste ihn regelrecht aus dem Taxi zerren, als sie am Restaurantschiff eintrafen, wo Dr. El Farragh schon auf sie wartete.

»Sie sehen einfach wundervoll aus, meine Liebe«, begrüßte der Arzt seine Oberschwester mit einem galanten Handkuss.

»Vielen Dank für die Einladung, Herr Doktor. Darf ich vorstellen: Das ist mein Mann Ludwig. Wir haben uns sehr auf den heutigen Abend gefreut. Nicht wahr, Ludwig?«

Rosina stieß ihren Mann, der stocksteif neben ihr stand, mit dem Ellbogen in die Rippen. Doch Ludwig gab keinen Ton von sich, sondern streckte dem Gastgeber stattdessen grußlos seine Hand entgegen. Es dauerte eine ganze Weile, bis sich alle Gäste gegenseitig vorgestellt hatten und man gemeinsam über den Landungssteg das mit unzähligen bunten Lampions geschmückte Schiff bestieg. Musa El Farragh hatte etwas mehr als ein Dutzend Personen aus seinem näheren Bekanntenkreis eingeladen, darunter auch Anwar el-Sadat, einen hohen Politiker, dem eine große Zukunft in der ägyptischen Regierung vorausgesagt wurde.

»Ist das nicht wundervoll hier? Schau dir diesen Mond an«, schwärmte Rosina, als sie mit Ludwig an der Reling stand und neugierig zusah, wie die Matrosen das Schiff zum Ablegen klarmachten.

»Ich will nicht wissen, wie viel Dreck da herinnen schwimmt. Die Araber schmeißen ja selbst tote Viecher einfach ins Wasser.«

»Du bist ja ein echter Romantiker, Ludwig. Statt diesen herrlichen Abend zu genießen, fällt dir nichts anderes ein, als herumzugranteln. Bist halt ein echter Wiener. Aber ich sag's dir: Ich werde mir von dir die Stimmung nicht verderben lassen.«

Mit reichlich Wut im Bauch ließ Rosina ihren Ehemann allein auf dem Oberdeck zurück und gesellte sich wieder zu Dr. El Farragh und seinen Gästen, die schon einige Gläser Champagner zum Aperitif geleert hatten und sich in bester Stimmung befanden. Der Arzt hatte die Sitzordnung selbst bestimmt und Rosina gleich neben sich platziert, während Rana, eine seiner beiden Ehefrauen, auf der gegenüberliegenden Seite der langen Tafel neben Ludwig saß.

Auf ein Zeichen des Doktors hin trugen die überwiegend dunkelhäutigen Kellner riesige Platten gefüllt mit kalten und warmen Speisen auf. Es gab Falafel und Schawarma, eine Art ägyptischer Döner, außerdem das Nationalgericht Kuschari, gebratenes Huhn, Fisch in allen Variationen sowie Lamm- und Hammelfleisch. Zum Essen schenkten die Kellner wahlweise französische oder italienische Weine ein.

Nie in ihrem ganzen Leben hatte Rosina vor einer so reich gedeckten Tafel gesessen. Ihr gingen schier die Augen über angesichts der kulinarischen Fülle, die Dr. El Farragh seinen Gästen auf dem Nilschiff bot. Sie konnte sich kaum entscheiden, von welcher Köstlichkeit sie zuerst probieren sollte. Als er ihre Unsicherheit bemerkte, kam ihr der Arzt sogleich zur Hilfe. Er erklärte Rosina die einzelnen Speisen und deren Zusammensetzung ausführlich und steckte ihr dabei sogar einzelne Happen direkt in den Mund. An der gegenüberliegenden Seite des Tisches beobachtete Ludwig mit finsterer Miene das Geplänkel zwischen seiner Ehefrau und deren Chef, ohne die appetitlich aussehenden Delikatessen vor ihm auch nur eines Blickes zu würdigen.

Was für ein Affentanz der Doktor hier aufführt, dachte Ludwig angewidert bei sich. Mit seiner Tischnachbarin Rana hatte er noch kein einziges Wort getauscht, weil seine Englischkenntnisse selbst die simpelste Konservation nicht zuließen. Die Frau war zwar etwas pummelig um die Hüften, hatte aber ein ausgesprochen hübsches Gesicht mit auffallend großen, dunklen Augen und einem vollen, sinnlichen Mund, wie Ludwig bei gelegentlichen Seitenblicken festgestellt hatte. Sie war ihm durchaus nicht unsympathisch, aber er hatte nicht die geringste Lust, mit ihr in Kontakt zu treten, selbst wenn es keine Verständigungsprobleme gegeben hätte. Er nahm sich stattdessen vor, nur ein paar wenige Fleischstücke zu essen, die ihm unverdächtig vorkamen, und die restlichen, ihm unbekannten Gerichte lieber nicht zu probieren.

Na, wenigstens gibt es genug zu trinken. Da kann ich mir ordentlich einen auf die Lampe gießen, damit der Abend möglichst schnell vorbeigeht, dachte er leicht resigniert bei sich. Am meisten ärgerte sich Ludwig jedoch darüber, dass Dr. El Farragh offenbar nur Augen für Rosina hatte, obwohl es unter den Gästen durchaus noch andere attraktive Frauen gab.

Nachdem das Essen abgetragen worden war, kündigte der Gastgeber in launigen Worten eine Überraschung an: Drei Musiker bauten sich in einer Ecke des Schiffssalons auf und begannen, auf Oud[3], Schabbaba[4] und Tabl[5] bekannte ägyptische Volkslieder zu intonieren, die von den einheimischen Gästen begeistert mitgesungen wurden. Nachdem Kaffee, Gebäck und Dige-

3 Orientalische Laute.
4 Orientalische Längsflöte.
5 Orientalische Trommel.

stifs serviert worden waren, stand der Höhepunkt des Abends auf dem Programm: der Auftritt der Bauchtänzerin Mardshana. Eine stattliche Brünette wirbelte in einem durchsichtigen, weit schwingenden roten Rock, der vorne offen war, und in einem tief ausgeschnittenen, reich mit Strass verzierten Bustier zwischen den Tischen hindurch. Sie ließ, angetrieben vom rhythmischen Klatschen des Publikums, gekonnt die Arme und Hüften kreisen, näherte sich mal dem einen, mal dem anderen männlichen Gast, um ihn mit reizvollen Beckenbewegungen zu umgarnen, bis sie nach knapp einer halben Stunde völlig erschöpft zu Boden sank und im Applaus der Gäste baden durfte.

Bei der Vorführung hatte Rosina neben Dr. El Farragh in der ersten Reihe gestanden und die Bauchtänzerin mit begeisterten Ausrufen angefeuert, während Ludwig sich mit einem doppelten Cognac nach draußen verzogen hatte und trübsinnig in die Fluten des Nil starrte.

Wär ich Trottel doch nur in Wien geblieben, dann könnte ich jetzt mit meinen Freunden gemütlich im Heurigen sitzen und Karten spielen. Stattdessen stehe ich hier auf diesem albernen Schiff herum und muss mir diese grässliche Musik und dieses ungenießbare Essen antun, fluchte Ludwig leise vor sich hin. In seinem Bauch breitete sich ein starkes Gefühl von Heimweh aus. Er gehörte nicht nach Ägypten, so viel stand für ihn fest. Und nur Rosina zuliebe würde er sicherlich nicht ewig im Orient bleiben.

Gegen zwei Uhr in der Nacht löste sich die Festgesellschaft schließlich auf. Aufgekratzt von etlichen Gläsern Champagner ließ sich Rosina müde, aber glücklich auf die Rückbank des Taxis sinken.

»Hast du dich wenigstens gut amüsiert?«, fragte Ludwig seine Frau in sarkastischem Ton, kaum dass das Taxi die Anlegestelle verlassen hatte.

»Ja, das habe ich, mein Lieber. Sehr sogar, wenn's dich interessiert. Aber du scheinst dich ja nicht für besonders viel zu interessieren, so wie du dich auf dem Schiff aufgeführt hast«, entgegnete Rosina. »Ich habe mich echt geschämt für dich.«

»Ah, sieh an: Die Dame hat sich geschämt für mich. Das ist ja ulkig. So wie du um den dämlichen Doktor rumscharwenzelt bist, müsste ich mich eher für dich schämen. Du hast dich benommen wie ein richtiges Flitscherl[6].«

»Wenn man nett zu den Leuten ist, ist man bei dir gleich ein Flitscherl, gell? Ich habe mir nichts zuschulden kommen lassen, Ludwig, außer dass ich mich heute Abend prächtig unterhalten habe. Ich denke, das steht mir zu, wo ich die ganze Woche und oft auch noch am Wochenende arbeite wie verrückt, damit wir es hier gut haben. Aber statt dass du froh bist, dass ich so eine gute Anstellung gefunden habe und der Doktor El Farragh mich fördert, wo er nur kann, bist du immer nur am Nörgeln.«

»Ich kann mir schon denken, wie der Doktor dich fördert: auf der Liege in seinem Behandlungszimmer.«

»Ludwig, du bist einfach ekelhaft. Immer unterstellst du mir, dass ich etwas mit anderen Männern habe, dabei …«

»Und was war damals in Italien? Ich glaube nicht, dass es der Heilige Geist war, der dir das Kind gemacht hat.«

»Ich bin es leid, von dir ewig die alten Geschichten vorgehalten zu bekommen. Für heute reicht es mir. Ich habe keine Lust, diesen wundervollen Abend durch Streitereien mit dir zu verderben. Denk von mir aus, was du willst. Ich sag's dir noch einmal: Ich hab nix mit dem Doktor und werde auch in Zukunft nix mit ihm haben. So, und nun lass mich in Ruhe. Ich bin hundemüde.«

6 Österreichischer Ausdruck für Flittchen.

Franz erzählt

Etwa fünf Monate nachdem wir uns in Ägypten eingerichtet hatten, kam mein Vater nach Kairo. Meine Mutter holte ihn in Alexandria ab. Aber mein Vater war nun einmal ein echter Wiener. Er hatte vorher eine Zeit lang im Vorarlberg gelebt. Das war schon eine richtige Plage für ihn – so weit weg von seinem geliebten Wien. Und Kairo war halt noch ein Stückerl weiter weg als Vorarlberg. Da konnte er sich so was von gar nicht einleben. Er hätte immer so gerne beim Militär gearbeitet, das wär seins gewesen. Aber letztendlich landete er in einer pharmazeutischen Firma, die irgendwelche Tabletten erzeugte. AMA hieß die. Die Fabrik AMA in Kairo.

Eines Tages kamen wir nach Hause und mussten feststellen, dass die ganze Wohnung leer geräumt war. Es waren überhaupt keine Möbel mehr drinnen. Ja, wie gibt's denn das? Das haben wir uns natürlich gefragt. Die Möbel, das habe ich später erfahren, waren von einem Verehrer meiner Mutter, der sie uns geborgt oder geschenkt hatte. Ich habe den Mann selbst nicht gekannt. Jedenfalls war er, als er gehört hat, dass mein Vater nach Ägypten kommt, so stinksauer, dass er, als wir einmal weg waren, einfach die ganzen Möbel mitgenommen hat. Und wir haben anschließend in der leeren Wohnung gesessen.

Aber meine Mutter konnte ja wunderbar improvisieren. Sie hat es irgendwie geschafft, ein paar Möbel aufzutreiben. Hat hier ein Kästchen aufgestellt und da ein Deckchen drübergeworfen oder ein Bild aufgehängt. Es ist immer irgendwie gegangen. In dieser Hinsicht war sie eine richtige Künstlerin.

Musa El Farragh

Sie hatte es kommen sehen. Irgendwie hatte Rosina im Gefühl gehabt, dass in den nächsten Tagen etwas passieren würde. Mittlerweile konnte sie die Verhaltensweisen der arabischen Männer schon wesentlich besser einschätzen als zu Anfang ihrer Arbeit im Metropolitan Hospital. Dass Kemal die Möbel einfach aus der Wohnung räumen würde, wenn niemand zu Hause war, damit hatte sie allerdings nicht gerechnet. Der Schock bei ihren Kindern saß entsprechend tief. Sowohl der kleine Helmut als auch Franzl, der nun schon neun Jahre alt war, hatten zu weinen angefangen, als sie in die ausgeräumte Wohnung gekommen waren. Die Oma Sedlacek hatte kein Wort gesagt, sondern nur mit dem Kopf geschüttelt. Am Abend, als Ludwig von der Arbeit gekommen war, hatte es ein gewaltiges Donnerwetter gegeben. Er hatte Rosina gedroht, wieder nach Wien zurückzukehren und sich scheiden zu lassen. Alles im Beisein der Buben, die danach völlig verstört waren.

Insgeheim war Rosina irgendwie erleichtert darüber, dass ihre Affäre mit Kemal ein Ende gefunden hatte, wenn auch ein unschönes. Seine ständigen Vorwürfe waren ihr auf die

Nerven gegangen. Zwei Mal hatte sie eine Verabredung absagen müssen, weil sie im Spital dringend gebraucht wurde. Sie hatte ihm mehrmals klargemacht, dass sie nicht sein Eigentum war, über das er nach Belieben verfügen konnte. Damit hatte sie offenbar seinen Stolz verletzt. Nun musste sie mit den Konsequenzen leben.

Rosina nahm sich vor, bei den Angestellten und Ärzten im Krankenhaus nachzufragen, wo sie Ersatzmöbel bekommen könnte. Die Kinder brauchten dringend ein Bett, ohne Stühle und Tisch konnten sie nicht einmal vernünftig essen. Sie musste außerdem mit Dr. Musa El Farragh über die ihrer Meinung nach längst fällige Gehaltserhöhung sprechen.

Zufälligerweise hatte sie am nächsten Abend zusammen mit El Farragh – man duzte sich mittlerweile schon – Dienst auf der Station. Als sie allein mit ihm bei einer Tasse Kaffee im Arztzimmer saß, nahm sie sich ein Herz und fragte ihn, ob sie irgendwann mit einer Gehaltserhöhung rechnen könne, wo sie doch in den letzten Wochen mehr und mehr Verantwortung im Krankenhaus übernommen habe.

»Mmh. Wird nicht leicht werden. Unsere Mittel sind begrenzt«, beantwortete El Farragh Rosinas Frage eher kühl.

»Ich stecke im Augenblick ein wenig in Schwierigkeiten. Ich brauche dringend neue Möbel.«

»Aha, wo sind denn die alten hingekommen?«

»Das ist eine längere Geschichte, die ich …«

»Ist es etwa aus mit Kemal? Hat er die Möbel abholen lassen?«

Rosina fühlte, wie ihr das Blut in den Kopf schoss und sie rot anlief. Sie konnte nicht verhindern, dass ihr unmittelbar die Tränen kamen.

»Na, so schlimm ist das doch auch wieder nicht«, versuchte El Farragh sie zu trösten. Er stand auf und legte ihr eine Hand tröstend in den Nacken.

»So eine leere Wohnung ist schon arg.«

»Es gibt wieder neue Möbel. Ich kenne einen Händler, der gebrauchte Sachen verkauft. Ist gar nicht teuer.«

»Aber mit irgendetwas muss ich sie bezahlen, auch wenn sie gebraucht sind.«

»Vielleicht kann ich ja ein gutes Wort für dich einlegen bei der Krankenhausleitung. Die Herrschaften sind von deiner Arbeit ja sehr angetan.«

»Wirklich? Das wäre toll.«

»Na ja, dafür könntest du aber auch etwas für mich tun.«

»Und das wäre?«

»Kemal ist ja jetzt wohl aus dem Rennen. Ich dachte mir, dass ich vielleicht seine Stelle bei dir einnehmen könnte.«

Während des Gesprächs hatte El Farragh nicht aufgehört, Rosinas Nacken zu streicheln. Nach dem letzten Satz war seine Hand vom Nacken in den Ausschnitt von Rosinas Schwesterntracht gewandert.

»Was machst du da?«

»Ich würde gerne deine Brüste anfassen.«

»Findest du das in Ordnung?«

»Irgendwie schon.«

»Und wenn jemand reinkommt?«

»Wird nicht passieren, ich habe vorher abgesperrt.«

Rosina schloss ihre Augen und überließ sich der kundigen Hand des Doktors, die in ihren BH geschlüpft war und ihre linke Brust massierte. Sie fühlte sich völlig überrumpelt von der Attacke ihres Chefs und wäre am liebsten aufgesprungen und aus dem Zimmer gestürmt. Aber die Hand, die jetzt ihre Brustwarze knetete, löste in ihr gleichzeitig eine starke Erregung aus, weshalb sie El Farragh gewähren ließ. Da Rosina keine nennenswerte Gegenwehr leistete, begann der Arzt damit, die Schwesternuniform aufzuknöpfen, unter der Rosina nur einen Slip und einen BH trug. El Farragh ging vor ihr auf die Knie und küsste sie zärtlich auf den nackten Bauch, während seine Hände versuchten, die Schwesterntracht von Rosinas Schultern zu schieben. Wenig später fand sie sich vollständig nackt auf dem Rücken liegend auf der Untersuchungsliege wieder, über ihr Dr. Musa El Farragh, ebenfalls unbekleidet.

»Keine Angst, ich pass schon auf, dass du nicht schwanger wirst«, keuchte der Arzt, bevor er mit einem tiefen Seufzer in sie eindrang.

Es gibt halt nichts umsonst auf dieser Welt, dachte Rosina, während sie sich bemühte, El Farraghs Stöße angemessen zu erwidern. Kaum war sie den alten Lover quitt, stand schon ein neuer auf der Matte – ein Mann mit großem Einfluss. Für eine Gehaltserhöhung musste man manchmal eben ein Opfer bringen. So war das in Wien, so lief das in Kairo. Es war zum Kotzen, wie Rosina fand, als sie sich wieder ankleidete und ihren Dienst auf der Station wieder aufnahm.

In der Falle

Nun hatte sie also wieder einen neuen Liebhaber, einen Mann, zu dem sie zuvor bewundernd aufgeblickt hatte. Unter anderem, weil er ihr gegenüber nicht wie viele andere Männer, denen sie begegnet war, zudringlich geworden war. Offenbar hatte Musa El Farragh nur auf die passende Gelegenheit gewartet, dachte Rosina, als sie am Wochenende mit der Metro vom Krankenhaus in ihre Wohnung zurückfuhr. Der ehrenwerte Herr Chefarzt war also doch nicht ganz so ehrenwert, wie er immer tat. Rosina war klar, dass sie wieder in der Falle saß. Mit Musa konnte sie es sich auf keinen Fall verderben. Dann wäre ihr ägyptisches Abenteuer von heute auf morgen zu Ende und sie könnten alle wieder nach Wien fahren.

Es war nicht so, dass Musa ihr als Mann nicht gefiel. Er war um einiges älter als sie und hatte zu Hause eine Familie mit zwei Frauen und sechs Kindern. Von der äußeren Erscheinung her war an ihm nichts auszusetzen. Dem Vergleich mit Kemal konnte der Arzt aber trotz aller Bemühungen nicht standhalten, weder vom Aussehen her noch von seinen Fähigkeiten als Liebhaber. Glücklicherweise konnten sie sich während der Dienstzeiten nachts im Krankenhaus ohne großes Risiko zu einem Schäferstündchen zusammenfinden. Was wiederum Rosina die Möglichkeit gab, sich etwas mehr um ihre Familie zu kümmern. Sie wollte die Erziehung ihrer Kinder schließlich nicht vollständig ihrer Schwiegermutter überlassen. Und Ludwig stellte ja auch seine Ansprüche.

Rosinas Gefühlswelt war in den letzten Tagen völlig aus den Fugen geraten: erst das nicht vorhersehbare Ende der Affäre mit Kemal, dann der ebenso wenig vorhersehbare Übergriff ihres Chefs im Krankenhaus. Das musste sie erst einmal körperlich und gedanklich verarbeiten. Und das Schlimmste war: Sie konnte mit niemandem darüber sprechen. Auch nicht mit ihrer Assistentin Fatima, zu der sie eigentlich ein gutes Verhältnis hatte. Sie wollte die junge Frau aber nicht mit ihren komplexen Problemen belasten. Rosina beschloss, wie immer das Beste aus der Situation zu machen. Musa hatte ihr beim Abschied versprochen, dass sie eine Gehaltserhöhung bekommen werde. Auch um neue Möbel wollte er sich kümmern. Sein Einfluss reichte, das hatte sie schon vorher bemerkt, weit über das Metropolitan Hospital hinaus bis in die hohe Politik Ägyptens. Wer wusste schon, wozu das einmal gut sein würde.

Rätselhaft war ihr nur, weshalb der Chefarzt ausgerechnet auf sie so scharf war, obwohl ihn die einheimischen Krankenschwestern reihenweise anhimmelten. Und die waren durch die Bank jünger, manche auch hübscher als sie. Er konnte praktisch jede von ihnen haben. Vermutlich lag Rosinas durchschlagende Wirkung auf arabische Männer an ihrem nordischen Aussehen. Mit blonden Haaren und blauen Augen fiel man in Kairo überall auf, allemal, wenn man westliche Kleidung trug und außerdem größer und schlanker war als die eher klein gewachsenen Ägypterinnen.

Ich bin für die hiesigen Männer wahrscheinlich so etwas wie eine exotische Pflanze, eine Trophäe, mit der man bei vertraulichen Gesprächen im Herrenclub besonders renommieren kann, ging es Rosina durch den Kopf, als sie wieder einmal nachts wach neben Ludwig im Bett lag, der wie gewohnt schnarchend den Schlaf des Gerechten schlief. Offiziell gab es im islamisch geprägten Ägypten keinen außerehelichen Sex. Die Wahrheit war wahrscheinlich viel profaner: Männer, die es sich leisten konnten, hatten nicht nur zwei und mehr Ehefrauen, sondern hielten zudem Geliebte aus, mit denen sie sich außerhalb der Familie vergnügten. Das hatte Rosina jedenfalls von Kemal erfahren, mit dem sie bei der Zigarette danach stets ausgiebig geplaudert hatte.

Es schmerzte schon ein wenig, wenn sie an die schönen Stunden dachte, die sie zusammen in diversen Hotels verbracht hatten. Sie würde Kemal vermutlich nie mehr wiedersehen, er würde sich einfach eine andere Geliebte zulegen. Das konnte man, wenn man als begüterter Mann in einem patriarchalischen Staat wie Ägypten lebte. Nächste Woche würde sie wieder gemeinsam Dienst mit Dr. El Farragh haben. Er konnte, wenn er wollte, jederzeit im privaten Zimmer übernachten, das das Krankenhaus Rosina zur Verfügung gestellt hatte. Aber so weit wollte sie noch nicht denken. Erst einmal würde sie abwarten, ob die versprochene Gehaltserhöhung tatsächlich erfolgte. Um die Möbel musste sie sich selbstverständlich auch kümmern, damit wieder ein reguläres Familienleben stattfinden konnte. Bei aller finanziellen und nervlichen Belastung, die die Zusammenführung ihrer Familie in Kairo für Rosina mit sich gebracht hatte: Sie war froh, ihre Kinder in der Nähe zu wissen und irgendwie auch ihren Ludwig, der gewiss nicht der aufregendste Kerl auf diesem Planeten war, im Zweifelsfall jedoch außerordentlich gutherzig und verlässlich.

Die folgenden Wochen verliefen für Rosina wieder etwas entspannter. Zu Hause gab es weniger Ärger, weil Ludwig tagsüber auf der Arbeit war und Franz im Internat. Die Oma kümmerte sich um Helmut, der glücklicherweise ein nicht sehr anstrengendes Kind war. Rosinas Gehalt hatte man, zwei Wochen nachdem sie zum ersten Mal mit Musa geschlafen hatte, nicht unbeträchtlich erhöht. Sie wurde außerdem zur Direktorin des Krankenhauses ernannt. Das versetzte sie in die Lage, sich bei einem Händler, der gebrauchte Möbel verkaufte, mit dem Nötigsten einzudecken. Die Einrichtung, die ihr Kemal besorgt hatte, war von der Qualität her zwar wesentlich besser gewesen, aber Rosina konnte es sich nicht aussuchen. Hauptsache, man musste nicht mehr auf der Matratze auf dem Boden schlafen.

Mit der Zeit fand sie auch einen gewissen Rhythmus, was ihre ehelichen Pflichten und die Ansprüche ihres neuen Liebhabers anbelangte. Alle vierzehn Tage, wenn sie ihre Familie besuchte, war Ludwig an der Reihe; wenn sie im Krankenhaus arbeitete und es der Dienstplan erlaubte, durfte sich Dr. Musa El Farragh an ihrem schönen Körper ergötzen. Was Letzterer reichlich ausnutzte. Beschweren konnte sich Rosina deshalb nicht, denn der Arzt zeigte sich ihr gegenüber äußerst großzügig. Ähnlich wie vorher Kemal brachte er ihr häufig kleinere Geschenke mit, mal ein paar Ohrringe, mal ein teures Parfüm. Neuerdings trug sie sogar exquisite seidene Unterwäsche in Schwarz, die Musa eigens aus Paris geordert hatte. Die Geschenke ließ sie vorsichtshalber in ihrem Zimmer im Hospital, damit Ludwig nicht noch misstrauischer wurde, als er ohnehin schon war. Ihr Chef, das konnten selbst die naivsten Schwesternschülerinnen auf der Station nicht übersehen, war richtiggehend besessen von ihr und wollte sie ständig um sich haben, obwohl sie als neue Direktorin eigentlich noch andere Aufgaben zu erfüllen hatte.

Nachts, wenn es ruhig war im Krankenhaus und keine Notfälle vorlagen, huldigte Musa intensiv Rosinas Körperlandschaft, verweilte zuerst bei den vollen, runden Brüsten, streichelte sich über den niedlichen Bauchnabel hinunter zu ihrer nur wenig behaarten Schamgegend, um mit ihren langen, schlanken Beinen und den eleganten schmalen Füßen weiterzumachen. Ihr apfelförmiger Po war jedoch der Körperteil, der den Arzt am meisten faszinierte. Oft lag er nach dem Liebesakt seitlich auf einen Arm gestützt in ihrem Bett und bewunderte minutenlang ihre Rückseite, die sie ihm auf dem Bauch liegend darbot.

»Du hast den schönsten Arsch der Welt, weißt du das?«, flüsterte Musa mit einem Glas schottischen Whiskys in der Hand.

»Wenn du das sagst, wird es schon stimmen. Ich nehme an, du hast schon einige Exemplare gesehen«, antwortete Rosina im Halbschlaf.

»Hab ich, meine Liebste, hab ich. Es waren ein paar sehr schöne dabei.«

»Was ist mit deinen beiden Frauen, wie sehen die hintenherum aus?«

»Aisha, die jüngere, ist viel dünner als du und hat ein flachen Po, Rana, die ältere, hat dagegen ein richtig dickes Gesäß. Sie hat in den letzten Jahren leider ziemlich zugenommen.«

»Liebst du sie noch?«

»Die Liebe spielt bei Ehen in Ägypten nicht immer die wichtigste Rolle. Durch Rana, die aus einer sehr reichen Familie stammt, habe ich Zugang zu den höchsten Kreisen in Kairo bekommen. Sie konnte leider nur zwei Kinder bekommen. Deshalb habe ich Aisha als Zweitfrau genommen. Sie ist eine entfernte Kusine von mir und war schon in jungen Jahren Witwe.«

»Und dann hilft man sich gegenseitig in der Familie …«

»Genau. Du bist ein schlaues Mädchen, Rosina.«

»Schläfst du noch regelmäßig mit ihnen?«

»Du willst es aber ganz genau wissen, was? Regelmäßig ist zu viel gesagt. Mit Rana vielleicht alle zwei, drei Monate einmal. Sie hat keinen großen Spaß daran. Mit Aisha öfter. Aber sie hat vier Kinder, um die sie sich kümmern muss. Da gibt es nicht so viele Gelegenheiten. Auch weil ich so viel arbeite.«

»So wie gerade eben.«

»Diese Art von Arbeit macht mir am allermeisten Spaß«, grinste Musa, während er mit den Fingerspitzen an Rosinas Wirbelsäule entlangfuhr.

»Hast du noch mal was von Kemal gehört?«

»Ich habe ihn neulich im Club getroffen. Er war bester Laune. Offenbar hat er sich anderweitig getröstet.«

»Einfach unglaublich, dass er uns ohne Vorwarnung die Wohnung ausgeräumt hat. Erst den großen Gönner spielen und dann …«

»Er ist nun mal Geschäftsmann. Vermisst du ihn?«

»Nein, Blödsinn. Ich hab ja jetzt dich.«

»Schön, ich hoffe, das bleibt vorerst auch so.«

»Ja, das hoffe ich auch. Jetzt muss ich aber schlafen. Morgen wird sicher wieder ein anstrengender Tag.«

Furien

An einem Dienstagmorgen, als Rosina gerade mit Dr. El Farragh und einigen anderen Ärzten und Krankenschwestern auf der Station Visite machte, wurde der Chefarzt auf dem Flur von zwei schwarz gewandeten Frauen mittleren Alters angesprochen, die ihn in ein Gespräch zu verwickeln versuchten. Der Arzt reagierte äußerst ungehalten und schickte die Frauen mit eindeutiger Geste in einen Aufenthaltsraum, wo sie auf ihn warten sollten, bis die Visite vorbei war.

»Wer war das denn?«, flüsterte Rosina ihrer Assistentin Fatima zu, als die Frauen sich verzogen hatten.

»Das sind die Ehefrauen von Dr. El Farragh«, antwortete Fatima.

»Echt? Was tun die denn hier?«

»Keine Ahnung. Normalerweise kommen die nicht ins Krankenhaus. Ich habe sie nur ein paar Mal gesehen bei offiziellen Anlässen.«

Bei der Visite trat der Chefarzt ungewohnt grantig und schlecht gelaunt auf. Offenbar war er alles andere als erfreut darüber, dass seine Ehefrauen im Krankenhaus aufgetaucht waren.

»Was ist los? Stimmt irgendwas nicht?«, fragte ihn Rosina, als sie wenig später auf der Dachterrasse des Hospitals zusammen eine Zigarette rauchten.

»Ich weiß es nicht. Sie sahen jedenfalls sehr aufgebracht aus. Das kenne ich so nicht von ihnen.«

»Meinst du, sie ahnen etwas von uns?«

»Ich weiß es nicht. Ich werde es wohl gleich erfahren, wenn ich mit ihnen geredet habe.«

»Du siehst ja richtig blass aus …«

»Es ist nichts, ich bin nur ein wenig überarbeitet in letzter Zeit.«

»Vielleicht sollten wir uns nicht mehr so oft treffen.«

»Dann ginge es mir ja noch schlechter«, sagte der Arzt mit schiefem Lächeln.

Als Rosina und ihr Chef von der Dachterrasse auf die Station zurückkehrten, hörten sie schon von Weitem ein heftiges Gezeter. Dr. El Farraghs Ehefrauen stritten sich lautstark mit der diensthabenden Schwester. Als sie die beiden kommen sahen, verstummten sie augenblicklich. Die Blicke, die die beiden Frauen Rosina zuschleuderten, sprachen Bände.

»Erzähl mir nachher, wie es gelaufen ist«, bat Rosina Musa.

»Wenn sie mich nicht vorher in Stücke gerissen haben.«

Während sich Rosina in ihr Büro zurückzog und vergeblich versuchte, sich auf ihre Arbeit zu konzentrieren, scheuchte der Chefarzt seine sichtlich verärgerten Frauen in sein Sprechzimmer. Obwohl beide Räume ungefähr fünfzig Meter weit voneinander entfernt lagen, konnte Rosina die hohen, schrillen Stimmen der Frauen hören. Sie hatten sie angesehen, als wollten sie ihr die Augen auskratzen. Irgendjemand musste ihnen von der Affäre erzählt haben. Da war Rosina sicher.

Die Unterredung, in der Musa El Farragh offenbar nur selten zu Wort kam, weil überwiegend das Gekreische seiner Ehefrauen zu hören war, dauerte eine Dreiviertelstunde. Dann verließen Rana und Aisha die Station mit fliegenden Gewändern. Als sie endlich verschwunden waren, klopfte Rosina vorsichtig im Sprechzimmer des Chefarztes an. El Faragh saß zusammengesunken hinter seinem Schreibtisch, als hätte ihm jemand den Stecker gezogen.

»Nun sag schon, was ist los? Du siehst aus wie ein Gespenst.«

»Sie wissen es.«

»Sie wissen was?«

»Na, das mit uns.«

»Woher denn bloß? Wir waren doch immer mehr als vorsichtig.«

»Keine Ahnung. Ich habe alles abgestritten, aber sie haben mir nicht geglaubt.«

»Und jetzt?«

»Sie wollen, dass ich dich fortschicke.«

»Das wirst du doch wohl nicht tun, oder?«

»Ich weiß nicht ...«

»Ich habe meine Arbeit hier immer ordentlich erledigt, da kannst du jeden fragen.«

»Darum geht es aber nicht.«

»Worum geht es dann?«

»Sie können mir große Scherereien machen, wenn ich mich weigere, ihrer Forderung nachzukommen.«

»Das verstehe ich nicht.«

»Kannst du auch nicht. Ranas Familie hat einen direkten Zugang zur Regierung. Ihr Bruder sitzt in den höchsten Gremien. Wenn der erfährt, dass ich seine Schwester betrüge, ist der Teufel los. Die schmeißen mich aus dem Krankenhaus, ohne mit der Wimper zu zucken.«

Rosina bekam ein flaues Gefühl in der Magengegend, sie fühlte, wie ihre Beine weich wurden. War das jetzt das Ende ihrer so erfolgreichen Zeit im Orient? Sie konnte schließlich nichts dafür. Es war Musa gewesen, der sie verführt hatte, und sie musste jetzt die Suppe auslöffeln.

»Mach dir erst einmal keine Gedanken. Ich werde schon eine Lösung finden. Vielleicht beruhigen sie sich ja wieder«, versuchte der Arzt Rosina zu trösten.

»So wie deine Frauen hier aufgetreten sind, sah es nicht danach aus, als würden sie sich so schnell beruhigen. Wenn die ein Messer dabeigehabt hätten …«

»Es geht ihnen nicht um mich als Ehemann. Ihnen ist eigentlich völlig egal, mit wem ich nebenbei vögele. Aber wenn es in die Öffentlichkeit gelangt, verlieren sie ihr Gesicht, ihre Ehre. Und wenn das droht, werden ägyptische Frauen zu Furien.«

»Tja, das war's dann wohl.«

»Lass mich ein, zwei Nächte darüber schlafen. Mir wird schon etwas einfallen. Ich lasse dich nicht im Stich. Dafür bist du mir viel zu wichtig. Ich habe dich nämlich wirklich gern.«

Rosina zuckte mit den Schultern, drehte sich um und verließ grußlos das Sprechzimmer des Chefarztes. Obwohl sie mittlerweile Direktorin war und große Anerkennung im Metropolitan Hospital genoss, weil sie ihre Arbeit mehr als gut machte, sollte sie wegen einer lächerlichen kleinen Affäre gehen? Um die Ehre von El Farraghs Ehefrauen nicht in Gefahr zu bringen? Konnte sie sich gegen eine Entlassung überhaupt wehren? Vielleicht, indem sie ihr Verhältnis mit ihrem Chef tatsächlich an die Öffentlichkeit brachte, um es dieser verlogenen arabischen Mischpoke heimzuzahlen?

Rosina beschloss, erst einmal nach Hause zu fahren und nach den Kindern zu schauen. Ihr blieb nichts anderes übrig, als abzuwarten. Vielleicht würde Musa tatsächlich eine Lösung finden. Seine Versprechen hatte er bisher immer gehalten.

Zwei Tage später bat Dr. El Farragh Rosina zu einem Vier-Augen-Gespräch in sein Sprechzimmer. An der Miene des Arztes konnte sie schon erkennen, dass ihre Tage im Metropolitan Hospital wohl gezählt waren. Wie ein geprügelter Hund schaute er sie mit tieftraurigen Augen an.

»Ich werde also gehen müssen«, stellte Rosina mit tonloser Stimme fest.

Statt einer Antwort nickte El Farragh nur resigniert, während er nervös mit seinem Füllfederhalter spielte.

»Ich habe alles versucht, um sie zu besänftigen. Keine Chance. Vor allem Rana war unerbittlich. Ich hätte nie für möglich gehalten, dass sie so reagieren könnte. Sie hat mir wirklich die schlimmsten Konsequenzen angedroht. Selbst auf die Gefahr hin, dass die ganze Familie dabei Schaden nimmt.«

»Und was mache ich nun? Ich habe meine komplette Familie nach Kairo geholt.«

»Ich habe schon eine neue Stelle für dich.«

»Was hast du?«

»Ich habe eine neue Stelle für dich. In Gaza.«

»In Gaza? Wo liegt das denn? Was soll ich denn dort?«

»Du wirst wie hier zunächst als Oberschwester angestellt. Wenn du dich bewährst, wollen sie dir sogar die Leitung des Krankenhauses anvertrauen. Der bisherige Leiter geht in Kürze in den Ruhestand.«

»Was ist mit der Bezahlung?«

»Die wird genauso gut sein wie bisher. Dafür habe ich gesorgt. Du bekommst die besten Zeugnisse von mir. Gaza liegt übrigens in Palästina. Dort ist es zwar ein wenig anders als in Kairo, aber es gibt einen wunderschönen Strand.«

»Du willst mich also nach Palästina abschieben, habe ich das richtig verstanden? Warum nicht gleich auf den Mond?«

»Bitte, Rosina, was soll der Sarkasmus?«

»Ich dachte nur, ich könnte irgendwann einmal zur Ruhe kommen.«

»Tut mir unendlich leid. Es war meine Schuld. Ich hätte mich beherrschen müssen.«

»Ja, vielleicht. Aber es ist jetzt wohl nicht mehr zu ändern, schätze ich. Trotzdem vielen Dank, dass du mir die Möglichkeit gegeben hast, hier in Kairo zu arbeiten. Diese Erfahrung hat mein Leben auf jeden Fall verändert.«

»Das freut mich sehr.«

»Wie weit liegt Gaza von Kairo entfernt?«

»Na, ich schätze, so an die siebenhundert Kilometer. Das Hospital dort ist ganz neu, erst vor ein paar Jahren gebaut. Mein Freund Faisal Abami ist der ägyptische Gouverneur in Gaza. Er wird dich unter seine Fittiche nehmen. Er schuldet mir noch einen Gefallen.«

»Sei mir nicht böse, Musa, aber ich komme mir vor wie ein Stück Vieh, das von einer Weide auf die andere versetzt wird«, ärgerte sich Rosina.

»Mehr kann ich leider nicht für dich tun. Glaub mir, es wird dir in Gaza gut gefallen. Ich habe selbst eine Zeit lang dort gearbeitet. Faisal hat mir versprochen, dass er eine Wohnung für deine Familie herrichten wird. Ich habe ihm gesagt, dass eine möblierte am besten wäre.«

»Das ist sehr rücksichtsvoll von dir.«

»Rosina, lass uns nicht im Streit auseinandergehen. Dafür habe ich die Stunden mit dir zu sehr genossen. Du bist eine ganz besondere Frau. Eine wie dich habe ich noch nie getroffen.«

»Wann soll es losgehen in Gaza?«

»Anfang nächsten Monat. Die Umzugskosten übernimmt das Metropolitan Hospital, die Fahrtkosten mein Freund Faisal.«

Getrennte Wege

Tagelang zerbrach sich Rosina den Kopf darüber, ob sie die Stelle in Gaza antreten sollte. Sie hatte ihre Familie noch nicht darüber informiert, dass sie das Metropolitan Hospital und damit auch Kairo verlassen würde. Sie musste erst mit sich selbst im Klaren sein, was sie wollte. Am einfachsten wäre natürlich, zurückzukehren nach Österreich, um mit den ausgezeichneten Zeugnissen, die ihr Dr. El Farragh ausgestellt hatte, eine neue Anstellung in Wien zu finden.

Ludwig wäre das sicherlich recht. Er würde lieber heute als morgen seine Zelte in Kairo abbrechen, dachte Rosina während eines Spaziergangs am Ufer des Nils. Den mächtigen Fluss hatte sie im Laufe der letzten Monate lieben gelernt. Die Oma Sedlacek hatte in Ägypten erwartungsgemäß auch keine Wurzeln geschlagen. Wie auch, in ihrem Alter und so ganz ohne Sprachkenntnisse? Rosina war ihr trotzdem unendlich dankbar dafür, dass sie sich um die Buben gesorgt hatte. Ohne die Unterstützung ihrer Schwiegermutter hätte sie nie in Kairo arbeiten können.

Sie hatte bereits einmal mit Faisal Abami, Musas Freund, telefoniert. Der Gouverneur hatte ihr zugesichert, dass sie die gleiche Bezahlung erhalten werde wie im Metropolitan Hospital. Sogar etwas mehr, wenn sie die Pflegeleitung des Krankenhauses übernehmen sollte. Auch über eine Wohnung hatte sie mit ihm gesprochen. Abami hatte ihr vorgeschlagen, sich zu einem Gespräch in Kairo zu treffen, um sich kennenzulernen. Er sei in Kürze in der ägyptischen Hauptstadt. Er werde sich dann bei ihr melden.

Als Rosina nach Tagen des Grübelns endlich den Mut aufbrachte, Ludwig von ihrer Entlassung im Metropolitan Hospital zu erzählen, ging das Theater richtig los. Ludwig tobte, wie er noch nie getobt hatte. So sehr, dass die Oma die Kinder bei der Hand nahm, um mit ihnen einen Spaziergang zu machen.

»Du schleppst uns um die halbe Welt, und dann fliegst du im Spital einfach mal so 'raus? Ist das dein Ernst, Rosina?«, brüllte Ludwig und schmetterte sein volles Weinglas an die Wand.

»Ich weiß, dass du das nicht verstehen kannst. Aber ich konnte wirklich nichts dafür. Die Ehefrauen von Dr. El Faragh haben darauf bestanden, dass ich gehe. Sie unterstellen mir, dass ich was mit meinem Chef hätte. Aber das stimmt nicht, das schwör ich dir. Sie sind wie verrückt eifersüchtig«, versuchte Rosina sich zu verteidigen.

»Ihr habt also nichts miteinander gehabt, ja? Geh, Rosina, das kannst du erzählen, wem du willst. Ich mag zwar ein gutmütiger Trottel sein. Aber verarschen lass ich mich nicht. Ich habe immer gewusst, dass da was läuft zwischen euch. Schon in Wien hat der feine Herr Doktor ein Auge auf dich geworfen.«

»Dann glaubst du es eben nicht, dass da nichts war. Tatsache ist, dass wir nicht hierbleiben können.«

»Na, Servus. Und das heißt? Fahren wir wieder heim?«

»Ich weiß nicht. Der Doktor hat mir eine neue Stelle vermittelt, und ich überlege die ganze Zeit, ob ich sie annehmen soll.«

»Eine neue Stelle?«

»Ja, aber nicht in Kairo, sondern in Gaza.«

»Wo in aller Welt ist das denn?«

»Nicht weit von hier. In Palästina. Es soll sehr schön sein dort.«

»Und du denkst, dass wir alle mitkommen nach Gaza und dass ich mir dort eine neue Stelle suche?«

»Warum nicht? Vielleicht gibt es dort auch eine Arzneifabrik …«, brachte Rosina schüchtern vor.

»Ich sag dir jetzt was, Rosina. Ich glaube, dass du komplett narrisch[7] bist. Ich werde ganz sicher nicht nach Gaza oder sonst wohin gehen. Und wenn du die Stelle dort annimmst, sind wir geschiedene Leute. Ich geh mit meiner Mutter zurück nach Wien. Dann kannst schau'n, wo du bleibst mit den Kindern.«

Damit war das Gespräch für Ludwig beendet.

7 Wienerisch für verrückt.

Franz erzählt

Obwohl mein Vater eine Arbeit gefunden hatte und auch regelmäßig in die Fabrik ging, fühlte er sich in Kairo nie richtig zu Hause. Er war eben ein überzeugter Wiener. Meine Großmutter ebenso, eine Ur-Sumpfpflanze aus dem sechsten Bezirk. Die beiden hatten immer etwas zu meckern: immer nur Sonnenschein in Kairo, immer nur blauer Himmel. Also typisch Wiener: Wenn sie nichts zu meckern haben, meckern sie halt über das Wetter. Aber ehrlich gesagt hatten sie damals tatsächlich genug zum Klagen, als zum Beispiel die Wohnung auf einmal leer war. Ich war ja nur am Anfang zur Schule gegangen, in dieses Internat. Danach mühte sich mein Vater, mir dem Lehrplan entsprechend etwas beizubringen. Mit bescheidenem Erfolg, möchte ich anmerken.

Auf jeden Fall lebten sich meine Eltern während der gemeinsamen Zeit in Kairo irgendwie auseinander. Es hatte vorher schon das ein oder andere Mal gekriselt bei ihnen. Meine Mutter beschloss dann wegen Schwierigkeiten männlicher Natur, im Metropolitan Hospital aufzuhören und in ein anderes Krankenhaus nach Gaza zu gehen. Mein Vater entschied daraufhin: Nein, da kommt er nicht mit. Er will nach

Hause nach Österreich, nach Wien. Meine Großmutter natürlich voller Freude: Ja, da fahr ich auch mit.

Meine Eltern kamen überein, dass sie sich erst einmal trennen würden. Von Scheidung war noch keine Rede. Es wurde festgelegt, dass ich mit meinem Vater und meiner Großmutter zurück nach Österreich gehe, während mein kleiner Bruder Helmut mit der Mama nach Gaza ziehen sollte. So kehrten wir wieder zurück nach Wien, und alle waren froh, außer mir. Ich wäre gerne noch in Kairo geblieben, obwohl es damals sicher nicht die sauberste Stadt der Welt war. Ich kann mich noch an einen Heuschrecken-Regen biblischen Ausmaßes erinnern. Die Viecher lagen überall auf der Straße herum. Es war richtig grauslich. Dieses apokalyptische Ereignis hatte meinen Vater und die Oma Sedlacek besonders abgestoßen, ganz zu schweigen von den unzähligen Küchenschaben, die man einfach nicht aus der Wohnung vertreiben konnte. Die waren zu Millionen überall.

Neuanfang in Gaza

Dr. El Farragh hatte nur bedingt recht gehabt. Gaza war wirklich wunderschön. Allerdings nur, wenn man am Strand lag und auf das Mittelmeer schauen konnte. Wer wie Rosina den Lebensstandard in Kairo gewohnt war, musste in Gaza schon einige Abstriche machen, was die Infrastruktur anbelangte. Die Straßen waren deutlich schlechter, falls überhaupt befestigt, Strom und Wasser waren längst nicht in allen Stadtvierteln selbstverständlich. Rosina hatte einen ihrer seltenen freien Tage genutzt, um mit ihrem Sohn Helmut zum Gaza Beach zu fahren, der nur wenige Kilometer vom Shaarif Hospital entfernt lag. Der Kleine spielte selbstvergessen mit Schaufel und Förmchen im Sand, während sich Rosina in ihrem hellroten Badeanzug sonnte und die Seele baumeln ließ. Um sie herum herrschte ein reges Strandleben: Familien machten Picknick im Sand, junge Menschen liefen kreischend durch die Brandung, und Eisverkäufer schoben ihre Karren im Schweiße ihres Angesichts am Ufer entlang.

Rosina hatte dringend eine Atempause gebraucht nach all den anstrengenden Wochen, die hinter ihr lagen. Die pralle Sonne, die vom wolkenlosen Himmel auf sie herunterschien, tat ihr spürbar gut, vor allem nach einem erfrischenden Bad im Mittelmeer. Den Wechsel vom Metropolitan Hospital in Kairo zum Shaarif Hospital in Gaza hatte sie ganz gut verarbeitet. Der Abschied aus der ägyptischen Hauptstadt war ihr schwergefallen, keine Frage. Sie hatte in den achtzehn Monaten, die sie dort gearbeitet hatte, einige Freunde gefunden. Und natürlich musste sie in Gaza notgedrungen wieder von vorne anfangen, als normale Krankenschwester. Ihr Gehalt war dank des ägyptischen Gouverneurs allerdings genauso hoch wie in Kairo. Darauf hatte sie beim Gespräch mit Faisal Abami bestanden. Überhaupt war ihr der Gouverneur beim Ortswechsel in jeder Hinsicht behilflich gewesen und hatte sie persönlich im Krankenhaus vorgestellt. Obwohl das Hospital noch ziemlich neu und von der Einrichtung her gut ausgestattet war, zumindest für palästinensische Verhältnisse, gab es erheblichen Verbesserungsbedarf, was Organisation und Personalwesen anbelangte.

Nach den ersten Wochen, in denen Rosina die meiste Zeit damit verbrachte, sich einen Überblick über die einzelnen Abteilungen und deren Ausstattung mit Ärzten und Krankenschwestern zu verschaffen, wurden ihr schon bald anspruchsvollere Aufgaben übertragen als die direkte Versorgung der Patienten. Ihr Organisationstalent, das ihr schon in Kairo viel Anerkennung eingebracht hatte, wurde auch in Gaza rasch erkannt, sodass die Krankenhausleitung Rosina nach kurzer Zeit zur Oberschwester ernannte. Weil sie gut verdiente, konnte sie es sich leisten, ein junges Mädchen aus der Nachbarschaft des Hospitals zu engagieren, das auf Helmut aufpasste, wenn sie arbeiten musste. Der Kleine war inzwischen vier Jahre alt, ein erstaunlich ruhiges und genügsames Kind.

Natürlich hatte es viele Tränen gegeben, als Helmut mit seiner Mutter, vollgepackt mit zahlreichen Reisetaschen und

Koffern, mit dem Zug in Richtung Gaza aufgebrochen war. Der Junge hatte Rotz und Wasser geheult, als er sich von seinem Bruder Franz verabschieden musste. Obwohl die beiden Buben gut vier Jahre trennten, hatten sie in Kairo unendlich viel Zeit im Spiel miteinander verbracht. Sowohl Rosina als auch Ludwig war es äußerst schwergefallen, die Brüder auseinanderzureißen. Aber die Entscheidung war nun einmal gefallen. Ludwig hatte sich strikt geweigert, Rosina nach Gaza zu folgen. Er wollte zurück nach Hause. Und seine Mutter ebenfalls. Weil Franz weder richtig Englisch noch Arabisch sprechen konnte, machte es wenig Sinn – da waren sich alle einig –, ihn in Gaza zum Unterricht zu schicken. Er sollte mit Vater und Großmutter zurück nach Österreich gehen und dort die Schule besuchen.

Wenn sie an Franz dachte, spürte Rosina stets einen leichten Stich in der Herzgegend. Denn sie vermisste ihn sehr, auch wenn sie wegen der vielen Arbeitsstunden im Krankenhaus nicht so oft zum Nachdenken kam, wie sie sich das gewünscht hätte. Sie war sicher, dass die Oma Sedlacek Franz eine zweite Mutter sein würde, wie sie es in all den Jahren zuvor schon gewesen war. Noch im Zug nach Gaza schwor sich Rosina, dass sie Franz eines Tages wieder zu sich holen würde. Aber zunächst musste sie sich um sich selbst kümmern. Die Trennung von Ludwig hatte sie, auch wenn sie es sich nicht eingestehen wollte, arg mitgenommen. Immerhin waren sie über zehn Jahre verheiratet gewesen, und es hatte durchaus gute Zeiten in ihrer Ehe gegeben. Auch als feststand, dass sie getrennte Wege gehen würden, hatte Rosina Ludwig nichts von ihren Affären mit Kemal und Musa erzählt. Es hatte keinen Sinn, ihn unnötig zu verletzen. Er war ihr immer gut gewesen und hatte ihr manchen Fehler verziehen. Dass für ihn ein weiterer Umzug nicht in Frage kam, konnte Rosina sogar verstehen. Ihre Lebensentwürfe passten einfach nicht mehr zusammen. Auf der einen Seite Ludwig, der konservative, heimatverbundene Wiener, auf der anderen Seite Rosina mit ihrem Fernweh und ihrem Faible für Herausforderungen jeglicher Art: Das konnte irgendwann nicht mehr gut gehen.

Was Männer anging, hatte sich in Gaza noch keine neue Perspektive ergeben. Mal abgesehen davon, dass Gouverneur Faisal Abami, ein stattlicher Mann von Mitte fünfzig, ihr schon einige Male bedenklich nahe auf den Pelz gerückt war. Rosina hatte nach den schlechten Erfahrungen mit Musa El Farragh und dessen hysterischen Gattinnen keine Lust, erneut wegen einer Affäre in Schwierigkeiten zu geraten. Deshalb hatte sie dem eindeutigen Werben des Gouverneurs bislang noch nicht nachgegeben. Sie fühlte sich zwar geschmeichelt, dass ein ranghoher Politiker wie Abami sich für eine kleine Krankenschwester aus Österreich interessierte, und es war sicher auch von Vorteil, einen solchen Mann näher zu kennen. Doch erst einmal musste Rosina in Gaza richtig Fuß fassen. Danach konnte man weitersehen.

Das Shaarif Hospital gefiel ihr ausgezeichnet. Sie war gut aufgenommen worden von den Ärzten, was nicht zuletzt Musa El Farragh zu verdanken war, der ihre Arbeit in Kairo in den höchsten Tönen gelobt hatte. Entsprechend respektvoll traten auch die Krankenschwestern ihr gegenüber auf. Man hatte ihr in einem Wohnheim, das direkt neben dem Krankenhaus lag, zwei kleine Zimmer zugeteilt.

Immer, wenn sie am Wochenende keinen Dienst im Krankenhaus hatte, packte Rosina ihre Badesachen zusammen und machte sich mit Helmut per Taxi auf den Weg zum Strand. Oder sie schlenderte mit ihm durch die Basare der Stadt, die eine ähnliche Fülle an Waren jeglicher Art anboten wie in Kairo. Auch in Gaza zog Rosina die begehrlichen Blicke der Männer und die neidvollen der Frauen auf sich. Daran war sie mittlerweile schon gewöhnt. Ihre Arabischkenntnisse waren so weit fortgeschritten, dass sie mit den Händlern feilschen konnte. Nicht selten waren die Verkäufer so sehr von Rosinas Charme beeindruckt, dass sie ihr Orangen, Bohnen oder Kochtöpfe weit unter Preis verkauften, nur um der Frau aus »Almania« – Österreich zählte für sie nach wie vor zu Deutschland – zu gefallen.

Sorgen machte sich Rosina einzig um die politische Lage, die nichts Gutes für die Gaza-Region verhieß, weil Frankreich, Großbritannien und Israel mit den Säbeln rasselten. Sollte eine kriegerische Auseinandersetzung nicht zu vermeiden sein, würde sich das sicher auch auf das Shaarif Hospital auswirken. Einstweilen genoss Rosina noch das herrliche Wetter und die mehr als fünfundzwanzig Grad warme Luft am Gaza Beach. Der Orient gefiel ihr. Er gefiel ihr sogar ausgesprochen gut. Vor allem, wenn sie sich als Alternative vorstellte, mit Ludwig und den Kindern wieder in einer engen Wohnung in einem Wiener Arbeiterbezirk leben zu müssen. Mit dem Klo auf der Zwischenetage.

Ihre Entscheidung, Ludwig zu verlassen und nach Gaza zu gehen, war in jedem Fall richtig gewesen, fand sie – was auch immer in den nächsten Monaten passieren würde. Nach Europa zurück konnte sie jederzeit, wenn es in Gaza Probleme geben würde.

Helmut

Mit am runden Tisch beim Interview im Haus von Amina sitzt Helmut, ihr zweiter Halbbruder. Er ist achtundsechzig Jahre alt, ein klein wenig größer und schlanker als Franz. Er hat ebenfalls noch volles Haar, das allerdings mehr ergraut ist als bei seinem Bruder. Er trägt eine dunkelrote Chino-Hose, dazu ein weißes Polohemd unter einem blauen Pullover mit V-Ausschnitt. Sein Blick ist offen und freundlich. Er spricht mit einem leichten hessischen Akzent.

Helmut erzählt

Meine Eltern waren geschieden oder vielmehr getrennt. Meine Mutter und ich lebten in Arabien beziehungsweise erst in Ägypten und später in Gaza in Palästina. Meine Mutter arbeitete damals im Shaarif Hospital, zunächst als Krankenschwester. Aber es hat nicht lange gedauert, da hat man ihr den Posten einer Oberschwester angeboten. Zum guten Schluss übernahm sie die Leitung des gesamten Krankenhauses. Sie war sehr, sehr tüchtig und sehr klug. Sie schaffte es, aus einem desolaten orientalischen Krankenhaus ein florierendes Hospital mit europäischem Standard zu machen.

Meine Mutter und ich wohnten zusammen in einem kleinen Nebengebäude des Krankenhauses, in dem auch andere Ärzte und Krankenschwestern untergebracht waren. Sie arbeitete tagsüber, und ich spielte irgendwo in der Gegend herum. Es war manchmal lustig, manches Mal auch traurig. Denn es gab wegen des Suezkanals immer wieder Scharmützel zwischen Israel und Ägypten. Deswegen kam es häufiger vor, dass Verwundete oder gar Tote ins Krankenhaus gebracht wurden. Das war kein schöner Anblick. Aber Gott, das gehört offenbar zum Leben.

Zwischen den Fronten

Hätte Rosina gewusst, was sie im Shaarif Hospital erwartete, hätte sie vermutlich alle Hebel in Bewegung gesetzt, um in Kairo zu bleiben und dort eine neue Stelle zu finden. In den ersten Wochen hatte sie viel Zuspruch von den Ärzten und den Angestellten des Krankenhauses erhalten und die bis dahin ziemlich chaotische Organisation in der Klinik spürbar verbessern können. Auch die Eingewöhnung in der neuen Umgebung war reibungslos vonstattengegangen. Allerdings machte ihr die politische Lage auf der Sinai-Halbinsel mehr und mehr Sorgen. Denn Gaza war zum Mittelpunkt einer militärischen Auseinandersetzung zwischen Ägypten auf der einen und Frankreich, Großbritannien und Israel auf der anderen Seite geworden. Der Kampf um die Vorherrschaft am Suezkanal, der seit 1869 das Mittelmeer mit dem Roten Meer verband, forderte unzählige Tote und Verletzte.

Täglich brachten Krankenwagen Verwundete von der nahe gelegenen Front ins Shaarif Hospital, wo sie von den Tag und Nacht arbeitenden Ärzten notdürftig zusammengeflickt wurden. Für viele ägyptische Soldaten gab es keine Rettung mehr. Sie wurden auf dem Platz vor dem Krankenhaus in langen Reihen aufgebahrt – viele von ihnen beweint von ihren verzweifelten Angehörigen. Gaza war schon nach wenigen Tagen von israelischen Einheiten eingenommen worden. Bei der Invasion gerieten zahlreiche ägyptische Soldaten in Kriegsgefangenschaft.

Täglich wurde Rosina im Krankenhaus mit dem jämmerlichen Zustand dieser Männer konfrontiert, denen es vor allem an Nahrung und medizinischer Versorgung mangelte. Bis ihr schließlich der Kragen platzte und sie sich, als neutrales Mitglied des Internationalen Roten Kreuzes ausweisend, bei den israelischen Militärs persönlich über die miserable Behandlung der Kriegsgefangenen beschwerte. Rosinas mutige Aktion beeindruckte die Israelis. Man sagte ihr zu, dass Lebensmittel und Medikamente sowie Decken und Bekleidung in ausreichender Menge ans Shaarif Hospital geliefert würden. Und die Israelis hielten Wort, wodurch die Situation der gefangenen ägyptischen Soldaten wesentlich erträglicher wurde.

Für Rosina zahlte sich ihr Einsatz im Nachhinein aus. Sie wurde nach nur wenigen Monaten zur Direktorin des Krankenhauses ernannt und mit einer beträchtlichen Aufstockung ihres Gehalts belohnt. Die bedrohliche Lage für das Hospital sowie für sie und ihren kleinen Sohn ließ Rosina wochenlang nicht mehr ruhig schlafen. Die Bilder der Verwundeten und Gefallenen verfolgten sie bis in ihre Träume. Tagsüber musste sie im Hospital überall einspringen, wo eine helfende Hand benötigt wurde. An einen entspannenden Nachmittag am Strand von Gaza war jedenfalls nicht mehr zu denken.

Mit großer Erleichterung vernahm Rosina endlich die Nachricht, dass die Vereinten Nationen Friedenstruppen in die umkämpfte Region schicken würden, um damit den Konflikt zu beruhigen und einen Waffenstillstand zu erzwingen. Die USA und die UdSSR hatten sich auf die Seite von Ägypten gestellt und die militärische Offensive von Frankreich, Großbritannien und Israel auf diplomatischem Wege gestoppt.

»Man kann noch gar nicht richtig glauben, dass es vorbei ist«, atmete Rosina tief durch. Genüsslich sog sie den Rauch ihrer Zigarette ein.

»Ich hätte ehrlich gesagt auch gedacht, dass der Krieg länger dauern würde«, antwortete der Mann im gesetzten Alter, der am Hinterausgang des Shaarif Hospitals ebenfalls eine Zigarette rauchte und dabei zufällig mit Rosina ins Gespräch gekommen war.

»Pardon, ich habe mich Ihnen noch gar nicht vorgestellt. Ich heiße Abbas Ben Harun. Freut mich sehr, Sie kennenzulernen.«

»Sehr angenehm. Ich bin Rosina Sedlacek, ich leite dieses Krankenhaus.«

»Tatsächlich? Sie sind die Direktorin?«

»Ja, aber erst seit ein paar Wochen.«

»Entschuldigen Sie meine Neugier: Sie kommen nicht aus Palästina, oder?«

Rosina lachte hell auf. Der Mann mit dem grau melierten Haar und den fein geschnittenen Gesichtszügen wirkte sympathisch. Vor allem seine dunklen Augen, die sie interessiert ansahen.

»Ich komme eigentlich aus Österreich. Genauer gesagt aus Wien.«

»Aus Wien? Eine herrliche Stadt. Ich bin einmal als junger Mann dort gewesen.«

»Vor zwei Jahren bin ich als Krankenschwester nach Kairo gegangen, und jetzt arbeite ich hier. Besuchen Sie jemanden bei uns im Hospital?«

»Ja, meine kleine Tochter Hadya.«

»Hat sie etwas Ernstes?«

»Die Ärzte sind noch ratlos. Sie leidet seit einigen Tagen unter Schmerzen im Bauch. Vielleicht der Blinddarm oder so etwas.«

»Hmh. Ich hoffe, wir können ihr helfen.«

»Das hoffe ich auch. Sie ist mein Augenstern. Meine Jüngste, wissen Sie. Ich habe noch sieben andere Kinder. Sie sind fast alle schon erwachsen. Nur Hadya lebt noch bei mir.«

»Wo ist ihre Mutter?«

»Sie ist vor zwei Jahren gestorben. An Krebs.«

»Oh, das tut mir sehr leid.«

»Es war ein harter Schlag für mich. Und besonders für Hadya. Sie vermisst ihre Mutter sehr.«

»Das kann ich gut verstehen. Mein ältester Sohn lebt bei seinem Vater in Wien. Er fehlt mir manchmal ganz arg.«

Rosina drückte ihre Zigarette in einer großen Tonschale aus und streckte Abbas Ben Harun zum Abschied ihre Hand entgegen.

»Hat mich gefreut, mit Ihnen zu plaudern. Ich hoffe, wir sehen uns bald wieder. Wenn möglich, nicht im Krankenhaus, sondern vielleicht irgendwo in der Stadt.«

»Ja, das wäre sicher schön«, antwortete Ben Harun. »Würde es Ihnen etwas ausmachen, wenn Sie ab und zu nach meiner Tochter schauen? Ich besuche sie zwar so oft wie möglich. Aber wenn ich zu Gericht sitze, kann ich mich nicht freimachen.«

»Sie sind Richter?«

»Ja, bin ich. Am obersten Gericht hier in Gaza.«

»Machen Sie sich keine Sorgen. Ich werde mich um Ihre Tochter kümmern. Ich bin sicher, dass sie bald wieder gesund sein wird. Versprochen!«

»Vielen Dank. Das ist sehr nett von Ihnen. Sie liegt im zweiten Stock in einem Einzelzimmer, direkt neben der Treppe.«

Ein ausgesprochen netter Mann, dachte Rosina bei sich, als sie die Treppen zu ihrem Dienstzimmer im zweiten Stock des Krankenhauses hinaufstieg. So zurückhaltend. Und seine Augen! Welche Tiefe! Darin konnte man sich fast verlieren. Seit ihrer Affäre mit Dr. El Farragh hatte Rosina keinen Mann mehr näher an sich herangelassen. Bewerber hatte es genug gegeben. Zwei Ärzte hatten es schon bei ihr versucht, der Gouverneur ebenfalls. Doch Rosina war ein gebranntes Kind. Sie scheute das Feuer. Es gab eindeutig kulturelle Unterschiede zwischen Europa und dem Orient, wie sie schmerzhaft hatte erfahren müssen, als man sie in Kairo aus dem Metropolitan Hospital weggeschickt hatte. Sie wollte den beruflichen Status, den sie durch ihr Organisationstalent und durch harte Arbeit erreicht hatte, nicht wieder wegen einer Liebesgeschichte gefährden. Trotzdem ging ihr dieser Richter nicht aus dem Kopf. Er war anders als die meisten Männer, die sie bisher in Ägypten und Palästina getroffen hatte. Sie schätzte ihn auf Ende vierzig, vielleicht auch Anfang fünfzig.

Kurz vor Feierabend stattete Rosina der Tochter des Richters einen kurzen Besuch ab. Sie fand das Mädchen ausgesprochen blass vor. Die Kleine war etwa fünf Jahre alt und verschwand fast zwischen den Kissen im großen Krankenbett. Sie war hübsch, sehr hübsch sogar, und sie schaute Rosina mit großen Augen fragend an.

»Hat sie Schmerzen?«, erkundigte sich Rosina beim diensthabenden Arzt.

»Sie sagt Ja. Sie zeigt immer auf ihren Bauch. Aber wir haben noch nichts finden können.«

»Nimmt sie etwas zu sich?«

»Ja, aber nicht sonderlich viel. Ein wenig Reis, ein paar Datteln oder Feigen. Und Milch, ganz viel Milch.«

»Lasst einfach mal die Milch weg und gebt ihr Kräutertee«, ordnete Rosina sehr zum Unmut des Arztes an, der sich in seiner Kompetenz in Frage gestellt fühlte.

Rosina beschloss, am nächsten Tag noch vor dem Dienst zum Basar zu gehen und dem Mädchen frisches Obst zu besorgen. Als sie nachts im Bett lag und wie so oft über die Ereignisse des Tages nachdachte, kam ihr die Begegnung mit dem Richter wieder in den Sinn. Der Mann hatte Eindruck auf sie gemacht in seiner gelassenen, vornehmen Art. Er war scheinbar keiner dieser arabischen Machos, die ihre Hände nicht bei sich behalten können, sobald eine halbwegs ansehnliche Frau in der Nähe ist. Deswegen hatte es in der Vergangenheit schon die ein oder andere Auseinandersetzung im Krankenhaus gegeben. Jedes Mal, wenn einer der Ärzte oder jemand vom Personal versuchte, zudringlich zu werden, hatte sich Rosina mit so lauter Stimme zur Wehr gesetzt, dass man sie noch zwei Straßen weiter gehört hatte. Die Wirkung war durchschlagend. Seit sie zur Direktorin des Krankenhauses aufgestiegen war, hatte kaum noch jemand versucht, sie zu belästigen. Man hatte Respekt vor ihr, speziell nach ihrer erfolgreichen Mission bei den Israelis.

Mit sechsunddreißig Jahren hatte Rosina dennoch keineswegs vor, künftig das Leben einer Nonne zu führen. Die Sehnsucht nach Zärtlichkeit und Nähe war mit den Wochen und Monaten, die vergingen, immer größer geworden. Der Richter – wie hieß er noch gleich? … Abbas Ben Harun – hatte in ihr eine Saite berührt, die noch nachschwang. Bevor sie das Nachtlicht löschte, nahm sie sich vor, im Hospital vorsichtig Erkundigungen über den Mann einzuziehen. Und sie würde den Pförtner bitten, sie zu informieren, wenn er seine Tochter besuchte.

Helmut erzählt

Irgendwann kam meine Mutter zu mir und sagte: Kuki – so nannte sie mich –, pack ein paar Spielsachen ein, die du verschenken könntest. Da ist ein kleines Mädchen, das so alt ist wie du. Es liegt bei uns im Krankenhaus, und ihm ist schrecklich langweilig. Wir gehen gleich mal rüber, dann kannst du ein wenig mit ihm spielen. Ich nahm also meine entbehrlichen Spielsachen und ging zu der Kleinen ins Krankenzimmer. Sie hieß Hadya. Ich weiß nicht mehr genau, was sie hatte. Aber wir spielten zusammen und hatten eine Menge Spaß dabei.

Kurze Zeit später wurde Hadya wieder gesund und aus dem Krankenhaus entlassen. Als ihr Vater sie abholte, sah ich ihn zum ersten Mal. Man muss ihn sich vorstellen als einen gut aussehenden, distinguierten, fein gekleideten Mann, der jedes Wort perfekt artikulierte. Ein Mann, wie ihn sich jede Frau nur wünschen kann. Meine Mutter erzählte mir zu Hause, dass Hadyas Vater Richter war und acht Kinder hatte. Seine Frau war vor nicht allzu langer Zeit gestorben. Er war also Witwer und lebte allein mit seiner jüngsten Tochter in Gaza. Die anderen Kinder waren bereits erwachsen und aus dem

Haus, hatten sich in der ganzen Welt verstreut. Zum Beispiel in Hebron, in Katar, in Kuwait und in Saudi-Arabien.

Na ja, wie das so geht: Der Richter lud uns wenig später in sein Haus ein, um sich dafür zu bedanken, dass meine Mutter sich im Hospital so gut um Hadya gekümmert hatte. Der Richter – er hieß Abbas Ben Harun – hatte ein wunderschönes Haus mit einem riesigen Garten voller Bäume, auf denen die köstlichsten Früchte wuchsen: Orangen, Zitronen, Feigen und anderes mehr. Ich war ganz begeistert von einem Bassin, das voller Goldfische war, und von einer Laube, die vollständig zugewachsen war mit Weinreben.

Während ich mit Hadya im Garten spielte, saßen meine Mutter und der Richter auf der Terrasse in der Sonne, tranken Tee und unterhielten sich angeregt. Zusammen mit Hadya fühlte ich mich ein wenig wie Bruder und Schwester, wie Tarzan und Jane oder Adam und Eva. Jedenfalls lief ich in meiner Euphorie über die neue Spielgefährtin zu meiner Mutter und sagte zu ihr: Mutti, weißt du was? Du heiratest jetzt den Mann, dann habe ich eine Schwester und muss mich nicht mehr langweilen im Wohnheim vom Krankenhaus. Meine Mutter bekam natürlich einen roten Kopf und wusste nicht mehr, wohin sie gucken sollte, so peinlich war ihr die Sache. Abbas war weniger verlegen. Er lachte lauthals, nahm mich bei der Hand und zog mich um die Ecke des Hauses. Dort griff er in seine Brieftasche, eine glänzende aus Krokodilleder, und zog ein Pfund Sterling heraus, das er mir schenkte. Ein Pfund Sterling! Das war damals ein Vermögen für so einen Dreikäsehoch, wie ich einer war. Davon hätte ich mir einen ganzen Lastwagen voll Eis kaufen können.

Von meiner Mutter hörte ich später, dass der Richter sie angeguckt und zu ihr gesagt hatte: Es wäre doch eine gute Idee, wenn sie sich zusammentun würden. Hadya hätte wieder eine Mutter und ich ein richtiges Zuhause. Und irgendwie müssen sich die beiden sehr, sehr schnell einig geworden sein. Schon kurze Zeit später heirateten sie nach islamischem Brauch, und meine Mutter nahm nicht nur den Namen, sondern auch den Glauben ihres Mannes an.

Wie im Paradies

Das Gerücht, dass Abbas Ben Harun der Direktorin des Shaarif Hospitals den Hof machte, verbreitete sich in Gaza wie ein Lauffeuer. Der Richter gehörte seit vielen Jahren zu den führenden Persönlichkeiten der Stadt. Sein Rat war gefragt, sein Einfluss – auch auf politische Entscheidungen – enorm. Die Tatsache, dass er ausgerechnet eine Fremde, eine Nichtmuslimin, als neue Gattin favorisierte, löste bei nicht wenigen seiner Landsleute Irritationen aus. Auch bei Rosina, die von Anfang an eine starke Anziehungskraft verspürt hatte, wenn sie mit dem Richter zusammentraf. Eine Affäre mit dem sympathischen, jedoch deutlich älteren Gentleman alter Schule hatte sie sich durchaus vorstellen können. Nach der selbst auferlegten Enthaltsamkeit sehnte sie sich schon seit einiger Zeit wieder nach einem Mann, nach Liebe, nach Zärtlichkeit und Geborgenheit.

Nie im Leben hätte sie sich jedoch vorstellen können, dass Abbas Ben Harun um ihre Hand anhalten würde. Aber er hatte es getan. Er hatte sie gebeten, seine Frau zu werden, obwohl sie sich nur ein paar Wochen kannten und einige wenige Male miteinander intim gewesen waren. Und sie hatte Ja gesagt, ohne auch nur eine Sekunde zu zögern. Einem Menschen wie Abbas war sie vorher noch nie begegnet: Er war weise und humorvoll, großzügig und rücksichtsvoll. Durch die Begegnung mit Rosina hatte er seine Lebenslust, die nach dem Verlust seiner Frau schwer gelitten hatte, wiederentdeckt. Von der ersten Minute an war sie mit ihm glücklich gewesen, so glücklich wie nie zuvor. Der Altersunterschied störte sie überhaupt nicht, denn Abbas war ein geduldiger Liebhaber, der sich Zeit nahm, um jeden Winkel ihres Körpers zu erkunden, um sie am Ende auf den höchsten Gipfel der Lust zu bringen.

Rosina fühlte sich am Ziel ihrer Träume. Beruflich hätte es für sie kaum besser laufen können. Im Shaarif Hospital konnte sie schalten und walten, wie sie wollte. Man hatte ihr sogar angeboten, die Leitung eines weiteren Krankenhauses in Gaza zu übernehmen. Als Begleitung von Abbas Ben Harun war sie gesellschaftlich unter den hundert wichtigsten Personen der gesamten Region angekommen. Bei Festen, zu denen sie eingeladen wurden, waren der Richter und seine zukünftige Frau, die in ihren teuren, neuen Kleidern wie ein Filmstar erschien, eine Sensation: das Glamourpaar schlechthin. Madam Rose, so wurde sie mittlerweile allenthalben genannt.

Dem Glück der beiden stand nur der Umstand entgegen, dass Rosina nach wie vor mit Ludwig Sedlacek verheiratet war, zu dem sie nur noch sporadisch Kontakt hatte. Sie erklärte ihm in einem Brief die Situation und bat ihn um eine möglichst rasche Scheidung. Dazu war Ludwig, der zu Hause in Österreich ebenfalls eine neue Liebe gefunden hatte, grundsätzlich bereit. Er gab jedoch zu bedenken, dass es wegen der üblichen bürokratischen Dinge, die zu regeln waren, eine Weile dauern könnte, bis die Scheidung durch sein würde.

Die Bereitschaft Ludwigs, in eine Scheidung einzuwilligen, genügte Abbas und Rosina, um ihre Ehe vor einem arabischen

Geistlichen zu besiegeln. Voraussetzung war allerdings, dass Rosina zum islamischen Glauben übertrat, was sie nach kurzer Bedenkzeit tat. Die Vermählung war verbunden mit einem rauschenden Fest im Garten des Richters, zu der die Prominenz aus dem gesamten Gaza-Gebiet eingeladen war. Rosina, vor wenigen Jahren noch Röntgenassistentin mit bescheidenem Gehalt in Wien, hielt Hof wie eine Sultanin. Die Gäste waren wie geblendet von ihrer schlichten Eleganz, ihrem umwerfenden Charme und ihrem geschmackvollen Brautkleid. Um die Bewirtung der Gäste musste sich die Braut nicht kümmern. Sie genoss den für sie ganz neuen Luxus, Bedienstete zu haben: unter anderem eine Köchin, ein Kindermädchen und einen Gärtner. Mit großer Erleichterung hatte Rosina vorher ihre beiden kleinen Zimmer im Wohnheim des Krankenhauses geräumt und war mit ihrem Sohn in das geräumige Haus ihres neuen Ehemannes gezogen. Beengte Wohnverhältnisse hatten sie schon immer gestört, damals in der Millergasse in Wien genauso wie zuletzt im Schwesternwohnheim in Gaza.

Sosehr Rosina auch ihren neuen Status als Ehefrau eines angesehenen Richters in Palästina und die damit verbundenen Annehmlichkeiten genoss, so sehr schmerzte sie immer wieder der Gedanke, dass ihr etwas fehlte. Oft, wenn sie mit Hadya und Helmut im Garten herumalberte oder mit Abbas einen entspannten Nachmittag am Strand genoss, dachte sie an Franz, ihren Ältesten, der beim Vater am Attersee lebte. Sie schrieb dem Buben zwar regelmäßig und erhielt hin und wieder auch eine kurze Antwort, aber es blieb immer ein dunkler Fleck auf ihrer Seele zurück.

Wie alt ist der Franz jetzt? Zehn? Nein, schon elf, schoss es Rosina durch den Kopf. Und ich habe ein Großteil seiner Kindheit einfach verpasst.

Vielleicht konnte sie ihn davon überzeugen, zu ihr nach Gaza zu kommen und hier zu leben. Ludwig und die Oma Sedlacek würden davon sicher nicht begeistert sein. Wer lässt schon gern ein Kind freiwillig gehen, um das man sich jahrelang gekümmert hat?

Kann aber auch sein, dass die Oma erleichtert ist, wenn ich ihr den Franz abnehme. Sie wird schließlich nicht jünger, dachte Rosina im Stillen. Sie würde auf jeden Fall nach Österreich reisen müssen, um Überzeugungsarbeit zu leisten und dieses Problem zu lösen.

Helmut erzählt

Wir lebten wirklich glücklich und zufrieden in diesem wunderschönen Haus des Richters. Hadya, die ein wenig wild in ihrer Art war, weil sie sich immer gegen ihre älteren Brüder behaupten musste, wurde im Laufe der Zeit zahm wie ein Lamm. Zu Abbas sagte ich Baba, was auf Arabisch Vater heißt. Er war für mich tatsächlich wie ein Vater. Meinen richtigen hatte ich ja nie kennengelernt. Wenn man ihn etwas fragte, dachte er meist kurz nach. Dann bekam man eine Antwort wie in Stein gemeißelt. Abbas war nicht nur der oberste Richter in Gaza, sondern auch ein Autor, der zahlreiche Bücher geschrieben hatte. Er war ein Allround-Talent, ein studierter Mann, dem jeder in der Stadt mit dem höchsten Respekt begegnete. Selbst junge Menschen küssten ihm die Hand.

Einige Monate nachdem meine Mutter und Baba geheiratet hatten, kam sie eines Tages zu mir und meinte: Kuki, es ist etwas Wunderschönes passiert. Und in ihrem Wiener Akzent sagte sie: Wir bekommen ein Butzi. Ein Kind also. Sie war schwanger, und ich freute mich sehr darüber. Aber man sieht noch nichts davon, sagte ich zu ihr, weil ihr Bauch noch ganz flach war. Ja, das kommt noch später, antwortete sie. Und der Bauch wuchs tatsächlich, am Ende sogar ganz enorm. Man war nicht sicher, ob es ein Butzi oder doch eher ein Elefant würde.

Schließlich fuhren meine Mutter und Baba zur Entbindung in die Klinik. Als sie nach ein paar Tagen zurückkamen, hatte Mama ein kleines Bündel auf dem Arm. Als ich das Baby zum ersten Mal sah, soll ich gesagt haben: Die schaut ja aus wie ein kleiner Engel. Immer wenn ich sie später auf den Arm nehmen durfte, hat sie mich angelächelt. Baba war natürlich völlig vernarrt in Amina, seine kleine Tochter. Jeder neue Laut, den sie von sich gab, wurde in der Familie freudig zur Kenntnis genommen.

Dunkle Wolken

Bevor sie Abbas Ben Harun traf, hatte Rosina für sich beschlossen, dass sie kein weiteres Kind mehr haben wollte. Wegen ihrer anstrengenden Arbeit im Shaarif Hospital hatte sie zu wenig Zeit, sich wie eine fürsorgliche Mutter um ihr Baby zu kümmern, fand sie. Und ihr neuer Mann hatte sein Soll in Sachen Fortpflanzung bereits mehr als reichlich erfüllt. Dennoch hatte Rosina, wenn sie mit Abbas schlief, nie daran gedacht zu verhüten. Aus welchem Grund, wusste sie selbst nicht. In den ersten drei Monaten ihrer Ehe war auch nichts passiert. Sie hatte ihre Regel stets pünktlich bekommen. Als sie eines Morgens jedoch gleich nach dem Frühstück eine leichte Übelkeit überkam und sie sich in der Toilette übergeben musste, schwante ihr schon, dass sie schwanger sein könnte. Ihre Brüste, von Natur aus schon rund und voll, hatten sichtbar an Volumen zugelegt.

Die Erkenntnis, dass sie guter Hoffnung war, traf sie wie ein Keulenschlag. Wie hatte sie nur so unvorsichtig sein können? Wie würde Abbas die Nachricht aufnehmen, ein Mann jenseits der fünfzig, Vater von acht Kindern? Sie hatten vorher nie über die Möglichkeit gesprochen, ein gemeinsames

Kind zu bekommen. Vielleicht war es unterbewusst ihr tiefer Wunsch gewesen, ihre starke emotionale Verbindung mit Abbas durch ein Baby zu manifestieren. Anders ließ sich kaum erklären, dass weder sie noch ihr Mann beim Liebemachen an Verhütung gedacht hatten.

Ausgerechnet jetzt, wo es für mich so gut läuft als Direktorin, werde ich schwanger. Dieser Gedanke schwirrte Rosina den ganzen Tag über durch den Kopf und lenkte sie so sehr ab, dass sie sich kaum auf ihre Aufgaben konzentrieren konnte. Ich muss es ihm spätestens am Wochenende sagen, wenn er von seiner Dienstreise nach Kairo zurück ist, nahm sie sich vor.

Als sie abends auf der Terrasse ihres Hauses saß und Helmut und Hadya dabei zusah, wie die beiden Kinder ausgelassen durch den Garten tobten, hatte sich Rosina mit der neuen Situation schon ein wenig angefreundet. Ein Baby von Abbas! Mein Gott, konnte es etwas Schöneres geben! Sie war verrückt gewesen, auch nur für einen Moment daran zu zweifeln, dass diese unerwartete Schwangerschaft ein Geschenk des Himmels war. Sie erinnerte sich noch gut, als sie sieben Jahre zuvor mit einem kleinen »Souvenir« im Bauch von ihrer dreimonatigen Auszeit in Italien nach Wien zurückgekehrt war. Damals war ihre Situation ungleich schwieriger. Es wäre nicht verwunderlich gewesen, wenn Ludwig sie und ihr Ungeborenes ohne viel Federlesen auf die Straße gesetzt hätte. Sie hatte stattdessen unbeschreibliches Glück gehabt, dass Ludwig sie trotz ihrer offensichtlichen Untreue in Gnaden wieder aufgenommen und das Neugeborene anstandslos adoptiert hatte.

Unglaublich, wie viel seither passiert ist, dachte Rosina, während sie an einem eisgekühlten Fruchtsaft nippte, den ihr das Hausmädchen nach dem Abendessen serviert hatte.

Sie lebte nicht mehr in einer schäbigen Mietwohnung in der Wiener Vorstadt, sondern im Orient, in einem großen Haus mit hellen Räumen und etlichen Bediensteten, die ihr die Hausarbeit und die Beaufsichtigung der Kinder weitgehend abnahmen. Sie musste nicht mehr tagein, tagaus die todlangweilige Arbeit einer Röntgenassistentin erledigen, sondern konnte als Leiterin des Shaarif Hospitals schalten und walten, wie sie wollte. Und vor allem musste sie sich nicht mehr über Ludwigs pessimistische Weltsicht, seine unberechenbaren Launen und seinen übermäßigen Alkoholkonsum ärgern. In Wien hatte sie ein Leben im Schatten geführt, ohne Freude und Hoffnung auf die Zukunft. Mit Abbas Ben Harun war sie dagegen in den Sonnenschein getreten, endlich bereit, das Leben in vollen Zügen zu genießen.

Als sie Abbas wenige Tage später mit der Nachricht überraschte, dass sie ein Kind erwartete, fiel dieser spontan vor ihr auf die Knie und verbarg vor Freude weinend sein Gesicht in ihrem Schoß.

»Dass ich das noch erleben darf«, stammelte der Richter, der sich sonst so gelassen und souverän gab. »Welch eine Freude!«

»Bist du sicher? Ich meine, du hast schon so viele Kinder. Und jetzt noch mal so ein Würmchen, wo du doch schon über fünfzig bist«, wandte Rosina ein.

»Allah hat uns dieses Geschenk gemacht. Er hat gewollt, dass wir zusammen ein Kind bekommen. Und darüber bin ich sehr glücklich.«

»Dann bin ich es auch«, antwortete sie erleichtert.

Rosinas Schwangerschaft verlief weitgehend ohne Komplikationen, weshalb sie bis drei Wochen vor der Entbindung noch im Krankenhaus arbeiten konnte. Als das Kind am 26. März

1959 zur Welt kam, ein Mädchen, fast viertausend Gramm schwer, blühte die Liebe zwischen ihr und Abbas noch einmal so richtig auf. Im Hause des Richters drehte sich plötzlich alles um die kleine Amina, die von Eltern und Geschwistern rund um die Uhr gehätschelt wurde. In den ersten Wochen kümmerte sich Rosina selbst um das Kind, gab die Verantwortung jedoch nach und nach an eines ihrer Dienstmädchen ab, weil sie im Hospital dringend gebraucht wurde.

Als Rosina ein paar Monate nach Aminas Geburt nach Feierabend mit Abbas in der Gartenlaube saß, hatte sie das Gefühl, endgültig angekommen zu sein. Die Beziehung mit ihrem Ehemann war von Liebe und gegenseitigem Respekt geprägt, die Kinder machten ihr kaum Sorgen, und beruflich hatte sie ebenfalls keinen Grund zu klagen. Dementsprechend entspannt genoss Rosina die sich abkühlende Abendluft nach einem ausgesprochen heißen Tag. Während sie ihm von einer kleinen Auseinandersetzung mit einem Arzt im Krankenhaus erzählte, griff sich der Richter mitten im Gespräch plötzlich in die Herzgegend, stöhnte laut auf und knickte zusammen.

»Was ist los? Was hast du?«, schrie Rosina völlig aufgelöst.

»Mein Herz. Es tut furchtbar weh«, keuchte Abbas mit schmerzverzerrtem Gesicht.

»Leg dich hier auf die Ottomane. Ich rufe den Arzt. Er wird dir helfen, mein Schatz.«

Der Doktor, der eine halbe Stunde später im Haus des Richters erschien, untersuchte den immer noch von Schmerzen geplagten Patienten gründlich. An seiner besorgten Miene konnte Rosina bereits ablesen, dass sich ihr Ehemann nicht nur eine Rippe ausgerenkt hatte.

»Tja. Ich denke, die Schmerzen kommen vom Herzen. Ich befürchte, Sie leiden an Angina pectoris. Das heißt, Ihr Herz bekommt zu wenig Sauerstoff«, konstatierte der Arzt nüchtern. »Das ist nur eine vorläufige Diagnose. Ich würde zu einer gründlichen Untersuchung im Krankenhaus raten.«

»Und was heißt das? Kann man etwas tun gegen diese Krankheit?«, wollte Rosina wissen.

»Das heißt, dass er sich in erster Linie schonen und jede Überanstrengung meiden muss. Sonst könnte es sein, dass er einen Herzinfarkt bekommt.«

»Oh Gott, das ist ja schrecklich«, stöhnte Rosina auf, während Abbas die Diagnose mit geschlossenen Augen aufnahm.

»Es muss doch irgendetwas geben, Medikamente oder so, das ihm hilft«, jammerte Rosina.

»Versuchen Sie es mit rohem Knoblauch und einem Fingerhut Whisky. Morgens und abends. Manchmal hilft das«, riet der Arzt, bevor er seine Tasche griff und das Haus verließ.

Angina pectoris! Natürlich hatte Rosina schon von dieser Krankheit gehört. Sie war schließlich Krankenschwester. Sie hatte im Hospital etliche Patienten gehabt, die an dieser Herzschwäche litten. Dass es Abbas ausgerechnet jetzt, wo sie eine richtige Familie waren mit einem gemeinsamen Kind, so heftig traf, ließ sie verzweifeln. Während sie ihren schlafenden Mann betrachtete, dem der Arzt ein Beruhigungsmittel verabreicht hatte, liefen ihr die Tränen die Wangen hinunter.

Lieber Gott oder Allah oder wer immer dort oben über uns wacht: Lass ihn noch ein bisschen am Leben. Ich brauche ihn so sehr. Und seine kleine Tochter auch, betete Rosina. Nachdem sich der erste Schock gelöst hatte, schwor sie sich, alles in ihrer Macht Stehende zu tun, um Abbas' Leben zu verlängern. Wenn es sein musste auch mit Whisky und Knoblauch. Beides hatte sie nicht im Haus, weshalb sie gleich jemanden losschickte, um die Sachen zu besorgen. Sie würde darauf bestehen, dass er nicht mehr wie gewohnt jeden Werktag ins

Gericht ging und dort bis in die Nacht hinein arbeitete. Sie würde darauf achten, dass er seinen regelmäßigen Schlaf bekam und sich in keinem Fall überanstrengte.

Als Abbas Ben Harun am nächsten Morgen die Augen aufschlug, saß Rosina auf einem Stuhl neben seinem Bett. Sie hatte die ganze Nacht kein Auge zugetan, weil sie fürchtete, dass er einfach aufhören würde zu atmen.

»Wie fühlst du dich, mein Liebster?«

»Müde, sehr müde.«

»Hast du noch Schmerzen?«

»Nein. Keine. Nur ein wenig Druck hier oben.«

»Es wird alles gut. Es gibt viele, die mit Angina pectoris leben. Manche werden damit sogar sehr alt«, versuchte Rosina ihren Mann zu trösten, obwohl sie ihren Worten selbst keinen rechten Glauben schenkte.

Es durfte einfach nicht sein, dass jetzt, wo sie endlich alles erreicht hatte, was sie sich je erträumt hatte, das Schicksal dazwischenfunkte. Abbas, ihr kluger, liebevoller, großzügiger Abbas, sah um Jahre gealtert aus. Seine Augen, die sonst vor Energie sprühten, hatten nur noch einen matten Glanz. Was würde aus ihr, wenn er plötzlich tot wäre? Was würde aus Kuki und Amina, vor allem aus Hadya? Das Mädchen hatte ja bereits den Verlust seiner Mutter verkraften müssen.

Rosina verdrängte die düsteren Gedanken und wies ihre Köchin an, Abbas ein leichtes Frühstück zu bringen. Sie verfügte, dass eigens für ihn salz- und fettarme Gerichte gekocht wurden. Für sich selbst beschloss Rosina, ihre Stelle als Direktorin im Shaarif Hospital auf keinen Fall aufzugeben, um finanziell unabhängig zu bleiben. Abbas hatte ihr schon vor der Heirat angeboten, ihre Stelle zu kündigen. Er verdiente genug Geld, um die größer gewordene Familie problemlos zu ernähren. Glücklicherweise war sie darauf nicht eingegangen. Sie war gerne Direktorin des Krankenhauses und genoss die allgemeine Anerkennung, die man ihrer Arbeit zollte.

Ein Glück nur, dass ich Amina bekommen habe, dachte sie, während sie das Krankenbett für Abbas herrichtete. Wenn es schiefgeht, habe ich etwas von ihm, das mir bleibt.

In Trauer

Und es ging schief. Wenige Monate nach der Geburt ihrer Tochter Amina wachte Rosina eines Morgens auf und fand Abbas leblos neben sich im Bett liegend vor. Sie hatte irgendwie geahnt, dass ihr Glück nicht von Dauer sein würde. Ihr war bewusst gewesen, dass ihr Mann schwer krank war. Dennoch traf der Schock, als er plötzlich von einer Sekunde auf die andere nicht mehr lebte, sie mit voller Wucht. Wie in Trance drückte sie seine offen stehenden Augen zu und faltete seine Hände vor der Brust. Dann weckte sie Helmut und Hadya und erzählte ihnen unter Tränen, dass der »Baba« tot sei. Für ihre eigene Trauer hatte Rosina kaum Zeit, denn in arabischen Ländern erfolgt die Bestattung von Toten traditionsgemäß sehr schnell. Abbas' Familie musste informiert werden, was die Witwe vor eine ziemlich schwierige Aufgabe stellte, weil sie nicht alle Adressen der weit verstreut lebenden Kinder und Geschwister hatte.

Zum Begräbnis nach muslimischem Ritus erschienen nicht nur sämtliche Familienmitglieder, egal wie weit entfernt sie von Gaza lebten, sondern auch die wichtigsten Persönlichkeiten der Region. Abbas wurde unter großen Ehrenbezeugungen zu Grabe getragen. Rosina überstand die Zeremonie nur mit starken Beruhigungsmitteln, die sie sich vorsorglich im Krankenhaus hatte geben lassen. Erst als alle Trauergäste abgereist waren, wurde sie von einer derartigen Welle des Schmerzes erfasst, dass sie sich fünf Tage lang in ein abgedunkeltes Zimmer verkroch und nur Wasser und ein paar wenige Brocken Brot zu sich nahm.

Einem solch großartigen Menschen werde ich niemals wieder begegnen, ich habe ihn für immer verloren. Dieser Gedanke setzte sich wie ein Mantra in Rosinas Kopf fest und lähmte sie so sehr, dass sie nicht zur Arbeit ins Hospital gehen konnte. Für Ablenkung sorgten lediglich die Kinder, besonders Amina, die sich zu einem goldigen Kleinkind entwickelt hatte. Unter dem frühen Tod von »Baba« litt auch Helmut, der zu seinem Stiefvater im Laufe eines Jahres ein sehr inniges Verhältnis entwickelt hatte. Er musste zusätzlich den Verlust seiner Spielgefährtin Hadya verkraften. Eine von Abbas' Schwestern hatte sich angeboten, der Achtjährigen ein neues Zuhause zu geben.

Das vorher mit so viel Leben erfüllte Haus des Richters war von einem Tag auf den anderen leerer geworden. Schon wenige Wochen nach dem Begräbnis entschloss sich Rosina umzuziehen. Nicht nur wegen all der Erinnerungen, die an den Räumlichkeiten hingen, sondern auch wegen des Geldes. Mit ihrem Gehalt würde sie ein solch großes Haus auf Dauer nicht halten können. Vom Erbe ihres Mannes konnte sie wegen der Kürze ihrer Ehe kaum etwas beanspruchen. Der größte Teil würde den Kindern zustehen.

Als sie körperlich und psychisch so weit war, dass sie die Leitung des Krankenhauses wieder übernehmen konnte, sah sich Rosina nach einer neuen Unterkunft um. Durch einen glücklichen Zufall fand sie ganz in der Nähe des Shaarif

Hospitals ein kleines Haus, das groß genug war für sie und ihre beiden Kinder sowie die beiden Dienstmädchen, die sie weiterhin beschäftigte. Nach dem Umzug blieb ein Zimmer ungenutzt übrig.

»Wer soll denn hier wohnen?«, wollte Helmut wissen, als er mit seiner Mutter durch die Räume streifte, um das neue Haus zu erkunden.

»Na, ich weiß noch nicht. Ein neues Butzi werden wir ganz sicher nicht mehr bekommen. Aber vielleicht hat dein Bruder …«

»Jaaaa, Mama, der Franz soll kommen. Das wär lustig. Da könnten wir den ganzen Tag zusammen spielen«, jubelte der Junge.

»Vielleicht hat der Burli ja gar keine Lust, wieder im Orient zu leben. Wer weiß, vielleicht gefällt es ihm in Österreich viel besser.«

»Warum fragst du ihn nicht einfach?«, stieß Helmut enttäuscht hervor. »Ich weiß, dass er gern kommen würde.«

Wegen der Scheidung hatte Rosina schon vor dem Tod von Abbas im ständigen Briefwechsel mit Ludwig gestanden, der seit einiger Zeit mit Mutter und Sohn in Unterach am Attersee lebte. Er hatte dort eine Stelle gefunden und eine kleine Wohnung in einem früheren Schloss bezogen. Eine neue Freundin hatte er auch, wie er Rosina in einem seiner eher kurzen Briefe mitteilte. Die beiden waren allerdings noch nicht zusammengezogen.

Nachdem sie sich, so gut es ging, in ihrem neuen Leben eingerichtet hatte, wurde der Wunsch, ihren ältesten Sohn wieder zu sich zu nehmen, in Rosina immer größer. Für sie stand fest, dass sie weiterhin in Gaza bleiben und nicht nach Europa zurückkehren würde. Sie hatte Gefallen an der Region, am Shaarif Hospital und vor allem an den Menschen gefunden, die dort lebten. Der Franz, ihr Burli, war jetzt schon dreizehn und wahrscheinlich schon so groß wie sie. Per Brief würde sie Ludwig kaum überreden können, den Jungen noch einmal in Richtung Arabien ziehen zu lassen. Sie musste nach Österreich reisen, um die Sache vor Ort zu klären. Aus der Vergangenheit wusste Rosina, dass Ludwig ihr noch nie einen Wunsch abschlagen konnte, wenn sie ihm nur tief genug in die Augen geschaut hatte. Die entscheidende Frage war nur, ob Franz mitkommen oder lieber bei seinen Freunden in Unterach bleiben würde. Er ging dort regelmäßig zur Schule, wenn auch mit überschaubaren Leistungen, und hatte im Attersee schwimmen gelernt.

Helmut und Amina blieben, während sie über Kairo, Alexandria und Venedig nach Unterach reiste, in Gaza in der Obhut der Dienstmädchen.

Franz erzählt

Eigentlich war ich ja eine richtige Großstadtpflanze als gebürtiger Wiener. Aber der Umzug meines Vaters nach Unterach war im Nachhinein ein Glücksfall für mich. Dort musste ich zwar leider – anders als in Kairo – wieder in die Schule gehen, aber ich konnte nachmittags und am Wochenende mit Freunden durch die umliegenden Wälder und Felder streifen. In den Sommerferien waren wir von morgens bis abends am See und hatten einen irren Spaß. Mein Vater arbeitete bei einer örtlichen Pharmafirma, und meine Oma kümmerte sich halt um den Haushalt. Die Wohnung, die in einem früheren Schloss lag, war zwar ähnlich beengt wie seinerzeit in der Millergasse in Wien, aber wir kamen zurecht. An meine Mutter und meinen Bruder dachte ich nur gelegentlich – meistens abends, wenn ich nicht einschlafen konnte.

Eines Tages, als ich gerade im Vorgarten spielte, sah ich eine Frau auf unser Haus zukommen. Ich dachte, Mensch, die kenn' ich doch. Es war meine Mutter, die ich seit fast drei Jahren nicht mehr gesehen hatte. Ich freute mich natürlich riesig, dass sie uns besuchen kam. Ich glaube, mein Vater auch, obwohl er damals schon eine neue Freundin hatte. Als Geschenk hatte mir die Mama einen Fußball mitgebracht, einen richtigen Lederball, um den mich meine Klassenkameraden heiß beneideten. Mir war das wurscht, weil ich mit Sport nicht viel am Hut hatte und mit Fußball schon gar nicht. Natürlich tat ich so, als würde ich mich über das Geschenk ganz arg freuen, um meine Mutter nicht zu enttäuschen. Nun ja, den Ball hat später der FC Unterach geschenkt bekommen.

Meine Mutter ist ein paar Wochen in Unterach geblieben und hat in dieser Zeit einiges an Goldschmuck verkauft, den sie aus Gaza mitgebracht hatte. Mit dem Geld hat sie uns finanziell unterstützt, was uns sehr willkommen war, weil mein Vater nie besonders viel verdient hat. Unter Tränen hat sie uns auch erzählt, dass ihr Mann, der Richter, plötzlich verstorben war und dass sie danach eine schwere Krise durchgemacht hatte. Die Stadt Gaza und das Krankenhaus, in dem sie arbeitete, schilderte sie uns in den schönsten Farben. Abgesehen von dem tragischen frühen Tod ihres Mannes sei das Leben in Palästina sehr angenehm, versicherte sie und zeigte uns Fotos von ihrem Haus mit Garten, in dem sie mit meinem Bruder wohnte.

Ich bekam nicht viel davon mit, was meine Eltern damals miteinander besprachen. Aber es ging wohl darum, dass meine Mutter mich gerne mit nach Gaza genommen hätte. Das ging eine Weile hin und her, bis mein Vater schließlich zu mir kam und mich fragte: Bub, was meinst eigentlich du dazu? Ich hab gesagt: Ich tät schon gern wieder in den Orient reisen, wenn's dir nicht zu viel ausmacht. Und da hat er sein Einverständnis gegeben, dass ich mit der Oma fahren soll, wenn das Schuljahr zu Ende wäre. Meine Mutter reiste kurz danach zurück nach Gaza, und wir, die Oma Sedlacek und ich, machten uns ein paar Wochen später auf den Weg. Wieder ging es über Venedig mit dem Schiff nach Alexandria, wo meine

Mutter uns erwartete, von dort nach Kairo und dann mit dem Zug durch die Wüste nach Gaza. Die letzte Etappe dauerte ein wenig länger als geplant, weil die Schienen häufig mit Sand zugeweht waren. Die mussten von Hand freigeschaufelt werden. Das war ein bisschen abenteuerlich.

Als wir uns Gaza näherten, wurde meine Mutter immer nervöser, was wir uns nicht so recht erklären konnten. Die Oma ahnte aber, dass da etwas im Busch war. Und im Haus angekommen lüftete meine Mutter das Geheimnis: die kleine Amina, meine ausgesprochen süße kleine Schwester, die ein halbes Jahr vor Abbas' Tod geboren worden war.

Ich freute mich vor allem, meinen Bruder Helmut nach so langer Zeit wiederzusehen. Er brachte mir auch gleich ein paar schmutzige Wörter auf Arabisch bei, die er in der Schule und auf der Straße aufgeschnappt hatte. Meinem Vater schrieb ich wie vereinbart einen Brief, in dem ich ihm versicherte, dass es uns allen gut ging in Gaza. Was auch der Wahrheit entsprach: Wir hatten ein wunderschönes Haus, der Hund hatte meine Schulbücher gefressen, und ich konnte nach Herzenslust mit meinem Bruder spielen. In die arabische Schule musste ich Gott sei Dank nicht. Stattdessen engagierte meine Mutter einen Hauslehrer für mich.

Es war für uns Kinder ein Riesenspaß, mit dem Esel zum Strand zu reiten und dort auf dem Hasaka durch das Wasser zu jagen. Der Hasaka war ein Holzgestell, über das ein grober Leinenstoff gespannt war. So eine Art Vorläufer des Surfbretts. Damit konnte man herrlich Wellenreiten. Das war unser Ein und Alles. Im Garten veranstalteten wir Rennen mit zwei Kinderwagen. In einem saß Amina, im anderen unser Hund Hektor. Und wie bei den römischen Wagenrennen versuchten Helmut und ich, uns gegenseitig aus der Bahn zu drängen. Bis irgendwann einer der Wagen umkippte und

Amina rausflog und sich am Kopf verletzte. Wir versuchten sie, so gut es ging, zu trösten, denn sie schrie wie am Spieß. Sie hatte nur eine leichte Schürfwunde, die meine Mutter abends natürlich entdeckte und uns beiden zur Strafe zwei Tage Stubenarrest aufbrummte.

Der Wind dreht

Es war für Rosina ausgesprochen tröstlich, ihre drei Kinder wieder in ihrer Nähe zu haben. Auch wenn das bedeutete, dass sie die Anwesenheit ihrer Schwiegermutter in Kauf nehmen musste. Die Oma Sedlacek war zwar im Haus und vor allem bei der Betreuung der kleinen Amina sehr hilfreich. Doch an das Leben in Gaza konnte oder wollte sie sich nicht so recht gewöhnen. Der Orient und seine Menschen waren ihr schon in Kairo sehr suspekt gewesen, weshalb sie sich auch wenig Mühe gab, Englisch oder Arabisch zu lernen. Zwischen Rosina und ihrer Schwiegermutter gab es zwar hin und wieder ein paar Meinungsverschiedenheiten, aber man kam im Großen und Ganzen ganz gut miteinander aus.

Während zu Hause alles seinen gewohnten Gang nahm und Rosina im Laufe der Zeit lernte, mit dem Verlust ihres geliebten Abbas zu leben, gab es im Shaarif Hospital zunehmend Probleme. Der ägyptische Gouverneur Faisal Abami wurde in Kairo dringend gebraucht und musste seinen Posten in Gaza räumen. Er hatte dafür gesorgt, dass Rosina gleich als Oberschwester eingestellt und später zur Direktorin ernannt wurde. Sie konnte mit jeder Bitte zu Faisal kommen: Er war jederzeit für sie da, ohne dafür irgendwelche Forderungen zu stellen.

Der neue Gouverneur hieß Farid El Maruf, ein schlanker, asketischer Mann von Ende vierzig, der ohne Familie nach Gaza gekommen war und sich als pedantischer Bürokrat und fanatischer Moslem präsentierte. Rosina, die sich regelmäßig mit Faisal Abami zum Lunch oder auch nur zum Kaffee getroffen hatte, versuchte mehrfach vergeblich, El Maruf für sich zu gewinnen. Nicht zuletzt, weil auch das Krankenhaus von seinen Entscheidungen abhing. Der Gouverneur, so schien es, war für die weiblichen Reize, die Rosina zu bieten hatte, unempfänglich. Obwohl sie ihren ganzen Charme einsetzte, um ihn im persönlichen Gespräch für sich einzunehmen, stieß sie bei El Maruf auf Granit. Ihr selbstbewusstes Auftreten und ihre freizügige westliche Kleidung missfielen ihm, wie er Rosina unverblümt mitteilte.

Und nur wenige Wochen nachdem El Maruf den Gouverneursposten in Gaza übernommen hatte, merkte Rosina, dass sich der Wind gedreht hatte. Im Krankenhaus wurden ihr wichtige Informationen vorenthalten, und sie durfte auch an Zusammenkünften der Ärzte nicht mehr teilnehmen. Als sie zum wiederholten Mal mit dem Leitenden Arzt aneinanderrasselte und sich ein heftiges Wortgefecht lieferte, hatte Rosina genug. Sie ließ sich per Taxi zum Dienstsitz des Gouverneurs fahren und marschierte ohne Anmeldung direkt in dessen Büro. El Maruf saß hinter einem Berg von Akten und war gerade dabei, seiner Sekretärin einen Brief zu diktieren, als die Krankenhausdirektorin hereinplatzte.

»Haben Sie einen Termin?«, fragte die Sekretärin, überrascht von ihrem Notizblock aufblickend.

»Nein, den habe ich nicht. Und bislang brauchte ich auch keinen, wenn ich den Gouverneur sprechen wollte«, schnappte Rosina.

»Gute Frau, ich weiß ja nicht, in welchem Verhältnis Sie zu meinem Vorgänger standen. Aber wenn Sie mit mir sprechen wollen, brauchen Sie auf jedem Fall einen Termin«, schaltete sich El Maruf ins Gespräch ein und nahm seine dicke Hornbrille von der Nase.

»Tut mir leid, Herr Gouverneur, aber ich benötige im Shaarif Hospital dringend Verbandszeug und Medikamente, die ich schon vor Wochen bestellt habe. Die Ärzte schieben mir die Schuld zu, dass sie nicht vernünftig arbeiten können. Wenn es nicht so eilig wäre, hätte ich sicher vorher einen Termin gemacht.«

»Ich glaube nicht, dass ich mich als Gouverneur um so nebensächliche Dinge wie Verbandszeug und Medikamente zu kümmern habe. Vergeuden Sie bitte nicht meine Zeit und wenden Sie sich beim nächsten Mal an meine Beamten. Ich betrachte die Unterredung hiermit als beendet. Es wäre schön, wenn Sie mein Büro verlassen würden.«

»Herr Gouverneur, ich meine, das können Sie doch …«

»Doch, doch, das kann ich, Frau Ben Harun.«

Stocksauer verließ Rosina das Büro des Gouverneurs. So ein Arschloch, dachte sie, während sie zu Fuß zurück zum Krankenhaus lief. Ein Gefühl von Ohnmacht stieg in ihr auf. Sie ahnte, dass sie es jetzt schwer haben würde, ihre Entscheidungen als Direktorin des Hospitals ohne die Unterstützung des Gouverneurs durchzusetzen. In der arabischen Welt wurden berufliche Karrieren entscheidend beeinflusst durch familiäre Verbindungen oder Netzwerke, die von Männern dominiert wurden. Rosinas Beziehung zu Abbas' Familie war noch zu frisch, um daraus beruflichen Nutzen zu ziehen. Durch Abbas hatte sie zwar zahlreiche wichtige Kontakte knüpfen können, doch die waren nach seinem Tod scheinbar so gut wie wertlos. Das wurde ihr klar, als sie Faisal Abami in Kairo anrief und ihm ihr Leid klagte. Er war ins Verteidigungsministerium berufen worden und hatte gegenüber dem neuen Gouverneur keinerlei Weisungsbefugnisse. Sie müsse versuchen, sich mit

El Maruf irgendwie zu arrangieren, riet er ihr. Mehr könne er momentan trotz aller Wertschätzung nicht für sie tun.

In düsteren Gedanken versunken schlenderte Rosina durch die Chirurgische Station des Shaarif Hospitals, um nachzufragen, ob das bestellte Verbandszeug endlich geliefert worden war. Aus der offenen Tür eines der privaten Krankenzimmer, die für die betuchtere Klientel des Krankenhauses vorgehalten wurden, drang Gelächter auf den Flur. Neugierig schaute sie um die Ecke und sah eine junge Krankenschwester, die gerade dabei war, einem offenbar bestens gelaunten Patienten ein Kissen in den Rücken zu stopfen.

»Oh, hallo, wen haben wir denn hier? Darf ich mich vorstellen: Ich heiße Rose Ben Harun. Ich bin die Direktorin des Krankenhauses.«

»Sehr angenehm, Madam. Mein Name ist Rick Stratford, Offizier der kanadischen Streitkräfte im Dienst der Vereinten Nationen«, antwortete der gut aussehende Blondschopf mit breitem Grinsen.

»Sie kommen aus Kanada?«

»Yep. Aus der Nähe von Vancouver.«

»Sind Sie verletzt worden? Ich meine, bei einem Einsatz?«, fragte Rosina besorgt.

»Nein, nein, keine Sorge. Es ist nur ein Leistenbruch. Ich werde morgen operiert.«

»Ich hoffe, es verläuft alles gut. Unser Operationsteam ist sehr erfahren, wissen Sie.«

»Das habe ich schon gehört. Wird schon schiefgehen. Die Betreuung ist auf jeden Fall top«, sagte der Soldat mit einem Seitenblick auf die Krankenschwester, die verlegen auf ihre Füße schaute.

»Wir tun unser Bestes, auch wenn es manchmal mit dem Nachschub etwas hapert.«

»Was hat Sie in den Nahen Osten verschlagen, wenn ich fragen darf?«

»Ganz einfach: eine Anzeige, in der eine Krankenschwester für ein Hospital gesucht wurde.«

»Und woher stammen Sie?«

»Aus Wien, ich bin Österreicherin mit ungarischen Wurzeln.«

»Wow. Ich hätte nie gedacht, in Gaza eine Österreicherin zu treffen, und schon gar nicht als Direktorin eines Krankenhauses.«

»Tja, wie das Leben so spielt. Ich muss jetzt weiter, Mr. Stratford. War nett, Ihre Bekanntschaft zu machen.«

»Ganz meinerseits, Madam.«

»Ich schau morgen nach der Operation nach Ihnen.«

»Oh, das wäre nett, auch wenn ich wegen der Narkose leider nicht viel von Ihrem Besuch mitbekommen dürfte.«

Ein sympathischer Typ, dachte Rosina, als sie ihre Tasche packte, um nach Hause zu den Kindern zu fahren. Und welch ein Lächeln! In Gedanken an Rick Stratford und seine kurz geschorenen, blonden Haare wurde ihr mit einem Mal warm ums Herz. Wie lange war Abbas jetzt tot? Ein halbes Jahr? Sie dachte nach. Nein, zehn Monate waren es schon her, dass die Welt für sie mit einem Schlag stillgestanden hatte. Seither hatte sie keinen Mann mehr an sich herangelassen. Weder geistig noch körperlich. Leicht irritiert stellte Rosina fest, dass ihr die Unterhaltung mit dem kanadischen Offizier gefallen hatte. Er hatte sie immerhin für einen Moment vom Ärger mit dem neuen Gouverneur abgelenkt. Ganz uninteressiert an ihrer Person schien dieser Mr. Stratford nicht zu sein. Jedenfalls nicht nach den Blicken zu urteilen, die er ihr zugeworfen hatte, ohne die Krankenschwester, mit der er vorher offenbar geflirtet hatte, weiter zu beachten. Er würde noch ein paar Tage im Shaarif Hospital bleiben, bis seine Leiste wieder in Ordnung war. Rosina nahm sich vor, gelegentlich nach ihm zu schauen …

Rick Stratford

Die Sonne ging in einem kitschigen Orange im Meer unter, die Luft war wie Seide, warm und angenehm. Der Tag am Strand war einfach traumhaft, dachte Rosina, die bäuchlings auf ihrem Badetuch lag und den schlafenden Mann betrachtete, der sich lang neben ihr ausgestreckt hatte. Rick hatte sie wieder ins Leben zurückgeholt, hatte sie mit seinem sonnigen Gemüt aufgemuntert. Nach Abbas' plötzlichem Tod war sie monatelang in einem Tunnel gewesen, an dessen Ende kein Licht zu sehen war. Die Begegnung mit dem UN-Soldaten aus Kanada im Shaarif Hospital war schicksalhaft gewesen. Das hatte sie sofort gemerkt. Es hatte keinen Zweck gehabt, sich dagegen zu sträuben oder in Gedenken an Abbas in trostloser Witwenschaft zu versinken. Rosina hatte sich auf der Stelle in Rick verliebt. Solange er im Krankenhaus lag, besuchte sie ihn jeden Tag. Mit ihm zu plaudern machte ihr Spaß und ließ sie all den Ärger vergessen, den ihr der neue Gouverneur El Maruf zunehmend bereitete.

Rick hatte sie gleich nach seiner Entlassung zu einem Essen ins beste Restaurant von Gaza eingeladen. Sie hatten sich prächtig amüsiert und zwei Flaschen Wein geleert, bevor Rick Rosina mit seinem Jeep wieder zurück nach Hause brachte. Ohne sie vorher zu fragen, hatte er einen Umweg zum Strand gemacht, der nur von ein paar Lichtern aus der Umgebung erhellt wurde. Dort im Sand hatten sie sich im Dunkeln leidenschaftlich geliebt. Rosina hatte die Berührungen eines Mannes so sehr vermisst, dass sie förmlich vor Lust verging und gar nicht aufhören wollte, obwohl es schon zwei Uhr in der Früh war und sie am nächsten Tag zur Arbeit musste.

Sie kannten sich jetzt schon sechs Wochen und sahen sich, sooft es Ricks Dienstplan im UN-Camp erlaubte. Gemeinsam waren sie am Mittag zum Strand hinausgefahren, die Kinder und Oma Sedlacek durften ebenfalls mit. Als es auf sechs Uhr zuging, hatte Rosina sie ins Taxi gesetzt, damit sie zum Abendessen wieder zu Hause waren. Sie wollte noch ein, zwei Stunden allein mit Rick genießen.

»Na, hast du gut geschlafen?«, fragte Rosina Rick, als er die Augen aufschlug und seine langen Glieder streckte.

»Bestens, Liebste. Zu dumm, dass ich eingeschlafen bin.«

»Macht nichts. Ich hab dir beim Schlafen zugeschaut. Du siehst dabei aus wie ein kleiner Junge.«

»Bist du glücklich?«

»Ja, bin ich. Sehr sogar. Die Kinder scheinen dich auch zu mögen, so wie die mit dir im Wasser herumgetobt sind.«

»Scheint so. Ich könnte hier bis an mein Lebensende mit dir liegen, weißt du das?«

»Das wird aber nicht gehen, denn irgendwann wirst du nach Kanada zu deiner Frau zurückkehren und mich hier in Gaza zurücklassen.«

»Sag so was nicht. Ich möchte daran noch keinen Gedanken verschwenden. Wir haben noch so viel Zeit miteinander.«

»Dann lass uns keine Sekunde davon verschwenden«, schnurrte Rosina und streichelte ihm zärtlich über die mit hellblonden Haaren bewachsene Brust.

Rick war so ganz anders als Abbas. Kein weiser, gelehrter Mann, sondern ein unbekümmerter Bursche von zupackender Art, der trotz der Gefahren, denen er als Soldat permanent ausgesetzt war, keine Angst zu haben schien. Für ihn zählte nur der Moment. Er wollte seinen Spaß um jeden Preis, beim Whiskytrinken mit seinen Kameraden, beim Toben mit den Kindern im Sand und vor allem mit ihr. Er war unersättlich, wenn sie sich beide wie zwei Verdurstende in der Wüste ins Liebesgetümmel stürzten. Die UN-Mission der kanadischen Einheit, der Rick als Oberstleutnant angehörte, hatte die Aufgabe, eine Pufferzone zwischen den verfeindeten Israelis und Palästinensern zu bilden. Schon öfter waren die UN-Blauhelme in Scharmützel der beiden Lager geraten, und es hatte gar Tote zu beklagen gegeben.

Wenn Rosina mit Rick zusammen war, blendete er die überall lauernde Gefahr stets aus. Er brachte den Kindern Coca-Cola und Kaugummis mit und ihr Leckerbissen aus der Kantine des Camps. Die Einzige, die Ricks ansteckende Fröhlichkeit kaltließ, war Oma Sedlacek. Sie machte Rosina Vorhaltungen, dass sie sich mit einem verheirateten Mann eingelassen hatte und das irgendwann bereuen würde. Doch Rosina hatte keine Lust, sich Gedanken über die fernere Zukunft zu machen. Sie hatte in der Gegenwart schon genug Probleme. Im Shaarif Hospital hatte man sie quasi entmachtet. Offiziell war sie zwar noch die Direktorin. Doch zu entscheiden hatte sie nichts mehr. Dafür hatte Gouverneur El Maruf gesorgt, mit dem sie sich endgültig überworfen hatte.

Sie hatte keine Lust mehr, einen Kampf auszufechten, den sie nicht gewinnen konnte, und hatte deshalb ein Angebot angenommen, das ihr Edin Blasic, ein enger Freund ihres verstorbenen Mannes, gemacht hatte. Blasic war gebürtiger Serbe und ein Mann, der in Gaza überall seine Finger im Spiel hatte. Er wusste von einer freien Stelle in der Ambulanz der städtischen Gesundheitsfürsorge. Obwohl die Bezahlung geringer war als im Shaarif Hospital, hatte sich Rosina beworben und war eingestellt worden. Der Kleinkrieg mit dem Gouverneur und seinen Untergebenen hatte zu sehr an ihren Nerven gezerrt.

Zwar hatte sie jetzt wieder direkt mit Patienten zu tun, doch dafür konnte sie in Ruhe arbeiten und musste sich nicht mehr mit ignoranten Leuten herumschlagen, die sich von einer Frau, einer ausländischen dazu, nichts sagen lassen wollten. Rosina war klar geworden, dass sie ohne männlichen Beistand als Frau weder in Österreich noch in Ägypten oder Palästina auf Dauer beruflich erfolgreich sein konnte. Mithilfe von Dr. Musa El Farragh war sie nach Kairo gekommen und hatte es dort zur Direktorin gebracht. Unter dem Schutz von Gouverneur Faisal Abami hatte sie es im Shaarif Hospital in Gaza ebenfalls bis ganz an die Spitze geschafft. Auf sich allein gestellt war sie nur eine unbedeutende kleine Krankenschwester, auch wenn sie bewiesen hatte, dass sie hervorragende Arbeit zu leisten imstande war.

Der Wechsel vom Hospital zur Ambulanz bedeutete für Rosina, dass sie wieder Wunden säubern, Brüche schienen und Verbände anlegen musste – eine Arbeit, die sie glaubte längst hinter sich gelassen zu haben. Außerdem wurde sie auch noch schlechter bezahlt. Um diesen Verlust zumindest teilweise auszugleichen, hatte sie damit begonnen, abends in ihrem Haus Deutschunterricht zu erteilen. Schon im Shaarif Hospital war sie öfters von jungen Einheimischen angesprochen worden, die sich für die deutsche Sprache interessierten. Meist waren es Studenten, die ein Auslandssemester in Deutschland, Österreich oder in der Schweiz absolvieren wollten.

Nachdem sich herumgesprochen hatte, dass die Witwe von Abbas Ben Harun nach Feierabend Deutsch als Alltagssprache unterrichtete, hatte sich ein Kreis von etwa acht Schülern unterschiedlichen Alters gebildet – ausschließlich Männer, die wie gebannt an den Lippen ihrer Lehrerin hingen. Nach dem Unterricht blieb man gern noch eine Weile sitzen, um gemeinsam etwas zu essen und zu trinken. Für die Getränke war Edin Blasic zuständig, der auf dem Schwarzmarkt Spirituosen aller Art besorgte. Auch Rick schaute gelegentlich mit ein paar Kameraden vorbei, um mitzufeiern. Einer der Soldaten brachte ein Banjo mit und animierte die vom Schnaps euphorisierten Schüler, amerikanische Folksongs mit ihm zu singen.

Diese feuchtfröhlichen Abende trösteten Rosina ein wenig über den unfreiwilligen Abschied hinweg, den sie als Krankenhausdirektorin nehmen musste. Im Arm von Rick, ihrem neuen, mehr als vorzeigbaren Liebhaber, genoss sie die ungezwungene Atmosphäre, die sich nach Unterrichtsende rasch entwickelte.

Gaza war ein ganz wundervoller Ort zum Leben, fand Rosina, wenn sie mit Rick am Strand entlangspazierte und mit den nackten Füßen im feuchten Sand in den sternenübersäten Nachthimmel blickte.

Franz erzählt

Es ging uns prächtig im neuen Haus in Gaza. Die Sonne schien, anders als in Österreich, fast immer. Es war durchgängig angenehm warm, und wir konnten nachmittags, wenn Kuki, mein Bruder, aus der Schule kam, stundenlang draußen herumtoben. Es fehlte uns eigentlich an nichts: Wir hatten gute Kleidung, ein anständiges Dach über dem Kopf und genug zu essen. Mehr als genug, würde ich sogar sagen. Unsere Köchin war fantastisch, ihr Repertoire an arabischen Spezialitäten schier unerschöpflich.

Ich hatte mich mit einer jungen Palästinenserin angefreundet, die ganz in der Nähe von uns wohnte. Ihre Mutter hatte mich gebeten, dem Mädchen Englischunterricht zu erteilen. Da meine Sprachkenntnisse zu diesem Zeitpunkt noch sehr überschaubar waren, fiel der Unterricht in der Regel sehr kurz aus, weil wir lieber miteinander herumschmusten, als uns mit Vokabeln und Grammatik herumzuschlagen. Wir waren beide um die dreizehn Jahre alt, eine Teenager-Romanze, bei der ich zum ersten Mal in direkten Kontakt mit dem weiblichen Geschlecht kam.

Meine Mutter durfte davon natürlich nichts erfahren, weil sie mich für ein frühreifes Früchtchen hielt, auf das man ein

Auge haben musste. Sie war ohnehin viel zu beschäftigt mit ihrer neuen Stelle in der Ambulanz und ihrem Freund Rick, einem kanadischen UN-Offizier, der aussah wie ein blonder Superheld aus den Comics, die uns die Soldaten manchmal zusteckten. Sie hatte außerdem damit begonnen, einheimischen Männern, die in Europa studieren wollten, Deutschunterricht zu erteilen. Sie brachte ihnen zum Beispiel Wörter bei, die beim Einkaufen, im Café oder unterwegs im Bus oder in der Bahn nützlich waren. Ab und zu, wenn ich Langeweile hatte, setzte ich mich dazu und hörte mir an, wie meine Mutter unterrichtete. Die Schüler, die meisten um die zwanzig, andere auch schon älter und verheiratet, waren fast ausnahmslos verliebt in sie. Das konnte man unschwer an ihren Blicken erkennen, mit denen sie Mama anstarrten. Ihre Wirkung auf Männer, speziell auf orientalische, war phänomenal. Sie war zu diesem Zeitpunkt um die vierzig und sozusagen in der Blüte ihrer Jahre, eine nordische Schönheit, der man die drei Kinder, die sie geboren hatte, nicht ansah.

Häufig endete der Deutschunterricht früh, um übergangslos in eine Party überzugehen, bei der mächtig geraucht, getrunken und gesungen wurde. Vor allem, wenn Phil mit von der Partie war, ein Kumpel von Rick, der auf dem Banjo die tollsten Songs spielen konnte. Wir Kinder durften manchmal vor dem Schlafengehen für eine Stunde dabei sein – mittendrin meine kleine Schwester Amina, die wie ein Maskottchen von einem Schoß zum anderen herumgereicht und geherzt wurde. Und obwohl Alkohol bei den Moslems angeblich verpönt und eigentlich verboten ist, ließen die Palästinenser selten einen Schnaps aus. Der ein oder andere von ihnen kehrte spätnachts mit einem ordentlichen Rausch zurück nach Hause.

Eines Tages, als meine Mutter wieder einmal ihren Deutschunterricht hielt, klopfte es heftig an der Eisentür in unserem Garten. Ich weiß nicht mehr, ob ich selbst aufmachte oder aber unser Gärtner. Jedenfalls ging die Tür auf, und da standen alle Frauen oder Freundinnen dieser sogenannten Studenten. Man konnte gleich sehen, dass sie auf Streit aus waren, so grimmig wie die guckten. Keine Ahnung weshalb. Wahrscheinlich, weil sie eifersüchtig waren oder weil ihre Männer immer so spät vom Unterricht kamen und getrunken hatten.

Meine Mutter war in solch kritischen Situationen eine wahre Künstlerin. Sie empfing die Frauen äußerst nett und herzlich. Sie zeigte ihnen den Schulraum und erklärte ihnen, was und wie sie zu unterrichten pflegte. Keine wagte danach, den Mund aufzumachen und sich bei meiner Mutter zu beschweren. Stattdessen zogen sie samt ihren Männern friedlich von dannen. Allerdings wurde die Zahl der Schüler, die bei uns Deutsch lernen wollten, danach stetig kleiner. Bis irgendwann keiner mehr kam.

Schmerzvolle Trennung

Den Gedanken, dass Rick eines Tages zu seiner Frau in die kanadische Heimat zurückkehren würde, hatte Rosina in den hintersten Winkel ihres Gehirns verbannt. Sie hatte sich vorgenommen, im Hier und Jetzt zu leben und nicht zu sehr in die Zukunft zu blicken. Schließlich konnte das Schicksal jederzeit zuschlagen, wie sie durch den Tod von Abbas schmerzvoll hatte erfahren müssen.

»Wann fliegst du zurück?«, fragte Rosina Rick, als sie sich zum letzten Mal im »Ambassador«, dem vornehmsten Hotel in Gaza, trafen.

»In fünf Tagen.«

»So schnell schon?«

»Yeah. Ich hatte auch gehofft, ich würde erst mit der letzten Maschine in zwei Wochen fliegen.«

»Das ist ja furchtbar. Was soll ich nur tun ohne dich?«

»Ich weiß es nicht«, zuckte Rick mit den Schultern. »Wir haben ja gewusst, dass es irgendwann enden wird. Du weißt, ich kann meine Frau ...«

»Schon gut, schon gut. Du musst mir nichts erklären. Du bist mir nichts schuldig. Ich werde dir ewig dankbar sein für die wundervollen Monate, die ich mit dir zusammen sein durfte. Du hast mir so gutgetan nach dem Tod meines Mannes, so unglaublich gut. Ich verspreche dir, dass ich erst hinterher weinen werde, wenn du weg bist.«

Rick nahm Rosina, die am Fenster stand und gedankenverloren auf den Innenhof des Hotels hinausschaute, in die Arme und küsste sie zärtlich auf die Stirn. Sie drückten ihre nackten, von der Liebe erhitzten Körper fest aneinander. Es gab nichts mehr zu sagen. Sie würden in ihre jeweiligen Leben zurückkehren und versuchen, den Abschiedsschmerz irgendwie auszuhalten.

»Willst du weiter in Gaza bleiben? Die Ambulanz ist eigentlich nicht das Richtige für dich, Babe.«

»Keine Ahnung. Ich habe mir darüber noch keine Gedanken gemacht, wenn ich ehrlich bin.«

»Hast du keine Lust, nach Kanada zu kommen?«

»Nach Kanada?«

»Ich kenne ein paar wichtige Leute bei der Regierung. Krankenschwestern, vor allem solche mit Führungserfahrung, werden bei uns immer gesucht. Frauen im Allgemeinen sowieso. Es gibt jede Menge alleinstehender Farmer, die händeringend nach einer Frau suchen. Die geben sogar extra Anzeigen auf, um eine zu finden.«

»Na ja, ich habe ja schon ein paar abenteuerliche Sachen gemacht in meinem Leben, aber auf einem Bauernhof *in the middle of nowhere* sehe ich mich eigentlich nicht.«

»So war das auch nicht gemeint«, beschwichtigte sie Rick. »Du hast doch gute Zeugnisse bekommen von den Jobs in den Hospitals. Die werden sicher auch in Kanada anerkannt.«

»Meinst du wirklich?« Rosina schaute Rick unsicher an.

»Aber klar. Ich könnte dir und deinen Kindern helfen, bei uns Fuß zu fassen, so mit Wohnung, Arbeit und Schule. Ich habe jede Menge nützliche Verbindungen über meine Familie. Mein Dad war lange *Mayor.* Wie heißt das bei euch? Bürgermeister?«

»Ich kann ja mal drüber nachdenken. Im Augenblick kann ich mir noch nicht so recht vorstellen, wie und wovon wir in Kanada leben könnten. Andererseits werde ich in Palästina nicht mehr auf einen grünen Zweig kommen, solange dieser Widerling von einem Gouverneur das Sagen hat.«

»Lass dir Zeit, Dear. Ich rufe dich an, sobald ich zu Hause bin. Dann werde ich mich sofort erkundigen, ob es vielleicht eine Stelle für dich gibt.«

Oma Sedlacek

Wenn das Thermometer im Sommer in Richtung vierzig Grad stieg und ein heißer Wüstenwind über Gaza hinwegfegte, verzog sich Helene Sedlacek nach dem Mittagessen in ihr abgedunkeltes Zimmer, das immerhin so wenig aufgeheizt war, dass sie eine längere Siesta machen konnte. Bei trockener Hitze, die häufig im Gazastreifen herrschte, spürte sie ihre sechsundsechzig Lebensjahre allzu deutlich. Sie fühlte sich dann ausgelaugt und schlapp, kaum in der Lage, einen Fuß vor den anderen zu setzen. Was hätte sie darum gegeben, wieder einmal die erfrischende Kühle des Wienerwalds erleben zu dürfen oder mit ihren Freundinnen im Frühling durch den Prater zu spazieren. Stattdessen saß sie jetzt seit weit mehr als einem Jahr in diesem gottverdammten Palästina fest.

Und ich hab's mir noch selber eingebrockt, dachte sie, während sie auf ihrem Bett ausgestreckt an die weiße Decke starrte. Wär ich doch nur in Unterach beim Ludwig geblieben. Dann ging's mir besser.

Sicher: Das Haus, das Rosina für die Familie gemietet hatte, war komfortabel, die Hausdiener nahmen ihr alle schweren

Arbeiten ab. An das arabische Essen hatte sie sich auch mittlerweile gewöhnt. Aber ein richtiges Wiener Schnitzel war doch etwas anderes als dieses Linsen-Falafel-weiß-ich-nicht-Zeugs, fand sie. Helene Sedlacek hatte Heimweh, schlimmes Heimweh. Weshalb sie eingewilligt hatte, ein zweites Mal in den Orient zu reisen, wusste sie im Nachhinein nicht mehr. Schon beim ersten Mal in Kairo war sie unglücklich gewesen: all die fremden Gesichter, die Männer in ihren Kaftanen, die Weiber mit ihren albernen Schleiern. Sprechen konnte sie auch mit niemandem außer den Kindern, die ihr manchmal den letzten Nerv raubten.

Aber wegen der Kinder war sie bisher in Gaza geblieben. Die Buben musste man zwar immer im Auge haben, damit sie keinen Blödsinn anstellten, aber sie kamen mittlerweile ohne ihre Großmutter klar. Amina mit ihren knapp zwei Jahren benötigte dagegen eine permanente Betreuung. Die Kleine war ausgesprochen lebhaft und wollte immer beschäftigt sein, was Helene Sedlacek einerseits auf Trab hielt, sie andererseits auch häufig so erschöpfte, dass sie abends halbtot ins Bett fiel. Sie brachte es jedoch nicht übers Herz, Rosina mit ihren drei Sprösslingen alleinzulassen und nach Österreich zurückzukehren. Ihren eigenen Sohn, den Ludwig, hatte sie schon so lange nicht mehr gesehen. Aber der kam schon zurecht, jetzt, wo er in Unterach eine neue Freundin hatte.

Ich bin mal gespannt, was jetzt als Nächstes passiert, sagte Helene zu sich selbst, als Rosina mit verheulten Augen aus der Stadt zurückkam. Rick Stratford, der hübsche Offizier, war zurück in seine Heimat nach Kanada geflogen. Zu Anfang hatte sie Rosina schwere Vorwürfe gemacht, dass sie sich mit einem verheirateten Mann auf eine Affäre eingelassen hatte. Aber mit der Zeit gewöhnte sie sich an den lebenslustigen Soldaten, der am Abend häufig mit am Tisch saß und beim Essen seine Späße machte. Sie konnte nachfühlen, wie schwer es für Rosina gewesen war, so kurz nach der Geburt von Amina ihren Mann zu verlieren. Ihr eigener Mann war schon mit Anfang fünfzig in Wien an einem schweren Lungenleiden verstorben. Sie hätte sich damals jemanden wie Rick gewünscht, der ihr über den Schmerz des Verlustes hinweggeholfen hätte.

Als Rosina einige Wochen später am Abend mit ihrer Schwiegermutter, die eigentlich nicht mehr ihre Schwiegermutter war, am Küchentisch saß und einen Tee trank, kamen die beiden Frauen ins Plaudern. Die Kinder waren bereits im Bett.

»Sag mal, was würdest du sagen, wenn wir alle von Gaza weggehen würden?«, begann Rosina vorsichtig.

»Ich tät sagen, das wär eine gute Entscheidung.«

»Wieso? Fühlst du dich hier nicht mehr wohl?«

»Eigentlich habe ich mich in Gaza noch nie besonders wohl gefühlt. Ich bin eigentlich nur wegen der Kinder geblieben«, antwortete Oma Sedlacek.

»Du würdest am liebsten wieder zurück nach Wien, oder?«

»Ist halt meine Heimat. Da machst du nichts. Da zieht es dich immer wieder hin.«

»Ich habe mir überlegt, vielleicht nach Kanada zu gehen. Der Rick würde mir …«

»Ah geh, der Rick. Der Rick ist verheiratet, von dem hast du nichts zu erwarten, Mädel.«

»Ich weiß, dass er verheiratet ist. Aber er hat mir versprochen, dass er mir helfen wird, eine Anstellung und eine Wohnung zu finden. Er kennt dort viele Leute.«

»Schau, Rosel, du hast es doch nicht schlecht getroffen hier in Gaza. Verdienst ein gutes Geld, und die Kinder haben sich eingewöhnt. Jetzt willst du sie wieder irgendwo anders hin verpflanzen. Das ist doch ein Blödsinn, wenn du mich fragst.«

Helene Sedlacek seufzte tief und nahm zur Beruhigung ihrer Nerven einen Schluck vom Pfefferminzlikör, den sie sich gerne vor dem Einschlafen gönnte.

»Manchmal denke ich, der Ludwig hat recht: Du hast wirklich was vom fahrenden Volk im Blut.«

Rosina drückte ihre erst halb gerauchte Zigarette wütend im Aschenbecher aus.

»Versteh doch, ich kann nicht mehr in Gaza bleiben, weil dieses Muselmanen-Volk keine selbstständig denkenden Frauen respektiert. Seit Faisal nicht mehr Gouverneur ist, werde ich schikaniert, wo immer es geht. Jetzt wollen sie wieder mein Gehalt kürzen, obwohl ich in der Ambulanz viel mehr arbeite als vorher im Hospital.«

»Und warum gehen wir nicht alle wieder zurück nach Wien? Mit deiner Erfahrung als Leiterin eines Krankenhauses bekommst du dort sicher auch eine gute Stelle«, wandte Oma Sedlacek ein.

»Pah! In Wien bin ich nur ein kleines Licht. Da kenn ich gar niemanden, der was zu sagen hat, Helene. Da müsste ich wieder ganz von vorne anfangen.«

»Und in Kanada etwa nicht? Das ist doch das Gleiche.«

»Ist es nicht! Der Rick ist Oberstleutnant, ein ganz ein hohes Tier beim Militär, und sein Vater war mal Bürgermeister in irgend so einer Kleinstadt bei Vancouver. Die haben jede Menge Connections.«

»Was sind denn Connections?«

»Na, Verbindungen halt. Kontakte, Beziehungen.«

»Du musst selbst wissen, was du tust. Wie willst du denn nach Kanada kommen mit den Kindern und dem ganzen Hausstand?«

»Ich verkaufe in Gaza alles, was wir zu Geld machen können. Außerdem werde ich Abbas' Familie fragen, ob sie mir ein bisschen was geben kann. Das dürfte für die Reise und die ersten Wochen reichen.«

»Ich seh schon, du hast dich bereits entschieden. Da kann ich reden, soviel ich will. Auf mich kannst du nicht mehr zählen. Ich würde noch bleiben, bis Amina aus dem Gröbsten raus ist. Aber nach Kanada komme ich ganz sicher nicht mit. Dafür bin ich zu alt.«

»Das habe ich mir schon gedacht. Das ist schade. Du hast sehr viel für uns getan. Dafür werde ich dir ein Leben lang dankbar sein«, sagte Rosina und ergriff die Hand von Helene Sedlacek, um sie kräftig zu drücken. »Ich stehe mit Rick in Kontakt. Sobald er schreibt, dass er etwas für mich gefunden hat, löse ich unser Haus hier in Gaza auf.«

»Und dann?«

»Dann fahren wir alle zusammen nach Kairo zur kanadischen Botschaft und beantragen die Visa.«

»Und was passiert mit mir?«

»Du wirst mit dem Zug von Kairo nach Alexandria fahren und dort die Passage nach Venedig buchen. Bis Wien ist es dann nicht mehr weit, gell?«

»Oje, und das in meinem Alter, Rosina«, murmelte Oma Sedlacek schlaftrunken und machte sich schlurfend auf den Weg in ihr Zimmer.

Franz erzählt

Rick, den Freund meiner Mutter, hatten wir Kinder schon ganz gern. Er hat viel mit uns herumgeflachst und einen Blödsinn gemacht. Er war ja fast öfter bei uns als in der Kaserne bei seinen Kameraden. Es war klar, dass der Rick zu Hause in Kanada eine Frau hatte, mit der er verheiratet war. Ob sie Kinder hatten, daran kann ich mich nicht mehr erinnern.

Jedenfalls hat der Rick, bevor er wieder zurück in die Heimat geflogen ist, zu meiner Mutter gesagt. »Also, wenn es euch nicht mehr gefällt in Gaza: Ich könnte euch helfen, wenn ihr euch in Kanada niederlassen wollt.« Meine Großmutter hat das natürlich fürsorglich unterstützt, die wollte schon lange weg aus dem Orient und zurück in ihr geliebtes Wien. Und für meine Mutter wurde es langsam brenzlig, weil sie sich mit vielen Leuten in Palästina überworfen hatte und irgendwie beruflich kein Bein mehr auf die Erde kriegte.

Die Episode Gaza neigte sich jedenfalls dem Ende zu. Wieder einmal packten wir unsere Koffer und verscherbelten alles, was nicht niet- und nagelfest war – das meiste davon für einen Spottpreis. Das war nicht schön für uns, diese seltsame Aufbruchstimmung. Mein Bruder, der Kuki, und ich waren sehr traurig, weil wir Gaza sehr mochten. Besonders das Meer und den Strand, wo wir oft mit Farid zusammen waren, einem alten Filou, der vor den Strandhäusern öfters Partys veranstaltete. Das war ein toller Typ, der mit uns Drachen steigen ließ und uns die verrücktesten Sachen beibrachte.

Ich versuchte natürlich, mir nichts anmerken zu lassen: Aber das Herz blutete mir schon, als wir alles zurücklassen mussten in Gaza: die Köchin und die Kindermädchen, unseren Gärtner, den Esel und viele andere Dinge, an denen wir hingen. Meinem Bruder ging es ebenso.

Ich weiß noch genau, wir hatten achtundzwanzig Gepäckstücke, als wir in Richtung Kairo aufbrachen. Meine Mutter hatte gleich mehrere Taxis bestellt, die uns zum Bahnhof brachten. Für all die Koffer und für fünf Personen benötigten wir ein ganzes Abteil für uns allein. Als wir in Kairo eintrafen, buchte meine Mutter uns im Hotel Samara ein, in einem ziemlich noblen Haus, wo wir ganz gut untergebracht waren. Am nächsten Morgen wollte sie mit dem Taxi zur kanadischen Botschaft fahren. Doch sowohl der Portier des Hotels als auch der Taxifahrer versicherten ihr, dass es in Kairo keine kanadische Botschaft gebe. Daraufhin ließ sie sich zur amerikanischen Botschaft bringen, in der Hoffnung, dort Visa für Kanada zu bekommen. Die konnten ihr allerdings nicht weiterhelfen.

Als sie zurück ins Hotel kam, war sie erst einmal völlig fertig mit den Nerven. Man hatte ihr mitgeteilt, dass das nächste kanadische Konsulat in Rom war. Also hieß es: auf nach Rom.

Geschenk vom Präsidenten

»Wie konnte ich nur so blöd sein? Warum habe ich mich nicht vorher erkundigt, ob es in Kairo eine kanadische Botschaft oder ein Konsulat gibt? Rick hätte das sicher für mich herausfinden können.« Rosina lief im Zimmer auf und ab und fluchte wie ein Rohrspatz über ihre eigene Dummheit. Eigentlich hätten sie schon vor zwei Tagen mit dem Flugzeug nach Paris und von dort aus über den großen Teich nach Vancouver fliegen sollen. Doch ohne Einreiseerlaubnis hätte man sie gleich wieder zurückgeschickt. Wie sollte sie jetzt mit drei Kindern und der Oma Sedlacek nach Rom kommen? Mit dem Schiff von Alexandria aus würde es sicher gehen. Aber die Kosten für die Passage hatte Rosina in ihrer Kalkulation natürlich nicht berücksichtigt. Und den verlängerten Aufenthalt im Hotel Samara in Kairo ebenso wenig. Die Reisekasse war zwar ganz gut gefüllt – allerdings unter der Voraussetzung, dass alles reibungslos klappte. Die Familie hätte auch in Kanada noch einige Zeit von dem Geld leben können, das durch den Verkauf ihrer Habseligkeiten in Gaza zusammengekommen war.

Ich muss irgendwo noch Bares auftreiben, schoss es Rosina durch den Kopf. Wir schaffen es sonst nie bis Kanada. Aber wer könnte mir helfen? Ich werde Faisal Abami anrufen, der hat mich bisher noch nie im Stich gelassen. Seine dienstliche Telefonnummer muss ich noch irgendwo haben.

»Hallo, Faisal, hier ist Rosina, du weißt schon: Madam Rose«, trällerte Rosina ins Telefon, als Abami sich am anderen Ende der Leitung meldete.

»Hallo, Rose, wie schön von dir zu hören. Wie geht es dir?«

»Eigentlich ganz gut.«

»Eigentlich ...«

»Na ja, ich bin mit meiner Familie in Kairo, im Hotel Samara.«

»Du bist nicht mehr in Gaza?«

»Nein, leider nicht. Ich habe mich entschlossen, von dort wegzugehen. Zu viel Streit mit deinem Nachfolger. Ich nehme an, du wirst davon gehört haben.«

»Ja, das habe ich. Tut mir echt leid. Du warst eine tolle Direktorin im Shaarif, fand ich. Was kann ich für dich tun?«, fragte Abami in fürsorglichem Ton.

Rosina atmete tief durch, ehe sie ihr Anliegen vorbrachte.

»Ich habe ein kleines Problem. Ich hatte geglaubt, hier in Kairo gäbe es eine kanadische Vertretung, die mir Visa für mich und meine Kinder ausstellen könnte. Wir wollen nämlich dorthin auswandern. Das war leider ein Irrtum. Das nächste Konsulat ist in Rom. Ich fürchte, wir haben zu wenig Geld, um den Umweg über Italien bezahlen zu können.«

»Mmh. Ich verstehe.«

»Ich dachte, du könntest vielleicht bei deiner Regierung ein gutes Wort für mich einlegen. Immerhin habe ich im Suez-Konflikt erfolgreich mit den Israelis verhandelt, damit eure Kriegsgefangenen besser versorgt werden.«

»Das stimmt, das hast du. Diese Aktion hat sogar bei unserem Präsidenten Nasser Eindruck gemacht«, gab Abami freimütig zu.

»Ich weiß, das klingt jetzt ein wenig vermessen, aber: Meinst du, er könnte meinen Einsatz für Ägypten irgendwie honorieren?«

»Tja, kann ich nicht sagen. Ich kann es ihm ja vorschlagen, wenn ich ihn am Donnerstag treffe.«

»Das würdest du wirklich für mich tun?«

»Aus alter Freundschaft, natürlich. Aber nur, wenn du mir die Freude machst und morgen Abend mit mir zum Dinner gehst«, wandte Abami ein.

Rosina verschlug es für einen kurzen Augenblick die Sprache. Sie wusste sofort, auf was Faisal Abami hinauswollte. Er hatte nie ein Hehl daraus gemacht, dass er sie begehrenswert fand. Offenbar sah er jetzt die Gelegenheit, endlich ans gewünschte Ziel zu kommen.

»Morgen Abend, sagst du?«

»Ja, ich habe ab achtzehn Uhr frei. Wir können in eines der neuen Restaurants direkt am Nil gehen.«

»Na gut. Schickst du mir ein Taxi zum Hotel? Ich werde rechtzeitig fertig sein.«

»Wunderbar, Rose. Ich freue mich sehr. Ich bin sicher, dass ich bei Präsident Nasser etwas für dich erreichen kann.«

Als Rosina aufgelegt hatte, wählte sie gleich die Nummer der Rezeption und bestellte einen doppelten Whisky aufs Zimmer. Sie versuchte, sich Faisal Abamis Erscheinung wieder ins Gedächtnis zu rufen. Er war nicht sonderlich groß, ein wenig beleibt und trug einen mächtigen schwarzen Schnurrbart. Gänzlich unattraktiv war er sicher nicht, aber auch kein Athlet wie Rick Stratford mit seinen durchtrainierten Muskeln. Rosina überlegte hin und her, ob es noch eine andere Lösung geben könnte. Aber ihr fiel nichts ein. Nach Gaza konnte sie, nach Wien wollte sie nicht mehr zurück. Und für Kanada hatte sie kein Visum. Also musste sie in den sauren Apfel beißen und auf die Trumpfkarte Faisal Abami setzen.

Solange sie im piekfeinen Restaurant saßen und von der Terrasse aus auf die Fluten des Nils schauten, fühlte sich Rosina sicher. Faisal plauderte über seinen neuen Job im Ministerium, über die aktuelle politische Lage in Kairo und über Farid El Maruf, seinen Nachfolger als Gouverneur in Gaza. Er konnte den Mann ebenso wenig leiden wie Rosina, die in ihrem dunkelroten, tief dekoltierten Samtkleid, das ihr Abbas zur Geburt von Amina geschenkt hatte, die Blicke aller Gäste im Restaurant auf sich zog. Hin und wieder legte ihr Faisal im Gespräch freundschaftlich eine Hand auf den nackten Unterarm. Das Dinner, das sich über mehr als drei Stunden hinzog, war köstlich. Rosina hatte lange nicht mehr so gut und viel gegessen. Und Faisal achtete darauf, dass ihr Glas stets mit Champagner gefüllt war.

Als sie aufbrachen, schlug er, ganz Gentleman, vor, sie mit dem Taxi zurück zum Hotel zu bringen. Wie Rosina befürchtet hatte, begann Faisal auf der Rückbank des Taxis, ihr linkes Bein durch den Stoff des Kleides zu streicheln. Als sie keine Gegenwehr leistete, küsste er sie leidenschaftlich auf den Mund. Auf Arabisch erteilte er dem Chauffeur eine Anweisung, die Rosina nicht verstand. Als sie wenig später vor einem Hotel in der Bahnhofsgegend anhielten, wusste sie, was ihr bevorstand. Durch den Champagner und das köstliche Dinner in bester Stimmung beschloss sie, die kommenden Stunden einfach zu genießen. Die Küsse Faisals hatten sie gegen ihren Willen erregt und sie daran erinnert, dass sie seit Monaten, genauer gesagt seit Ricks Rückflug nach Kanada, keinen Sex mehr gehabt hatte.

Im Hotelzimmer, das von einer roten Leuchtreklame an der Außenfassade in ein schummriges Licht getaucht wurde, nahm sich Faisal viel Zeit, um Rosina zu entkleiden. Als sie nur noch Strümpfe und Strumpfhalter trug, kniete er demütig vor ihr nieder und drückte seine Lippen mit einem tiefen Seufzer auf ihre blonden Schamhaare.

»Wie lange habe ich von diesem Augenblick geträumt,« entfuhr es ihm. »Von deinem wundervollen Körper, Rose.«

In den folgenden Stunden erwies sich Faisal Abami als fabelhafter Liebhaber, sowohl was Standfestigkeit als auch Einfühlsamkeit anbelangte.

»Ich schäme mich ein wenig, dass ich deine Situation ausgenutzt habe«, sagte Faisal, als er sein Hemd wieder zuknöpfte und sein Jackett anzog.

Rosina lächelte schief, während sie im Spiegel ihre zerwühlten Haare zu richten versuchte.

»Entschuldigung, ich hatte eben nicht den Eindruck, als würdest du dich für irgendetwas schämen, mein Lieber.«

»Du weißt, dass ich dich immer gerngehabt habe, mehr als gern sogar. Aber ich hatte keine Chance damals in Gaza …«

»Ich war mit Abbas zusammen. Er war der Mann meines Lebens«, stellte Rosina klar.

»Ja, er war eine große Persönlichkeit, ein toller Mann. Schade, dass er so früh gehen musste.«

»Das Leben ist manchmal eben ungerecht. Aber damit muss man wohl klarkommen.«

»Übrigens, Rose: Ich habe hier noch etwas für dich.«

Rosina schaute überrascht auf, als Faisal ein Kuvert aus seinem Jackett zog und es ihr überreichte.

»Was ist das?«

»Na, schau nach.«

»Wofür ist das Geld?«

»Wofür schon? Ich habe Präsident Nasser gestern angerufen und ihm deine schwierige Lage geschildert. Er hat seinen

Sekretär angewiesen, mir fünftausend Dollar zu übergeben. Ich soll dich herzlich von ihm grüßen. Er ist dir im Namen des gesamten ägyptischen Volkes dankbar dafür, dass du dich für unsere Soldaten eingesetzt hast.«

Rosina musste schlucken. Für einen kurzen Moment fühlte sie sich wie eine Hure, die sich von ihrem Freier nach einem schnellen Fick im Hotel bezahlen lässt. Aber fünftausend Dollar vom Präsidenten! Mit einer so großen Summe hatte sie nicht gerechnet. Sie umarmte Faisal stürmisch und langte nach dem noch vollen Champagnerglas, um es in einem Zug zu leeren.

»Sag deinem Präsidenten, dass ich mich ganz herzlich bedanke. Ich werde Kairo und Ägypten immer in meinem Herzen bewahren«, sprudelte es aus Rosina heraus.

Als sie wenig später zu ihrem eigenen Hotel zurückfuhr, hielt sie das Kuvert mit dem Geld fest umklammert. Morgen konnte sie die Fähre nach Genua buchen. Von dort aus würden sie mit dem Zug nach Rom fahren und dann hoffentlich ihre Visa für Kanada bekommen.

Ob er mir das Geld auch gegeben hätte, wenn ich nicht mit ihm ins Bett gegangen wäre? Rosina hegte leise Zweifel an der Redlichkeit von Faisal Abami. Sie hatte einen schönen Abend verlebt und eine aufregende Nacht. Und obendrein fünftausend Dollar mehr in der Reisekasse. Was wollte sie mehr? Es war nicht die Zeit für moralische Bedenken.

Rom, die ewige Stadt

Auf der Überfahrt von Alexandria nach Genua hatte Rosina genügend Zeit, um ihre Reisepläne noch einmal zu überdenken. Wenn sie für sich und die drei Kinder in Rom Visa für Kanada bekommen könnte, wären sie schon in drei Wochen drüben bei Rick, mit dem sie regelmäßig korrespondierte. Durch das Geld, das ihr Faisal Abami gegeben hatte, war sie in der Lage, für alle Flugtickets zu kaufen. Deshalb verbrachte Rosina die meiste Zeit entspannt in einem Liegestuhl auf dem Oberdeck, wo sie ihren wohlproportionierten, mittlerweile etwas fülligeren Körper in einem knappen Bikini in der Mittelmeersonne bräunte. Sehr zur Freude der Matrosen, die besonders gern in ihrer Nähe arbeiteten und immer wieder einen Blick auf sie riskierten.

Franz und Helmut machten Bekanntschaft mit einem jungen Engländer namens George, der ihnen unterwegs allerlei Geschichten erzählte und ihnen das bekannte Lied »Greenfields« beibrachte. Oma Sedlacek kümmerte sich wie immer um Amina, war aber in Gedanken schon fast wieder zu Hause in Wien. Sie hatte Rosina unmissverständlich zu verstehen gegeben, dass sie nicht mit nach Kanada reisen würde.

Als das Schiff nach mehrtägiger Fahrt in Genua einlief, sammelte Rosina Kinder und Gepäckstücke zusammen und bestieg den Zug nach Rom. Dort angekommen, ging es mit dem Taxi von der *Stazione termini* ins Hotel »Bellavista«. Gleich am nächsten Morgen machte sich Rosina auf den Weg ins kanadische Konsulat, um die Einreisegenehmigungen zu beantragen. Dort erwartete sie allerdings eine unangenehme Überraschung: Der zuständige Mitarbeiter erklärte ihr, dass eine Einreise nach Kanada frühestens in einem halben Jahr möglich sei. Vergeblich versuchte Rosina, eine Unterredung mit dem Konsul zu bekommen, um die Sache zu beschleunigen. Aber diesmal verfing ihr weiblicher Charme nicht. Der Konsul war nicht zu sprechen. Man bat sie, in sechs Monaten erneut vorzusprechen.

Das ist eine Katastrophe, dachte Rosina auf dem Weg zurück ins Hotel. Sechs Monate in Rom! Wie soll ich das bezahlen? Unterwegs hielt sie vorsorglich Ausschau nach einer preiswerteren Übernachtungsmöglichkeit, die sie durch Zufall auch fand. Noch am gleichen Tag zog sie mit ihrer Familie vomschicken Hotel »Bellavista« in die bescheidene Pension »Trento«. Am Abend setzte sie sich im kleinen Restaurant, das sich im Erdgeschoss der Pension befand, an einen Tisch und schrieb einen Brief.

Liebster Rick!

Wir sind wohlbehalten in Rom angekommen. Die Reise von Kairo bis hierher war lang und manchmal anstrengend. Ich hoffe, es geht dir und deiner Frau gut. Ich war heute auf dem kanadischen Konsulat und wollte die Visa beantragen. Dort hat man mir gesagt, dass ich nicht vor einem halben Jahr in Kanada einreisen könne. Kannst du dir vorstellen, wie schockiert ich war? Ich habe keine Ahnung, wie ich die Pension, in der wir seit ein paar Tagen wohnen, und das Essen für meine Kinder über eine solch lange Zeit bezahlen soll. Eine Arbeit kann ich mir nicht suchen, weil die Oma morgen früh nach Wien abreist und ich niemanden habe, der nach Amina schaut. Die Buben kann ich damit nicht betrauen, die sind noch zu jung.

Ich bin wirklich so verzweifelt wie noch nie in meinem Leben, nicht zuletzt, weil ich dich sehr vermisse. Wir hatten eine tolle Zeit in Gaza, nicht wahr? Vor allem unsere Abende allein am Strand. Daran denke ich so oft zurück. Ich bin nach wie vor fest entschlossen, nach Kanada zu kommen. Das Geld, das mir noch zur Verfügung steht, reicht vielleicht gerade, um hier die nächsten Monate zu überstehen, aber danach ist nichts mehr übrig für die Flugtickets. Ich tue es nur ungern, aber ich muss dich bitten, mir finanziell zu helfen. Natürlich nur im Rahmen deiner Möglichkeiten. Ich versichere dir, dass ich dir das Geld zurückzahlen werde, sobald ich in Vancouver Fuß gefasst habe.

Mit vielen Küssen und Umarmungen
Deine (Madam) Rose

Während Rosina im Restaurant noch ein letztes Glas Wein genoss, packte Oma Sedlacek oben in der Pension »Trento« ihren Koffer. Am nächsten Morgen würde sie mit dem Zug nach Österreich fahren. Ob zu ihrem Sohn an den Attersee oder nach Wien, das wusste sie selbst noch nicht.

»Tja, dann werden sich unsere Wege jetzt wohl trennen«, bemerkte Rosina, als sie ins Pensionszimmer zurückkehrte und ihre Ex-Schwiegermutter beim Kofferpacken vorfand.

»Tut mir leid, Rosina. Ich hab dir ja gesagt, dass ich nicht mitkomme. Dafür bin ich wirklich zu alt, auch wenn es mir das Herz zerreißt, dass ich die Kinder wohl nie mehr zu sehen kriege.«

»Ah, geh, Helene. Wir werden uns sicher wiedersehen. Vancouver liegt nicht auf dem Mond. Mit dem Flugzeug ist man schnell zurück in Europa«, versuchte Rosina sie zu beruhigen.

»Meinst du, es wäre nicht besser, wenn wir wieder alle zurück nach Wien gehen? Da ist doch unsere Heimat. Da kennen wir uns aus. Da muss man nicht Englisch, Arabisch oder weiß der Teufel was für eine Sprache beherrschen, um ein bisserl ratschen zu können.«

»Nach Wien können wir immer noch zurück, wenn es mit Kanada nicht klappt. Ich bin sicher, dass Rick uns nicht hängen lässt und Geld schickt.«

»Du bist eine unverbesserliche Optimistin, Rosina. Dafür bewundere ich dich«, seufzte Oma Sedlacek und klappte den prallgefüllten Koffer zu.

Helmut erzählt

Rom, mein Gott, was für eine Stadt! Als wir mit dem Zug ankamen, war Frühling. Überall blühten die Bäume und Blumen, die Leute saßen in den Straßencafés und genossen das fantastische italienische Eis, das um Lichtjahre besser war als das Zeug, das man in Palästina bekommen konnte. Damals, Anfang der 1960er-Jahre, gab es in Rom noch keinen Massentourismus. Mit meinem Bruder Franzl, er war vierzehn, ich zehn, streifte ich tagelang durch die Stadt, ohne dass unsere Mutter Angst haben musste, dass wir unter die Räder kämen.

Eigentlich hätten wir ja gleich nach Kanada zum Rick fliegen sollen. Aber im Konsulat hatte es geheißen, das ginge erst in einem halben Jahr. Die Mama war darüber natürlich einigermaßen unglücklich, weil Rom, verglichen mit Gaza oder Kairo, ein teures Pflaster war. Wir wohnten deshalb auch nur einen Tag lang in einem richtigen Hotel und zogen danach in eine billige Pension um, wo wir uns im ersten Stock mit fünf Personen auf zwei winzigen Zimmern einrichten mussten. Im Erdgeschoss gab es eine Spaghetteria, ein ganz kleines Restaurant mit ein paar wenigen Tischen. Ich weiß noch, dass die Frau vom Padrone die besten Spaghetti der Welt machte. Jahrzehntelang habe ich versucht, eine solch fantastische Tomatensauce hinzubekommen. Aber diesen einzigartigen Geschmack zu erzeugen, ist mir trotz aller Bemühungen nicht gelungen.

Kaum dass wir in Rom waren, sagte die Oma, dass sie zurück nach Wien fahren werde. Wir brachten sie morgens alle gemeinsam zum Bahnhof. Die Amina weinte bitterlich, ich natürlich auch und sogar der Franz, der sonst nie eine Träne vergoss. Es tat uns allen weh, denn die Oma war immer gut zu uns gewesen und hatte uns manche Sachen erlaubt, die unsere Mutter verboten hatte. Wie Omas halt so sind.

Die Traurigkeit hielt aber nur ein paar Tage an, dann tigerten wir wieder durch Rom und guckten uns die hübschen Signorinas an, die es dort zuhauf gab. Auf der Via Appia zum Beispiel waren wir oft unterwegs. Im Kolosseum auch, das zu dieser Zeit noch frei zugänglich war. Kann man sich heute kaum noch vorstellen: Es gab nirgendwo eine Kasse, man konnte einfach hineinspazieren. Viel los war nicht. Wir konnten da nach Herzenslust herumlaufen und Verstecken spielen. Nur einmal, daran kann ich mich noch gut erinnern, gab es ein großes Tamtam. Die englische Königin Elisabeth II. besuchte das Kolosseum auf ihrer Reise durch Italien. Vor der Arena war eine große Tribüne aufgebaut, auf der Männer in schwarzen Fräcken und Frauen in festlichen Kleidern auf die Queen warteten, die in einem offenen Wagen vorfuhr. Drumherum jede Menge Militär und eine Musikkapelle, die die englische Nationalhymne spielte. Tausende Menschen wollten das Spektakel sehen. Wir hatten den besten Platz, denn wir saßen auf der obersten Mauer des Kolosseums und konnten alles prima überblicken.

Wir Buben kriegten schon mit, dass sich unsere Mutter ernsthafte Sorgen machte, wie es weitergehen sollte. Sie hatte einen Brief an Rick, ihren Liebhaber in Gaza, geschrieben, in dem sie ihn gebeten hatte, ihr Geld zu schicken. Andernfalls könne sie nicht nach Kanada kommen. Und tatsächlich sandte Rick uns Dollars, mit denen wir wieder ein paar Wochen über die Runden kamen. Aber die Sache mit den Visa ging und ging nicht voran, sodass unsere Mutter Rick noch einmal bat, ihr zu helfen. Doch diesmal schrieb er ihr zurück, dass er leider nicht mehr in der Lage sei, noch mehr Geld zu schicken. Konnte man ja auch verstehen. Er hatte schließlich eine Familie in Kanada und war als Soldat nicht eben reich.

Und dann kam die große Verzweiflung: Was sollten wir jetzt machen? Meine Mutter beschloss, Kanada abzuhaken und erst einmal in Richtung Wien zu fahren. Sie verkaufte ihren restlichen Schmuck, schnorrte die Caritas in Rom an und machte sich mit uns per Eisenbahn auf den Weg nach Österreich. Ciao, Kolosseum, ciao, Via Appia. Wir mussten wieder einmal Abschied nehmen.

Onkel Herbert

Sie hatte überall hingewollt, nur nicht wieder zurück nach Wien. Und doch saßen Rosina und ihre Kinder im Zug Richtung Österreich – vorbei an Florenz, Bologna, Venedig und Klagenfurt. Aus der Traum von einem Neuanfang in Kanada. Ohne eine zweite Finanzspritze von Rick konnten sie nicht länger in Rom bleiben. Deshalb hatte sich Rosina schweren Herzens entschlossen abzureisen. Aber Wien sollte nur eine Zwischenstation bleiben. Wo sie sich am Ende niederlassen würde, wusste sie noch nicht. Nur, dass es nicht in Österreich sein würde, das wusste sie ziemlich genau. Unterwegs überlegte Rosina, wo sie in Wien vorübergehend unterkommen könnten. Bei Ludwig in Unterach sicher nicht, denn dort hatte schon die Oma angeklopft. Außerdem wäre eine Rückkehr zu ihrem Ex-Mann für Rosina einer Niederlage gleichgekommen.

Im Kopf ging sie alle ihre Bekannten in Wien durch, doch zunächst wollte ihr niemand einfallen, der sie vorübergehend hätte aufnehmen können. Bis ihr Onkel Herbert in den Sinn kam. Onkel Herbert war eigentlich nicht ihr richtiger Onkel, sondern der beste Freund ihres früh verstorbenen Vaters. Mit Onkel Herbert hatte sie sich als junges Mädchen immer gut verstanden. Er hatte ihr das Fahrradfahren beigebracht und später auch das Schwimmen. Als sie älter wurde, war er ihr zwar manchmal etwas näher auf die Pelle gerückt, als es sich für einen Freund ihres Vaters gehörte. Aber das hatte Rosina damals nicht gestört, weil ihr Onkel Herbert oft ein paar Schilling zugesteckt hatte.

Hoffentlich wohnt er immer noch in der alten Wohnung in der Wundtgasse am Südwest-Friedhof, dachte Rosina. Wenn er umgezogen ist, werde ich ihn schwerlich finden können. Als sie wenig später mit Kindern und Gepäck vor dem großen Backsteinhaus in der Wundtgasse stand und auf den Türschildern nach dem Namen Haberer suchte und ihn glücklicherweise auch fand, verdrückte Rosina vor lauter Erleichterung ein paar Tränen.

»Ja, was macht's ihr denn hier? Das ist ja mal eine Überraschung«, begrüßte Herbert Haberer die Gäste, die ziemlich müde und ein wenig abgerissen vor seiner Haustür standen.

»Können wir reinkommen, Onkel Herbert? Wir kommen gerade aus Rom und haben noch keine Unterkunft in Wien«, antwortete Rosina.

»Nur hereinspaziert. Du weißt, dass du mir immer willkommen bist. Und das sind alles deine Kinder?«

»Der Große, das ist der Franz, der Kleinere ist der Helmut, und die Süße hier ist Amina, meine Jüngste.«

»Ich habe so lange nichts mehr von dir gehört, Rosina. Wo hast du die ganze Zeit gesteckt? Was habt ihr denn um Gottes willen in Rom gemacht?«

»Geh, Herbert, ich lass den Onkel mal weg, weil ich ja jetzt schon erwachsen bin. Das ist eine lange Geschichte. Die erzähl ich dir gern, wenn du erst mal einen Kaffee machst.«

Während Herbert Haberer den Wasserkessel aufsetzte und die Kanne mit Kaffeepulver füllte, erzählte ihm Rosina, wie sie erst nach Kairo und später nach Gaza gegangen war, um dort als Krankenschwester zu arbeiten.

»Mutig, mutig, Mädel«, kommentierte er Rosinas Bericht. »Hätte ich dir gar nicht zugetraut. Als Kind warst du doch eher ängstlich, wenn ich mich recht erinnere.«

»Eigentlich sollten wir jetzt in Kanada, in Vancouver, sein. Dort wollte ich mit den Kindern ein neues Leben anfangen. Aber es ist alles schiefgegangen, was schiefgehen konnte«, jammerte Rosina.

»Und jetzt wollt ihr in Wien bleiben?«

»Vorerst schon. Bleibt uns ja nichts anderes übrig. Auf Dauer möchte ich aber irgendwo anders leben.«

»Wisst ihr schon, wo ihr unterkommt?«

»Nein, das ist ja gerade das Problem. Ich hatte gedacht, wir könnten vielleicht ein paar Tage bei dir wohnen. Der Ludwig, mit dem ich ja nicht mehr verheiratet bin, wohnt jetzt in Unterach. Da möchte ich auf keinen Fall hin.«

»Mmh, da müsste ich erst die Adele fragen. Die ist grad mit unserer Tochter, der Senta – die kennst du doch noch als ganz kleines Madel –, zum Einkaufen. Aber ich denke mal, für ein paar Tage müsste das gehen. Du siehst ja, unsere Wohnung ist nicht besonders groß.«

»Ich weiß, Herbert. Aber du würdest mir sehr aus der Klemme helfen. Die Buben können in einem Bett schlafen und ich mit der Amina auf dem Sofa.«

»Mach dir mal keine Gedanken, Rosina, das kriegen wir schon irgendwie hin. Schaust übrigens immer noch hübsch aus, viel hübscher, als ich dich in Erinnerung hatte.«

Adele, Herbert Haberers Ehefrau, war alles andere als begeistert, als sie bei ihrer Rückkehr vom Einkaufen eine vierköpfige Familie in der Wohnung vorfand. Da ihr Mann Rosina schon versprochen hatte, dass er ihr Unterkunft gewähren würde, wagte sie nicht dagegenzusprechen. Sie kannte Rosina nur flüchtig, war ihr kaum mehr als ein oder zwei Mal begegnet. Ihr fiel jedoch gleich auf, dass ihr Mann ungewohnt aufgekratzt war und um Rosina herumschwirrte wie eine Biene um die Blüte. Am liebsten hätte Adele den ungebetenen Gästen die Türe gewiesen. Doch sie war gewohnt, sich den Wünschen und Anordnungen ihres Mannes zu fügen, weshalb sie ihre Tochter anwies, ihr Zimmer für die Kinder zu räumen und sich eine Matratze im Abstellraum neben dem Bad herzurichten.

»Wie soll ich denn da schlafen? Da kann ich mich ja noch nicht mal ausstrecken«, maulte Senta und zog eine Flunsch.

»Es ist ja nur für kurz. Sagt der Papa. Ich kann's nicht ändern, Kind«, versuchte Adele sie zu beschwichtigen.

Derweil saßen Rosina und Herbert in der Küche und waren vom Kaffee bereits zum Schnaps übergegangen. Die Kinder hatten sich, obwohl es erst früher Abend war, schon ins Bett verzogen, völlig erschlagen von der langen Fahrt mit dem Zug.

»Bist du eigentlich immer noch politisch aktiv?«, fragte Rosina Herbert, nachdem sie mit einem Obstler aus der Wachau angestoßen hatten.

»Aber klar. Ich bin mittlerweile Bezirkssekretär der KPÖ in der Sektion Wien.«

»KPÖ?«

»Na, die Kommunistische Partei Österreich, was denn sonst?«, ereiferte sich Herbert.

»Du bist also ein richtiger Kommunist. Ich dachte, die gäbe es nur in Russland und China«, wagte Rosina einzuwenden.

»Von wegen! Die gibt es auch in Deutschland, im Westen wie im Osten. Im Osten haben sie allerdings mehr zu sagen als im Westen.«

»Aha. Und du meinst, das ist der richtige Weg?«

»Aber ja. Wenn du siehst, wie sich Ostdeutschland gerade entwickelt, das ist wirklich sensationell. Da gibt es keine Kapitalisten, die das Volk ausbeuten und sich das Geld nur in die eigene Tasche stecken. Da wird das Volkseinkommen gerecht verteilt. Da muss zum Beispiel keiner Schulgeld zahlen, weil die Kinder von Arbeitern genauso viel wert sind wie die von hohen Funktionären.«

»Klingt ja ganz interessant.«

»Ist es auch. Wir bekommen ja als KPÖ regelmäßig Berichte über die Entwicklung in der DDR. Wenn du hier in Wien eine gescheite Wohnung und Arbeit haben willst, läufst du dir die Hacken ab und stehst am Ende mit leeren Händen da.«

»Ich wollte es morgen versuchen. Du machst mir ja richtig Mut, Herbert.«

»Versuch's ruhig. Ich kann dir sagen, wie es ausgeht: Du wirst auf die Schnelle weder Arbeit noch Wohnung finden. Und schon gar nicht, wenn du kein Geld hast«, prophezeite Herbert Rosina.

»Ich weiß, mit drei Kindern, ohne Mann und festes Einkommen wird das nicht einfach.«

»Irgendeine Bruchbude oder ein heruntergekommenes Loch findest du sicher. Aber eine Frau von deinem Format hat eigentlich was anderes verdient, gell?«

»In Gaza hatte ich alles: einen wundervollen Mann, die Kinder, Hausangestellte, ein tolles Zuhause und einen Beruf, der mir viel Anerkennung eingebracht hat. Aber das Schicksal hat es nicht so gut mit mir gemeint, Herbert. In letzter Zeit bin ich echt vom Pech verfolgt.«

»Es wird schon wieder aufwärtsgehen, Rosina. So wie du ausschaust, hast schneller einen neuen Mann, als du Servus sagen kannst.«

»Mit drei Kindern? Na, da werden sich die Kerle bedanken.«

Am nächsten Tag ließ Rosina ihre Kinder bei Onkel Herbert zurück und steuerte den nächsten Kiosk an, um sich die aktuellen Tageszeitungen zu besorgen. Danach frühstückte sie in einem Kaffeehaus und studierte die Stellenangebote und Wohnungsanzeigen. Von einer Telefonzelle aus rief sie die angegebenen Nummern an. Eine Wohnung zu finden hatte für sie Vorrang. Sie konnte schließlich nicht mehr als ein paar Tage bei Herbert bleiben. Doch sobald Rosina einen Vermieter an der Strippe hatte und ihm auf Nachfrage erklärte, dass sie eine Wohnung für sich und ihre drei Kinder suche, legten die meisten sofort auf. Bei den Stellenangeboten hatte sie zunächst mehr Glück. Eine freie Stelle in einer Fabrik, die Dessous herstellte, hätte sie antreten können. Als sie jedoch nach ihrer Anschrift gefragt wurde, kam Rosina ins Schleudern. Herberts Adresse konnte sie schlecht angeben, und eine eigene hatte sie noch nicht.

»Und? Wie schaut's aus? Hast du was gekriegt?«, wollte Herbert wissen, als Rosina am Nachmittag wieder vor seiner Haustür stand.

»Es ist grauslig. Wenn ich keine Wohnung hab, kann ich keine Stelle kriegen, und wenn ich keine Stelle hab, geben sie mir keinen Mietvertrag«, schimpfte Rosina. Sie sank auf einen Stuhl nieder und legte den Kopf auf den Küchentisch, damit Herbert nicht sah, dass sie weinte.

»Komm schon, Kopf hoch, Madel. Du hast es erst einen Tag lang versucht.«

»Haben sich die Kinder ordentlich benommen?«

»Jaja, kein Problem. Die waren ganz lieb. Die Senta hat sich um sie gekümmert.«

»Danke, Herbert. Ich bin so froh, dass wir …«

»Schon gut, wir werden schon eine Lösung für dein Problem finden«, versicherte Herbert, während er Rosina beruhigend über den Rücken strich.

Als sich Rosina wieder ein wenig gefangen hatte, legte Herbert ein paar Zeitschriften vor ihr auf den Tisch und ermunterte sie, ein wenig darin herumzublättern.

»Schau hier: Die bauen in der DDR ganz moderne Wohnungen. Für die Kinder und für die jungen Leute wird auch viel getan. Da würden es deine Buben richtig gut antreffen. Die könnten jede Menge Spaß haben in der FDJ.«

»Was ist denn FDJ?«

»Das ist die Freie Deutsche Jugend. Die machen im Sommer Ferienlager, da muss niemand irgendetwas für bezahlen.«

»Ich habe aber gehört, dass viele Leute die DDR verlassen und nach Westdeutschland flüchten.«

»Das stimmt leider. Diese Leute haben sich von der kapitalistischen Propaganda in die Irre führen lassen. Es gibt fast genauso viele, die vom Westen in die DDR einreisen und dort leben wollen.«

»Und wieso bauen die dann eine Mauer?«

»Die wollen sich halt abgrenzen von der BRD, die ja bekanntlich von den Amerikanern gesteuert wird. Kann man doch verstehen, oder?«

»Also, Herbert, ich möchte dir nicht zu nahe treten, aber so richtig überzeugend klingt das für mich noch nicht«, sagte Rosina und blätterte gedankenverloren in den Zeitschriften, die ihr Herbert ans Herz gelegt hatte.

»Vor Kurzem bin ich mit einer Delegation der KPÖ in Dresden gewesen. Ich weiß, wie es dort aussieht. Da ist ganz viel bewegt worden in den letzten Jahren. Und es wird noch viel mehr passieren, glaube mir. Ich kenne im Augenblick kein fortschrittlicheres und offeneres Land in Europa als die DDR«, erklärte Herbert im Brustton der Überzeugung.

Zwei weitere Tage versuchte Rosina, eine Wohnung oder wenigstens eine Arbeit zu finden. Doch obwohl sie stundenlang unterwegs war, bei Vermietern vorsprach und sich in einem Hotel vorstellte, das eine Empfangsdame suchte, kehrte sie am Ende mit leeren Händen zurück. Unterwegs hatte sie sich den Kopf zerbrochen, wie sie aus der verfahrenen Situation wieder hinausfinden könnte. Und dabei war ihr eingefallen, dass Malik, der zweitälteste Sohn von Abbas Ben Harun, in Leipzig studierte.

»Du, hör mal, Herbert. Leipzig, das liegt doch im Osten von Deutschland, oder?«, fragte Rosina, sobald sie ihren Mantel aufgehängt und ihre vom vielen Laufen schmerzenden Füße massiert hatte.

»Ja, Leipzig liegt in der DDR. Tolle Stadt, mit so viel Historie. Warum willst du das wissen?«

»Ein Sohn meines verstorbenen Mannes Abbas studiert dort. Ich kenne ihn vom Deutschunterricht, den ich eine Zeit lang in Gaza erteilt habe. Er könnte sicher ein bisschen was erzählen, wie es ist, in der DDR zu leben. Was meinst du?«

»Hast du seine Adresse?«

»Das ist es ja. Keine Ahnung, wo er dort wohnt. Aber er müsste ja an der Universität eingeschrieben sein.«

»Ich werde morgen mal unseren Verbindungsmann zur DDR anrufen. Vielleicht kann er ja herausfinden, wo dein Stiefsohn zu finden ist.«

Franz erzählt

Da waren wir also plötzlich wieder zurück in Wien, meiner Heimatstadt. Angekommen sind wir am Westbahnhof. Mit unserem ganzen Gepäck ging es dann in zwei Taxis zu einem Hotel, das wir uns wie immer nur für eine Nacht leisten konnten. Meine Mutter wandte sich am nächsten Morgen an einen alten Freund ihres Vaters, an den Onkel Herbert, bei dem wir uns vorübergehend einquartierten.

Ich fand's fad dort beim Onkel Herbert. Adele, seine Frau, war nicht besonders freundlich zu uns. Die wäre uns am liebsten sofort wieder losgeworden. Aber Senta, die Tochter der beiden, war dafür umso netter. Sie war fast zwanzig und sah toll aus mit ihren kurz geschnittenen dunklen Haaren und ihrem hübschen Gesicht mit dem unglaublichen Schmollmund. Ich verliebte mich natürlich auf der Stelle in sie. Aber mit einem Fünfzehnjährigen konnte sie nicht viel anfangen. Da war nichts zu machen, egal wie sehr ich mich ins Zeug legte.

Die Wohnung von Onkel Herbert, einem bekennenden Kommunisten, der sich auch in der Partei engagierte, war nicht besonders groß. Deshalb war klar, dass wir dort nicht lange bleiben konnten. Jedenfalls lag der Onkel meiner Mutter dauernd in den Ohren, dass die DDR ein prima Ort sei, um noch einmal ganz von vorne anzufangen. So nach dem Motto: Der real existierende Sozialismus wird schon bald die Weltherrschaft übernehmen. Auf einmal lag das gelobte Land für uns nicht mehr in Kanada, sondern in Ostdeutschland. Zufällig studierte dort auch Malik, ein Sohn von Abbas, meinem verstorbenen Stiefvater. Ich weiß nicht genau, wie meine Mutter es angestellt hat, dessen Adresse herauszufinden. Aber es gelang ihr, ihn über mehrere Umwege ans Telefon zu bekommen. Malik gefiel es gut in Leipzig, wo er zur Uni ging. Er bot meiner Mutter an, ihr bei der Eingewöhnung zu helfen, falls sie sich in der DDR niederlassen wolle.

Also haben wir wieder einmal alles zusammengepackt, sind zum Bahnhof gefahren und über den Umweg Prag in die DDR eingereist. Unterwegs erklärte uns meine Mutter, dass sie die Nase voll habe vom Westen und dass sie vom Kapitalismus überhaupt enttäuscht sei. Sie war überzeugt davon, dass wir es in Ostdeutschland gut haben würden. Das waren für uns natürlich ganz neue Töne. In Gaza verkehrte unsere Mutter noch vornehmlich in den besseren Kreisen und ließ mit Abbas kaum eine Party aus. Warum sie von jetzt auf gleich kommunistische Ideen gut fand, konnten wir als Kinder damals nicht nachvollziehen. Wären wir nach unserer Meinung gefragt worden, hätten wir ihr sicherlich davon abgeraten, Leipzig als neuen Lebensmittelpunkt in Betracht zu ziehen. Aber so war unsere Mutter nun einmal: Sie fällte ihre Entscheidungen aus dem Bauch heraus, ohne länger über die Konsequenzen nachzudenken. Und wir mussten uns nolens volens dreinfügen.

Auf der Zugfahrt Richtung Prag ahnte ich schon, dass der Osten sich nicht gerade als das reine Paradies herausstellen würde. Im Gegenteil: weit davon entfernt. Auf der Strecke durch die Tschechoslowakei und durch die DDR entfaltete sich vor dem Zugfenster ein ziemlich heruntergekommenes Stück Europa: armselige Menschen auf der Straße, schlecht gekleidet, dazu arg ramponierte Straßen. Was ich dort sah, gefiel mir überhaupt nicht. Es war alles furchtbar trostlos.

Wir landeten letztendlich im Auffanglager Fürstenwalde, das nicht sehr weit von Berlin entfernt lag. Es gab dort primitive Baracken, in denen einige wenige Familien vorübergehend wohnten, die sich wie wir in der DDR ansiedeln wollten. Die Unterkunft war bescheiden, das Essen auch. Aber wir mussten es so nehmen, wie es kam. In den ersten Tagen in Fürstenwalde wurden wir intensiv von der Volkspolizei befragt. Die wollten ganz genau wissen, woher wir kamen und was wir in der DDR wollten. Es war damals, zum Zeitpunkt des Mauerbaus, eher ungewöhnlich, dass jemand freiwillig in Ostdeutschland leben wollte. Aber das erfuhren wir tatsächlich erst später.

Malik, der Sohn von Abbas, Halbbruder meiner Schwester Amina, besuchte uns in Fürstenwalde. Ein sehr netter junger Mann, der ganz gut Deutsch mit arabischem Akzent sprach: sportlich, freundlich und ausgesprochen gut aussehend. Und danach war klar, dass wir uns in Leipzig niederlassen würden, weil Malik dort studierte. In den ersten Wochen wohnten wir noch in einem ziemlich heruntergekommenen Hotel, hatten aber eine ältere Betreuerin zur Seite, die meiner Mutter bei den notwendigen Behördengängen half. Uns wurde irgendwann eine sehr geräumige Wohnung im Leipziger Stadtteil Gohlis zugewiesen, im ersten Stock eines bürgerlichen Vorkriegshauses, das mit hohen Räumen und Stuckdecken ausgestattet war. Wir hatten drei wirklich große Zimmer, die mit Kohleöfen aus Meissen beheizt wurden. Für solch eine Wohnung hätte man in Wien sicher eine horrende Miete bezahlen müssen. Da wir keine Möbel hatten, nahm die Betreuerin meine Mutter und mich mit in ein zentrales Lager, in dem Sachen von Leuten aufbewahrt wurden, die aus der DDR geflohen waren. Wir konnten uns die besten Stücke aussuchen, die ein paar Tage später in unsere Wohnung in der Nelkenstraße geliefert wurden.

Für uns Buben war die DDR eigentlich ganz okay. Wir hatten unsere Freunde, mit denen wir uns vergnügen konnten. Ich bekam Arbeit im Lager einer Fabrik, die Damenbekleidung herstellte. Außerdem besuchte ich die Abendschule, um unter anderem meine Defizite in Sachen Rechtschreibung auszumerzen. Mein Bruder Helmut ging derweil auf eine Schule in Leipzig, wo es ihm viel besser gefiel als in Gaza. Dort war er der einzige Ausländer in der Klasse gewesen und wurde entsprechend oft gehänselt. Als ganz furchtbar hatte er in Erinnerung, dass die Jungs in Palästina in der Schule alle kahl geschorene Schädel hatten und meist barfuß zum Unterricht kamen.

Meine Mutter hielt in Leipzig engen Kontakt mit Malik, mit dem wir häufig zusammen waren. Sie selbst arbeitete nicht, sondern kümmerte sich ausschließlich um Amina. Mit dem Verdienst, den ich aus der Fabrik mit nach Hause brachte, kamen wir als vierköpfige Familie natürlich nicht über die Runden, weshalb meine Mutter einen Kredit vom Staat erhielt, den sie zurückzahlen sollte, sobald Amina in die Kinderkrippe durfte und sie wieder einer geregelten Arbeit nachgehen konnte. Aber dazu sollte es nie kommen. Wir gehören vermutlich zu den ganz wenigen Leuten, die der DDR noch Geld schulden …

Ernüchterung

Wenn Rosina mit Amina durch den Park spazierte, der nur einige Gehminuten entfernt von ihrer Wohnung in Gohlis lag, verlor sie sich oft in trüben Gedanken. Wie schön wäre es, wenn ich jetzt mit der Kleinen am Strand von Gaza im Sand spielen könnte, dachte sie bei sich. Amina war drei Jahre alt, ein munteres, fröhliches Kind, dessen größtes Vergnügen das Essen war. Sie quiekte jedes Mal vor Begeisterung, wenn sie den Enten im Teich ein Stück Brot hinwerfen durfte und die Tiere begierig nach den Brocken schnappten.

Was hatte sie sich bloß dabei gedacht, sich ausgerechnet in der DDR niederzulassen? Sicher, Onkel Herbert hatte ihr die Sache in den schönsten Farben ausgemalt und sie hatte ihm, naiv wie sie manchmal war, jedes Wort geglaubt. Doch die Realität sah leider ganz anders aus. Leipzig, eine ursprünglich schöne Stadt, litt immer noch an den tiefen Wunden, die der Zweite Weltkrieg ihr zugefügt hatte. Zahlreiche zerbombte Häuser prägten nach wie vor das Stadtbild. Weil die meisten Leute mit Kohlenöfen heizten, war die Luft ausgesprochen schlecht. Vor den Geschäften bildeten sich regelmäßig lange Schlangen, wenn es besondere Lebensmittel gab. Alles sah grau in grau aus: abgewohnt, heruntergekommen, trostlos.

Auch wenn sich Rosina wieder und wieder vor Augen hielt, dass man sie und ihre Kinder in Ostdeutschland freundlich aufgenommen und mit allem Notwendigen versorgt hatte, fühlte sie sich vom ersten Augenblick an nicht wohl im »real existierenden Sozialismus«. Sie hatte eine große Wohnung bekommen, dazu Möbel, die kaum etwas gekostet hatten, und nicht zu vergessen einen Kredit von mehreren Tausend Ostmark. Und das alles, ohne dass sie gezwungen war, sich eine Stelle zu suchen. Der einzige Lichtblick in den tristen, ereignislosen Monaten, die sie bis dahin in der DDR verbracht hatte, war Malik, ihr Stiefsohn. Er war ein richtiger Sonnenschein, stets zur Stelle, wenn sie etwas benötigte oder etwas repariert werden musste. Malik war, wenn sein Studium es zuließ, häufig mit ihren Söhnen unterwegs und entlastete sie, wo immer es ihm möglich war.

Hin und wieder hatte Rosina überlegt, wieder in einem Krankenhaus zu arbeiten. Schließlich hatte sie sowohl vom Metropolitan in Kairo als auch vom Shaarif in Gaza beste Zeugnisse erhalten. Ihr war jedoch schnell klar geworden, dass die Fürsorglichkeit, die die DDR-Behörden gegenüber ihren Bürgern an den Tag legten, nicht nur hehre Beweggründe hatte. Schon im Auffanglager Fürstenwalde – das hatte eine der Aufseherinnen Rosina verraten – waren sie abgehört und überwacht worden. Und sie war auch überzeugt davon, dass Mechthild Grabowski, ihre Betreuerin, jedes kleinste Detail, das sie beim Umgang mit ihnen erfuhr, direkt an die Staatssicherheit weiterleitete.

Es gab durchaus nette Nachbarn in Leipzig, mit denen man sich gut unterhalten konnte. Allerdings nur über belanglose

Dinge, denn die meisten hatten Angst, durch irgendeine unbedachte Äußerung in den Fokus der Überwachungsmaschinerie zu geraten. Wie frei hatte sich Rosina im Vergleich dazu in Gaza gefühlt, als sie sich mit Abbas nächtelang auf Festen und Abendgesellschaften amüsiert hatte. Alle hatten sie damals ehrerbietig mit Madam Rose angeredet. Ihr weiblicher Charme und ihr attraktives Äußeres hatten Rosina in Leipzig noch keine Vorteile gebracht. Mit den ostdeutschen Männern konnte sie nicht viel anfangen: zu steif, zu humorlos, wie sie fand.

Was ihr besonders zu schaffen machte, waren die häufig leeren Regale in den Läden, der ständige, enervierende Kampf, irgendwo vernünftige Lebensmittel aufzutreiben. Wie gern wäre ich jetzt wieder auf dem Basar in Kairo, dachte Rosina, wenn sie einmal mehr vergeblich nach gutem Obst für ihre Kinder gesucht hatte. Wohlschmeckende Früchte wie Bananen, Orangen oder Feigen waren einfach nirgendwo zu kriegen. An schicke Kleider, wie sie sie noch in Gaza getragen hatte, war nicht zu denken.

Je länger sie darüber grübelte, wie die Zukunft für sie und ihre Kinder aussehen könnte, desto öfter stellte sie sich die Frage: Warum kehren wir nicht einfach wieder in den Orient zurück? Zugegeben, man hatte ihr damals in Kairo übel mitgespielt, als Musa El Farragh sie wie eine Tagediebin fortgeschickt hatte. Sicher, auch in Gaza war es zum Schluss nicht gut gelaufen, hatte sie sich eine Demütigung nach der anderen gefallen lassen müssen. Aber sie hatte dennoch vorwiegend gute Zeiten in Ägypten und Palästina erlebt, Zeiten großen beruflichen und persönlichen Erfolgs. Eigentlich die beste Phase ihres bisherigen Lebens. Und genau daran wollte Rosina wieder anknüpfen: noch einmal zu Madam Rose werden, noch einmal das aufregende Leben einer allseits respektierten Frau führen, noch einmal im Mittelpunkt rauschender Feste stehen und die begehrlichen Blicke der Männer auf sich spüren.

Es war einfach ein Riesenfehler gewesen, auf das Gewäsch von Onkel Herbert zu hören und sich in Ostdeutschland niederzulassen, musste sich Rosina schweren Herzens eingestehen. Es war für sie eine Sackgasse, so viel stand fest. Zehntausende von DDR-Bürgern waren während des Mauerbaus in den Westen geflüchtet. Diese Tatsache allein hätte ihr schon zu denken geben müssen. Sie musste dringend irgendetwas unternehmen.

»Hör mal, Franz, ich muss mit dir reden. Können wir für einen kurzen Spaziergang in den Park gehen?«, fragte Rosina eines Abends ihren Sohn, der gerade von der Arbeit nach Hause gekommen war.

»Muss das jetzt sein, Mama? Ich bin hundemüde. Die haben mich heute ganz schön durch den Betrieb gescheucht«, stöhnte Franz.

»Es dauert nicht lange. Versprochen! Helmut kann auf Amina aufpassen.«

Schulterzuckend fügte sich Franz dem Wunsch seiner Mutter und zog sich Jacke und Mütze über. Die Frühlingsluft in Leipzig war alles andere als lind. Vor Tagen hatte es noch geschneit und das mitten im Mai.

Als Rosina und Franz nebeneinander am Ufer des Entenweihers vorbeiliefen, blieb sie plötzlich stehen und fasste ihn bei beiden Schultern.

»Geh, Großer, wir müssen unbedingt mal reden. Sag mal, wie gefällt's dir in der DDR? Kommst du zurecht im Betrieb?«

»Eigentlich gefällt's mir gut, Mama. Die Arbeit ist jetzt nichts, was ich immer machen möcht'. Warum fragst du?«

»Ich weiß nicht, wie ich es dir sagen soll. Ich sag's einfach grad heraus: Wir müssen weg von Leipzig. Ich halt's nimmer aus hier bei den Piefkes.«

»Aber wir sind doch gerade erst hier angekommen! Und der Helmut freut sich so sehr, dass er nächste Woche Pionier wird und eine Uniform bekommt.«

»Jaja, ich weiß. Und in die Schule geht er jetzt erstaunlicherweise auch ganz gern. Trotzdem: Hier in der DDR bespitzelt jeder jeden, hier ist keine Freiheit. Man hat keine Luft zum Atmen. Und verreisen kannst auch nicht.«

»Wo willst du denn hin? Wir haben doch endlich eine gescheite Wohnung und gerade genug zu essen. Ausgerechnet jetzt, wo wir ein paar Freunde gefunden haben, sollen wir wieder alles zusammenpacken.«

»Was hältst du davon, wenn wir zurück in den Orient gehen?«

»Zurück nach Gaza?«

»Vielleicht nicht zurück nach Gaza, sondern irgendwo anders hin: Ägypten, Libanon, Saudi-Arabien – es gibt da viele Möglichkeiten.«

Franz starrte seine Mutter entgeistert an und schüttelte verständnislos mit dem Kopf.

»Fandst du es nicht schön damals in Gaza?«, fragte Rosina ihren Sohn.

»Klar, war es schön dort. Aber ich habe einfach keine Lust mehr, ständig irgendwo herumzureisen und nirgends zu Hause zu sein«, flüsterte Franz, während ihm Tränen in die Augen traten.

»Du hast ja recht. Ich habe euch sehr viel zugemutet in den letzten Jahren. Aber ich verspreche euch, dass wir uns einen Ort suchen, an dem wir länger oder vielleicht für immer bleiben. In ein paar Jahren kannst du eh entscheiden, was du machst und wo du lebst.«

»Das heißt jetzt also: Wir packen unser Zeug und verschwinden?«

»So einfach wird das nicht sein. Wir sind zwar österreichische Staatsbürger und können theoretisch jederzeit ausreisen. Wenn die Behörden allerdings Wind davon bekommen, dass wir abhauen wollen, werden sie auf der Rückzahlung des Kredits bestehen. Und wenn wir nicht zahlen können, werden sie uns nicht fahren lassen.«

»Oje! Das auch noch!«

»Keine Angst, Bub, ich habe einen Plan: Wir packen die nötigsten Sachen und fahren mit der S-Bahn einfach rüber nach Westberlin. Wir sagen den Vopos, dass wir dort eine Tante besuchen. Helmut und Amina dürfen davon nichts erfahren. Sonst verraten sie uns noch unterwegs. Hast du verstanden?«

»Ja, hab ich«, seufzte Franz und steckte seine kalten Finger in die tiefen Taschen seiner Jacke. »Ob das mal gut geht?«

Zurück in der Freiheit

Je näher die S-Bahn dem Grenzübergang kam, desto nervöser wurde Rosina. Auch Franz nestelte ohne Unterlass am Reißverschluss seines Rucksacks, den er auf den Knien balancierte.

»Wie heißt denn die Tante überhaupt, die wir in Berlin besuchen wollen?«, erkundigte sich Helmut, der sein neues FDJ-Hemd anhatte, das er einen Tag zuvor bei der Pionierweihe bekommen hatte.

»Helga, heißt sie. Die Tante Helga. Eigentlich ist es eine Kusine meiner Mutter«, antwortete Rosina mit belegter Stimme.

»Und wie lange dauert das noch, bis wir da sind?«, maulte Helmut.

»Nur noch eine Viertelstunde.«

Als die Zollbeamten am letzten Halt vor der deutsch-deutschen Grenze ins Abteil kamen, schlug Rosinas Herz bis zum Hals. Sie musste sich zusammenreißen und durfte sich jetzt nichts anmerken lassen. Sonst würde sie mit den Kindern vielleicht noch jahrelang in der DDR festsitzen. Diese Vorstellung erfüllte sie mit Grauen. Bevor die Beamten sie kontrollierten, öffnete Rosina schnell den obersten Knopf ihrer weißen Bluse. Sie hatte eigens einen BH angezogen, der ihre vollen Brüste vorteilhaft betonte.

»Ah, Sie sind Österreicherin«, stellte der etwas freundlichere der beiden Zöllner fest, als er Rosinas Pass kontrollierte.

»Ganz richtig«, antwortete Rosina mit fester Stimme. »Gibt es ein Problem?«

»Sie sind ständig wohnhaft in der DDR, Frau … äh … Ben Harun?«

»Ja, wir wohnen seit etwas mehr als einem halben Jahr in Leipzig. Im Stadtteil Gohlis.«

»Aha. Und wo wollen Sie hin? Was haben Sie vor in Berlin?«

»Wir besuchen meine Tante Helga, die in Charlottenburg lebt«, flötete Rosina und versuchte den Zöllner mit einem verführerischen Blick auf ihre Seite zu ziehen.

»Wie lange wollen Sie in Berlin bleiben?«

»Nur für eine Übernachtung. Die Kinder müssen ja am Montag schon wieder zur Schule.«

»Für eine Übernachtung haben Sie aber ganz schön viel Gepäck dabei, gute Frau.«

»Ach, wissen Sie, Kinder wollen ihre Spielsachen und ihr Zeugs immer mitnehmen. Damit man seine Ruhe hat, packt man halt mehr ein, als man eigentlich braucht.«

Der Zöllner schaute Rosina zweifelnd an. Auch sein Kollege schien kurz davor, die Pässe einzukassieren und die Weiterfahrt zu untersagen, als sich Helmut plötzlich zu Wort meldete.

»Du, Mutti, wann darf ich denn endlich wieder zu den Pionieren? Dort war es echt prima, viel besser als bei der blöden Tante Helga.«

Die Zöllner sahen sich an und konnten sich ein Grinsen nicht verkneifen.

»Bist du gerne bei der FDJ, junger Mann?«, fragte der freundlichere der beiden Kontrolleure.

»Seit gestern bin ich ein richtiger Pionier. Das macht riesig Spaß. Ich freue mich schon auf unser Ferienlager an der Ostsee«, begeisterte sich Helmut.

»Na, dann wünschen wir gute Reise und einen schönen Aufenthalt in Berlin.«

Als die S-Bahn im Bahnhof Friedrichstraße einlief, wurde Rosina von einem Weinkrampf geschüttelt. Bis zuletzt hatte sie befürchtet, dass ihre Flucht aus der DDR noch schiefgehen könnte. Auf dem Bahnsteig nahm sie Amina auf den Arm und zog ihre Söhne an sich.

»Wir haben's geschafft, wir sind wieder im Westen. Puh, war das aufregend«, machte sich Rosina Luft. »Und du, Helmut, hast uns gerettet mit deinem Pionierhemd.«

»Aber wir fahren doch morgen wieder zurück nach Leipzig, oder nicht?« Helmut verstand auf einmal die Welt nicht mehr.

»Tut mir leid, Kuki, wir fahren nicht wieder zurück. Wir bleiben erst einmal hier in Berlin«, antwortete Rosina. »Ich hätte es dir gerne vorher gesagt, aber ich hatte Angst, dass du dich unterwegs verplapperst.«

Helmut starrte entgeistert vor sich hin und ließ sich mitten auf dem Bahnsteig auf die Knie sinken.

»Was ist denn mit all meinen Freunden? Seh ich die jetzt nie mehr wieder? Warum müssen wir denn schon wieder wegziehen?«, heulte er los.

»Ich weiß, Kuki, das ist jetzt schwer für euch Kinder. Aber glaubt mir, wir konnten nicht in der DDR bleiben. Du willst doch später mal die ganze Welt bereisen, oder? Das kannst du nur, wenn du im Westen lebst«, versuchte Rosina ihren Sohn zu beruhigen. »Schau, du hast ja immer noch den Burli, deinen Bruder, und Amina.«

Mit Amina an der Hand und den Jungs im Schlepptau machte sich Rosina auf die Suche nach einer Polizeistation, die sie nach einigen Umwegen auch fand. Die Bahnhofspolizei, die sie gleich bei ihrer Ankunft angesprochen hatte, konnte ihr nicht weiterhelfen. Rosina hatte großes Verständnis für die Niedergeschlagenheit ihrer Söhne. Erst Gaza, dann Kairo, dann Rom, Wien und Leipzig: Innerhalb eines guten Jahres war Berlin nun die sechste Station. Rosina fühlte, dass sie selbst mit ihrer Kraft ziemlich am Ende war. Nur mit Mühe konnte sie die Fassade der Mutter Courage, die alles im Griff hat, aufrechterhalten. Sie durfte jetzt keine Schwäche zeigen, sonst würden Franz und Helmut über Wochen hinaus durchhängen.

»Sobald wir etwas Geld haben, gehen wir ins nächste Café und essen jeder ein riesiges Eis. Ist das ein Angebot?«, fragte sie in die Runde, als die Stimmung ihren Tiefpunkt erreicht hatte und die Buben nicht mehr weitergehen wollten. Die Begeisterung hielt sich bei Franz und Helmut in Grenzen. Sie waren müde vom Herumlaufen und sehnten sich nach einem Bett und vor allem nach etwas Essbarem.

Helmut erzählt

Ich konnte es anfangs nicht fassen, dass wir einfach so aus der DDR geflohen waren. Am liebsten hätte ich meine Mutter geschlagen, als sie uns in Berlin erklärte, dass wir nicht mehr nach Leipzig zurückfahren würden. Ich hatte dort zum ersten Mal richtige Freunde gefunden. Den Gernot zum Beispiel, der mir zwei Paar Schuhe geschenkt hatte. Einfach so, weil ich nur Sommerschuhe hatte. Bei den Pionieren hatten sie mich sogar schon damit betraut, auf die Kleineren aufzupassen. Und ich war so stolz auf mein Hemd und das dazu passende Halstuch! Endlich hatte ich einmal dazugehört. Nicht wie in Gaza, wo die Jungs mir ständig Knüffe und Kopfnüsse verpassten und mich als blöden Ausländer beschimpften. Außerdem hatte ich mein ganzes Spielzeug in Leipzig zurücklassen müssen.

Richtig sauer war ich darüber, dass meine Mutter nur Franz in ihre Pläne eingeweiht hatte. Ich war immerhin schon elf Jahre alt. Ich hätte mich garantiert nicht verplappert. Als ich sie fragte, wo ist denn jetzt die Tante Helga, sagte meine Mutter, die Tante gibt es nicht. Das hier ist jetzt der Westen, das ist die Freiheit. Und wir waren im Osten, da gab's keine Freiheit. Das habe ich damals nicht verstanden.

In Berlin landeten wir zunächst in einem Camp von amerikanischen Soldaten, die sehr freundlich zu uns waren. Wir bekamen dort zwei Zimmer zugewiesen, eines für Franz und mich, das andere für die Mama und Amina. Kaum dass wir uns ein bisschen eingerichtet hatten, ging die Fragerei schon wieder los. Wie Monate zuvor bei der Einreise in die DDR wurden wir in Westberlin einzeln verhört. Die wollten von mir wissen, was ich denn so gemacht hätte im Osten. Und ich habe ihnen erzählt von der Schule und den Pionieren, wie ich immer Milch einkaufen gegangen bin und so was alles. Ein paar Tage später wurden wir in ein englisches Camp gebracht, da ging die Fragerei wieder von vorne los. Das war alles andere als schön. Ich weiß nicht mehr, wie oft ich meiner Mutter damals vorgeworfen habe, dass wir nicht in der DDR geblieben sind.

Nachdem sie uns genug ausgefragt hatten, kamen wir in ein Wohnheim für Obdachlose in der Sonnenallee. Die Klientel, mit der wir dort konfrontiert wurden, war entsprechend. Es war für uns Kinder ein richtiger Schock. Immerhin erhielten wir in einem großen Saal drei Mahlzeiten pro Tag. In den sechs Monaten, die wir im Wohnheim verbrachten, ging ich nicht zur Schule. Warum, das weiß ich im Nachhinein nicht. Mein Bruder übrigens auch nicht. Der war ja auch schon fünfzehn und hätte arbeiten können. Meine Mutter fand Gott sei Dank eine Stelle. Sie putzte die Büroräume des Wohnheims.

Wir Buben streiften meist den ganzen Tag durch die Stadt und schauten uns alles an. Dabei entdeckte ich einen Fahrradladen, der eine Aushilfe suchte. Eigentlich wollten sie mich nicht nehmen, weil ich ihnen zu jung erschien. Aber ich durfte dann doch für ein Taschengeld mithelfen. Der Chef des Ladens, der Harald Scheller hieß, brachte mir bei, wie man Reifen flickt und wie man eine Kette repariert und überhaupt alles, was man über Fahrräder wissen muss. Weil ich mich dabei ganz geschickt anstellte, schenkte er mir als Belohnung ein Tandem. Mit diesem Ding drehten Franz und ich unsere Runden durch Berlin, und wir waren schneller, als die Polizei erlaubte.

Berlin

Wenn Rosina sich vor Augen führte, welch ein Leben sie noch drei Jahre zuvor geführt hatte, fühlte sie stets eine leichte Depression in sich aufsteigen. Sie war in Gaza die Ehefrau des obersten Richters in Palästina gewesen. Gleichzeitig hatte sie das renommierte Shaarif Hospital geleitet. Ihr standen Mädchen für die Wäsche, für die Küche und für Amina zur Verfügung, außerdem ein Gärtner und ein Junge, der sich um alles Mögliche zu kümmern hatte. Das Haus war groß und komfortabel gewesen, über Geld hatten Abbas und sie nie gesprochen. Es war einfach da gewesen.

Jetzt kniete sie in der Ecke eines Büros in der Sonnenallee und versuchte, einen hartnäckigen Fleck auf dem grauen Linoleum zu entfernen. Putzen hatte sie schon immer gehasst, schon als junges Mädchen, als ihre Mutter sie dazu gezwungen hatte, jeden Samstag die ganze Wohnung sauber zu machen. Aber Rosina hatte keine Wahl gehabt. Als sie nach der überhasteten Abreise aus der DDR ins Wohnheim in Berlin gezogen waren, hatten sie quasi nur das, was sie auf dem Leib trugen. Die Kinder brauchten dringend neue Sachen und sie selbst natürlich auch. Das Geld, das sie vom Sozialamt erhielten, reichte kaum für das Lebensnotwendige. Deshalb hatte Rosina beschlossen, sich eine Arbeit zu suchen. Als man ihr anbot, die Büroräume des Wohnheims zu putzen, hatte sie nicht lange gezögert. Arbeit schändet nicht, dachte sie, als sie mit Eimer, Schrubber und Putztuch bewaffnet vom Leiter des Wohnheims eingewiesen wurde.

Ich werde wieder auf die Beine kommen, schwor sie sich, tief gebeugt über die Toilette, die sie mit einer groben Bürste von Kalkresten befreite. Eines Tages werde ich wieder Madam Rose sein. Aber dafür muss ich zurück in den Orient. Der Gedanke wurde Tag für Tag konkreter in Rosinas Kopf, auch wenn sie sich der Absurdität ihres Plans bewusst war. Vor nicht einmal zwei Jahren war sie mit ihren Kindern in Gaza aufgebrochen, um ihr Glück in Kanada zu versuchen. Wäre sie damals nur in Palästina geblieben und hätte sich irgendwie mit dem Gouverneur und seinen Gefolgsleuten arrangiert.

Zu sehr der Vergangenheit nachzutrauern brachte Rosina jedoch keinen Schritt voran. In Berlin würde sie auf keinen Fall länger bleiben, in Westdeutschland auch nicht. Mit nicht geringem Erstaunen stellte sie fest, dass ihr die Lebensart der Araber im Rückblick eigentlich entgegengekommen war. Selbst Kairo kam ihr mit einem Mal wie ein Sehnsuchtsort vor. Wie aber sollte sie dorthin gelangen – ohne Geld, ohne Unterstützung und mit drei Kindern? Von Berlin aus konnte man bis nach Ägypten fliegen. Doch die Tickets waren unerschwinglich für sie. Ein Auto hatte sie ebenfalls nicht. Das einzige Fahrzeug, das ihr zur Verfügung stand, war das Tandem, das Helmut kürzlich geschenkt bekommen hatte und mit dem die Buben mit wachsender Begeisterung durch die Straßen der Stadt jagten. Wenn man noch ein zweites Fahrrad hätte mit einem Kindersitz für Amina …

Sie würde einfach mal Pfarrer Don MacCormack fragen, den netten Geistlichen, dessen Bekanntschaft sie im Camp der Amerikaner gemacht hatte. Er hatte ihr schon häufig geholfen, wenn sie in Schwierigkeiten steckte. Ihm war es zu verdanken, dass Franz und Helmut halbwegs vernünftige Klamotten bekommen hatten – wenn auch aus zweiter Hand. Weiß der liebe Himmel, woher Don die beiden wundervollen Sommerkleider gezaubert hatte, die er ihr kürzlich einfach so im Wohnheim vorbeigebracht hatte. Natürlich hatte Rosina gleich zu Beginn ihrer Freundschaft bemerkt, dass Don sie nicht mit den Augen eines Geistlichen anschaute. Sie konnte sein Begehren deutlich spüren, auch wenn er krampfhaft versuchte, es zu verbergen. Und obwohl Rosina schon seit Monaten mit keinem Mann mehr zusammen gewesen war, hütete sie sich, Don irgendwelche Hoffnungen zu machen. Eine Affäre mit einem katholischen Priester hätte ihr gerade noch gefehlt. Probleme hatte sie mehr als genug. Als Freund konnte ihr Don allerdings nützlich sein. Er war der Einzige, der ihr helfen konnte, aus Berlin herauszukommen.

»Du willst also zurück in den Nahen Osten, wenn ich dich richtig verstanden habe?« Don MacCormack machte ein zweifelndes Gesicht, während er an seinem noch zu heißen Kaffee nippte. Er hatte sich mit Rosina in einem Café in der Nähe des amerikanischen Militärcamps verabredet. Don trug seine Uniform, in der er ausgesprochen fesch aussah mit seinem kurz geschnittenen Haar, das an den Schläfen schon ergraut war.

»Ich habe lange drüber nachgedacht, das kannst du mir glauben, Don. Ich denke, es ist das Beste für meine Familie«, antwortete Rosina.

»Wie willst du das machen ohne Geld? Weißt du, wie weit es ist bis Ägypten oder Palästina?«

»Klar weiß ich, wie weit es ist. Ich habe mir gedacht, jetzt, wo es Sommer ist, könnte man die Strecke mit dem Fahrrad schaffen.«

»Mit dem Fahrrad? This is funny, Rose. Hast du eine Vorstellung davon, wie lange ihr unterwegs sein werdet?«

»Nein, habe ich nicht. Aber wenn man jeden Tag, was weiß ich, vierzig Kilometer schafft, dann ist man in zwei Wochen schon in Österreich und in einem Monat in Jugoslawien.«

»Dann müsstet ihr aber schon bei jedem Wetter fahren. I think it's not a good idea, Dear.«

»Ich habe leider keine bessere Idee, Don. Was uns fehlt für die Reise, ist natürlich ein zweites Fahrrad und ein Zelt. Kochgeschirr und Gaskocher nicht zu vergessen. Habt ihr so etwas nicht beim Militär?«

»Sicher haben wir so etwas. Aber ein Zelt für vier Personen ist schwer. Nicht so einfach zu transportieren auf einem Fahrrad.«

»Vielleicht kann man das Zelt ja aufteilen, damit es auf zwei Rädern verstaut werden kann, was meinst du?«

»Ich kann natürlich versuchen, ein Zelt und den restlichen Stuff zu beschaffen. Den Chief im Materiallager kenne ich ziemlich gut, you know?«

»Das wäre ganz lieb von dir, Don. Du würdest mir einen großen Gefallen tun.«

»Yeah, but you're crazy, Rose, du hast wirklich Mut. A lady with balls.«

Was er wohl mit »balls« meint? Rosina war jedenfalls zufrieden, als sie sich von Don per Wangenkuss verabschiedete.

»Wie findest du eigentlich mein neues Kleid?«, fragte sie ihn beim Hinausgehen.

»Du siehst einfach wundervoll darin aus. Wenn ich kein Priester wäre, würde ich es dir auf der Stelle ausziehen.«

Rosina lächelte auf dem Rückweg ins Wohnheim still vor sich hin. Sie hatte ihren Charme, ihre enorme Wirkung auf Männer offenbar noch nicht eingebüßt – trotz ihrer zweiundvierzig Jahre und trotz der kleinen Fettpölsterchen, die sich mittlerweile auf ihrer Taille angesammelt hatten. Ihre Figur war ein wenig runder geworden, aber immer noch tadellos, wie sie zufrieden feststellen konnte, wenn sie sich nackt im Spiegel betrachtete. Obwohl ihr Don nicht gerade Mut gemacht hatte, was ihre Pläne anbetraf, schöpfte Rosina doch neue Hoffnung, Berlin schon bald verlassen zu können. Eine Nachbarin aus dem Wohnheim hatte ihr nämlich kürzlich erzählt, dass alle Berliner Bürger von der Bundesrepublik eine finanzielle Zuwendung erhalten sollten. Damit wolle man die Moral der Leute angesichts des Mauerbaus der DDR und der ständigen Bedrohung durch einen möglichen sowjetischen Einmarsch stärken, hatte die Nachbarin gesagt. Das sogenannte »Zittergeld«, wie die Bevölkerung es scherzhaft nannte, werde schon bald ausgezahlt.

Wenn ich damit einen Flug für uns alle nach Westdeutschland bezahlen könnte, wären wir schon ein gutes Stück weiter, dachte Rosina. Manchmal muss man einfach Glück haben.

Franz erzählt

Berlin war ganz anders als Leipzig. Es war in etwa so, als würde man einen Schwarz-Weiß-Film mittendrin auf Farbe umstellen. Im Westen war alles bunter, fröhlicher, optimistischer. Das konnte man einfach nicht übersehen, auch wenn ich in Ostdeutschland eigentlich gut klargekommen war. Die Arbeit im Lager war öde gewesen, keine Frage. Aber unsere Wohnung in der Nelkenstraße war in Ordnung und das Essen meistens auch, besonders wenn es Broiler gab, wie in Leipzig die Hendl genannt wurden.

Dass wir in Berlin in einem Heim für obdachlose Familien untergebracht wurden, hatte mich einigermaßen schockiert. Da liefen eine Menge seltsamer Leute herum, meist gescheiterte Existenzen, die Probleme mit dem Alkohol oder mit dem Leben an und für sich hatten. Aber Helmut und ich hatten ja unsere Fluchtmöglichkeit, seit er von seinem Chef im Fahrradladen ein Tandem geschenkt bekommen hatte. Man soll gar nicht glauben, wie schnell so ein Ding sein kann, wenn sich beide Fahrer richtig ins Zeug legen.

Bis heute weiß ich nicht, wie meine Mutter auf die wahnsinnige Idee gekommen ist, dass wir mit dem Fahrrad zurück in den Orient gelangen könnten. Ich hatte grundsätzlich nichts dagegen, wieder Richtung Kairo oder Gaza zu reisen. Mir hatte es dort ganz gut gefallen. Und mal ehrlich: alles besser, als in einem beschissenen Wohnheim für Obdachlose in Berlin zu hausen. Ich hatte meine Mutter bis zu diesem Zeitpunkt noch nie auf einem Fahrrad gesehen und bezweifelte deshalb, dass sie überhaupt darauf fahren konnte. Sie meinte, als junges Mädchen sei sie ständig mit dem Rad unterwegs gewesen, und so etwas wie Fahrrad fahren verlerne man ebenso wenig wie schwimmen.

Mein Bruder war noch immer wütend auf meine Mutter, weil er gerne in Leipzig geblieben wäre. Wir hatten beide das ständige Umherziehen satt und sehnten uns nach einem Ort, wo wir endlich Wurzeln schlagen konnten. Die neuen Reisepläne der Mama beunruhigten mich schon, aber in Wahrheit interessierten mich in Berlin ganz andere Dinge. Zum Beispiel die Mädchen. Für mein Alter war ich ungewöhnlich groß und sah wesentlich erwachsener aus. Schon in Rom hatte ich den Frauen fasziniert nachgeschaut, wenn sie in leichten Sommerkleidern am Tiber vorbeischlenderten oder auf dem Motorroller durch die engen Gassen flitzten. Auch in Berlin wimmelte es von hübschen Teenagern, vor allem in den Eisdielen und Milchbars, in denen mein Bruder und ich herumhingen, wenn wir von Mama ein paar Groschen erbettelt hatten.

Meine erste richtige Freundin hieß Irmgard und war ein Jahr älter als ich. Wir verbrachten ganze Nachmittage damit, auf einer Bank im Tiergarten herumzuknutschen oder uns hinter einem dichten Gebüsch gegenseitig zu befummeln. Irmgard war nicht gerade die Hübscheste, dafür aber an den richtigen Stellen schon gut entwickelt, wie ich erfreut feststellen konnte. Sie ließ mir im wahrsten Sinne des Wortes freie

Hand, wenn wir zusammen waren. In Leipzig hatte ich zum ersten Mal eine nackte Frau auf der Leinwand gesehen, und zwar in dem Film »Das Bad auf der Tenne«. Dieses Erlebnis hatte mich nachhaltig beeindruckt. Danach malte ich mir ständig aus, wie es sein würde, richtigen Sex mit einer Frau zu haben.

Ein Zufall war schuld daran, dass sich meine Träume schon bald erfüllten. Eines Tages kam meine Mutter zu mir und sagte:

Geh, Burli, du hast doch im Augenblick nicht viel zu tun. Meinst du, du könntest Ildiko ein wenig Englischunterricht geben? Als ich fragte, wer Ildiko sei, erklärte sie mir, dass die junge Frau im Stockwerk über uns aus Ungarn käme und demnächst nach Australien auswandern wolle. Wenn du ihr ein paar Brocken beibringst, hat sie es viel leichter dort drüben, meinte meine Mutter. Ich war der Frau ein paar Mal im Treppenhaus begegnet, hatte sie aber nicht weiter beachtet. Trotzdem war mir sonderbar zumute, als ich am frühen Abend in den zweiten Stock hinaufstieg und an die Tür von Ildiko klopfte.

Ein kleines Mädchen öffnete mir. Ich fragte nach ihrer Mutter. »Ach, da ist ja mein neuer Englischlehrer«, hörte ich aus der Küche rufen. Ich folgte dem Mädchen, das vielleicht drei oder vier Jahre alt war. Ein wenig verlegen sagte ich, ich sei der Franz. Ildiko, die noch mit dem Abwasch beschäftigt war, stellte gleich klar, dass sie von mir geduzt werden wollte. So handhabe man das bei ihr zu Hause in Ungarn. Sie freue sich sehr, dass ich ihr helfen wolle. Sie sei ganz schlecht in Englisch und wolle es unbedingt besser können, wenn sie irgendwann das Visum für Australien bekomme.

Ich nickte nur und legte das Lehrbuch, das meine Mutter – keine Ahnung woher – besorgt hatte, auf den Küchentisch.

Weil mein Mund so trocken war wie die Wüste Sahara, brachte ich kaum ein Wort heraus. Ildiko war auf den ersten Blick eine Frau, die nicht auffiel. Sie war einen halben Kopf kleiner als ich und hatte eine zierliche Figur. Ich schätzte ihr Alter auf fünfundzwanzig Jahre; wie sie mir später verriet, war sie allerdings schon einunddreißig. Ihr hübsches Gesicht mit den großen dunklen Augen schaute mich neugierig an, während ich das erste Kapitel aufschlug. Ihr fast schwarzes Haar hatte sie zu einem Dutt hochgesteckt, was ihren eleganten Hals und die kleinen Ohren betonte. Und sie roch nach Zimt, ein Geruch, der mich noch heute an sie erinnert, wenn er mir in die Nase steigt.

Während wir mit Grundbegriffen der englischen Sprache begannen, die sie in einem niedlichen Akzent nachzusprechen versuchte, vermied ich es, sie allzu oft anzublicken. Denn wenn ich es tat, befiel mich eine Erregung, die mir das Hirn komplett zu vernebeln drohte. Sie schien zu bemerken, dass mich ihre Nähe irgendwie verwirrte, und legte mir beruhigend die Hand auf das nackte Knie. Ich trug blöderweise meine kurze Lederhose, die mich wie einen dummen Schuljungen aussehen ließ. Es dauerte einige Zeit, bis ich mich einigermaßen gefangen und den Unterricht entspannter fortsetzen konnte. Wir hatten etwa eine Stunde zusammen verbracht, als sie gegen halb acht sagte, sie müsse erst ihre Tochter ins Bett bringen, ehe wir weitermachen könnten. In einer Viertelstunde sei sie wieder zurück.

Ich schaute mich derweil in der Küche um, trank ein Glas Wasser und probierte die Schokoplätzchen, die sie mir hingestellt hatte. Als sie nach einer gefühlten Ewigkeit wieder auftauchte, trug sie einen pinkfarbenen Morgenmantel, unter dem ein weißes Nachthemd hervorschaute. Ihre Füße, klein wie die einer Zehnjährigen, waren nackt. »Manchmal schläft sie nur ein, wenn ich mich kurz zu ihr ins Bett lege«, verriet sie mir mit einem Augenzwinkern. Sie bot mir eine Limonade an und schob das Lehrbuch demonstrativ zur Seite. »Genug gelernt für heute«, beschloss sie. »Jetzt amüsieren wir uns ein wenig.«

Bei dem Wort »amüsieren« wurde mir ganz mulmig zumute. Und dieses Gefühl steigerte sich noch, als Ildiko nach oben griff und die Nadeln aus ihrem Dutt löste. Das lange, schwarze Haar, das ihr fast bis auf den Po fiel, verlieh ihr das Aussehen einer Madonna. Ich weiß noch, dass sie mich neckte, weil ich wie vom Donner gerührt dasaß und sie wie eine Erscheinung anstarrte. Wenn sie sich vorbeugte, um mein Limonadenglas nachzufüllen, konnte ich einen Blick auf ihre Brüste erhaschen, die sich deutlich unter dem Nachthemd abzeichneten. An diesem ersten Abend alberte ich noch eine Weile mit Ildiko herum, die mir von ihrer ungarischen Heimat erzählte.

Als ich wenig später im Bett lag, stellte ich mir vor, wie es wäre, mit Ildiko Liebe zu machen, mich in ihr aufzulösen, mich in ihrem wundervollen langen Haar zu verlieren. Allein in ihrer Nähe zu sein, das war tausend Mal aufregender als das heftigste Petting mit Irmgard. Die zweite Englischstunde, die ein paar Tage später zur gleichen Zeit stattfand, verlief ähnlich wie die erste. Wir lernten zusammen, bis die Kleine, die Anna hieß, ins Bett gebracht werden musste. Weil es im Zimmer ziemlich warm war, erschien Ildiko diesmal nur im Nachthemd, das Haar hatte sie bereits gelöst. Ob ich Lust auf ein Bier hätte, fragte sie mich, obwohl sie wusste, dass ich noch keine achtzehn war. Ich sagte natürlich nicht Nein und kam mir dabei ziemlich erwachsen vor.

»Der Mama müssen wir das ja nicht erzählen«, meinte Ildiko mit einem frechen Grinsen. »Wo ist dein Mann oder hast du keinen?«, fragte ich sie, als wir nach dem Unterricht wieder über alles Mögliche plauderten. Der sei auf Montage für eine Berliner Firma, die in Italien ein Kraftwerk baue, erzählte sie mir. Er komme erst in drei Monaten zurück.

Wie genau es dazu kam, dass wir uns zum ersten Mal küssten, kann ich nicht mehr sagen. Ich weiß nur noch, dass es in der dritten Unterrichtsstunde passierte. Ildiko hatte ihr Nachthemd hochgezogen und sich mir rittlings auf den Schoß gesetzt. Als sich unsere Lippen berührten, hörte ich im wahrsten Sinne des Wortes die Englein singen. Eine wunderschöne verheiratete Frau wollte Sex mit mir! Es war wie im Märchen. Ich konnte es nicht fassen. Bevor ich wusste, wie mir geschah, hatte sie schon das Nachthemd und den Slip ausgezogen und sich wieder auf meinen Schoß gesetzt. Mit geschickten Fingern öffnete sie den Reißverschluss meiner Manchesterhose. Ehe ich mich versah, ließ sie sich mit einem tiefen Seufzer auf mich sinken. Es dauerte dummerweise nur eine Minute, bis ich mich zum ersten Mal in eine Frau ergoss.

Ob Ildiko damals bewusst war, dass sie Unzucht mit einem Minderjährigen trieb? Sie schien jedenfalls großen Spaß an der Sache zu haben, denn die Zeit, die wir mit Englisch-Unterricht verbrachten, wurde jedes Mal kürzer. Sobald ihre Tochter im Bett war, wurde ich zum Schüler und Ildiko zur Lehrerin. Sie zeigte mir ausführlich, wie der Körper einer Frau beschaffen ist, und lehrte mich, wie man einer Frau Lust verschafft. Und ich war ein überaus gelehriger Schüler, was man bis dahin noch nie von mir behaupten konnte.

Wenn ich vom Unterricht zurück in unser Zimmer kam, wunderte sich meine Mutter schon darüber, wie lange ich bei Ildiko geblieben war. Wäre sie nicht so sehr mit sich selbst und den Vorbereitungen für die Rückkehr in den Orient beschäftigt gewesen, hätte ihr auffallen müssen, dass ich immer komplett durch den Wind war und durch die Gegend lief wie ein Schlafwandler. Ildiko war einfach unglaublich: mal zärtlich, mal wild, mal albern, mal melancholisch. Ich wusste, dass unsere heimliche Liebe spätestens in ein paar Wochen vorbei sein würde, weshalb ich mich entschloss, jede einzelne Minute, die ich mit Ildiko verbrachte, zu genießen. Erstaunlicherweise schien sie kein schlechtes Gewissen gegenüber ihrem Mann zu haben. Als ich sie einmal vorsichtig darauf ansprach, meinte sie: »Pah, was glaubst du, macht er unten in Italien? Da gibt es massenhaft hübsche Frauen, und mein Milos sieht ziemlich gut aus.«

Obwohl ich stolz wie Oskar war, dass ich als Fünfzehnjähriger mit einer erwachsenen Frau geschlafen hatte, war mir klar, dass ich darüber kein Sterbenswörtchen verlieren durfte. Meine Mutter wäre an die Decke gegangen, wenn sie davon gewusst hätte. Und Ildiko hätte natürlich richtig Probleme bekommen. Damit niemand Verdacht schöpfte, traf ich mich auch weiterhin mit Irmgard. Doch unsere Knutschereien waren gegen meine Übungsstunden mit Ildiko im wahrsten Sinne des Wortes Kinderkram.

Eines Abends, als ich mit meinem Englischbuch wieder einmal vor ihrer Tür stand, zog Ildiko mich rasch ins Zimmer und umarmte mich stürmisch. »Franz, Franz«, rief sie, »wir haben die Visa. In zwei Wochen fliegen wir nach Australien.« Ich war natürlich im ersten Moment geschockt, und obwohl ich versuchte, mich zusammenzureißen, stiegen mir die Tränen unmittelbar in die Augen. »Sei nicht traurig, du wirst noch so viele schöne Frauen haben in deinem Leben«, versuchte sie mich zu trösten. »Aber keine mehr wie du«, schluchzte ich.

Und so endete meine kurze, aber intensive Liebesgeschichte mit Ildiko, der hinreißenden Ungarin mit den langen schwarzen Haaren und den zwei süßen Grübchen über dem Po.

Ab in den Westen

Sie hatte gewusst, dass Don MacCormack ihr nichts würde abschlagen können. Als er eine Woche nach ihrem Treffen im Café mit einem Fahrrad vor dem Wohnheim aufkreuzte, lächelte Rosina still in sich hinein.

»Ist das ganz neu? Es sieht toll aus«, freute sich Rosina und umarmte Don herzlich.

»Ganz neu ist es nicht, aber es funktioniert tadellos.«

»Woher hast du es?«

»Musst du nicht wissen, Rose. Ist ein, wie sagt man, Betriebsgeheimnis. Willst du eine Runde drehen?«

»Jetzt nicht, Don, vielleicht später, wenn die Jungs dabei sind. Wir können ja alle zusammen eine Radtour machen und ausprobieren, ob alles klappt.«

»Ich hätte schon gern gesehen, wie deine hübschen Beine beim Fahren strampeln«, ließ Don MacCormack nicht locker.

Rosina, die einen weiten Rock und eine eng geschnittene Bluse trug, ließ sich erweichen. Mit Dons Hilfe, der sie am Rücken festhielt, versuchte sie, das Fahrrad zu besteigen. Als sie sich schließlich traute, in die Pedale zu treten, fuhr sie in gefährlichen Schlangenlinien von einer Seite der Gasse auf die andere, sodass Don sich gezwungen sah, sie nach wenigen Metern wieder einzufangen.

»Ich bin wohl ein bisschen aus der Übung«, entschuldigte sie sich lachend, während Don es sichtlich genoss, Rosina für einen kurzen Augenblick im Arm zu halten.

»Übrigens habe ich auch ein Zelt und Kochgeschirr für dich.«

»Das ist ja phantastisch, Don. Ich weiß gar nicht, was ich dazu sagen soll«, strahlte Rosina den Amerikaner an.

»Den Jungs im Camp habe ich gesagt, dass das Zelt in zwei Teilen transportiert werden muss und dass es nicht zu schwer sein darf.«

Don führte Rosina zu seinem Jeep, auf dessen Rückbank zwei große, graue Säcke und ein kleinerer lagen.

»Meine Buben können die Sachen gleich ins Wohnheim bringen«, schlug Rosina vor.

»Ich wünsche dir viel Glück. Hoffentlich schafft ihr den weiten Weg. Es wird nicht einfach werden.«

»Ich weiß, Don, ich weiß. Aber wir müssen es versuchen. Länger kann ich nicht in diesem gottverdammten Wohnheim bleiben, sonst werde ich wahnsinnig.«

»Hast du das Geld from the government schon bekommen?«

»Du meinst das Zittergeld?«

»Zittergeld, that's a funny expression.«

»Ja, letzte Woche. Ich habe davon die Flugtickets gekauft.«

»Great! Na dann, gute Reise, ich werde dich hier in Berlin vermissen.«

Als der Pfarrer lässig winkend in seinem Jeep davonfuhr, war sich Rosina sicher, dass ein einziges Wort von ihr genügt hätte, und Don wäre, ohne eine Sekunde zu zögern, ihr Liebhaber geworden. Aber so war es besser. Komplikationen konnte sie nicht gebrauchen, wenn sie wie geplant in ein paar Tagen in Richtung Süden radeln würden. Sie hatte die Kinder bereits in ihre Pläne eingeweiht und war dabei erwartungsgemäß auf keine große Begeisterung gestoßen. Vor allem Franz hatte ein langes Gesicht gemacht. Ihre Kinder hatten einiges mitgemacht in den vergangenen Monaten. Sie waren in den zurückliegenden zwei Jahren durch halb Europa gereist und ständig auf Achse gewesen. Die Schulbildung ihrer beiden Söhne hatte zweifellos unter den permanenten Ortswechseln gelitten. Es war höchste Zeit, dass sie wieder irgendwo für längere Zeit sesshaft wurden.

Als das Flugzeug auf dem Airport in Hannover-Langenhagen landete, stieß Rosina einen tiefen Seufzer aus. Endlich wieder in der zivilisierten Welt, dachte sie erleichtert. Endlich zurück in der Freiheit. Franz und Helmut hatten bei der Landung sichtlich angespannt aus dem Fenster geschaut. Sie alle waren zum ersten Mal in ihrem Leben geflogen und vor dem Start dementsprechend aufgeregt gewesen. Bei der Gepäckausgabe musste Rosina den Erhalt der beiden Fahrräder sowie der insgesamt zehn Gepäckstücke quittieren, die auf einem Haufen an der Sondergepäckstelle des Flughafens auf sie warteten.

»So, Kinder, auf in den Süden! Vielleicht schaffen wir heute noch ein paar Kilometer«, gab Rosina die Richtung vor.

»Wie sollen wir das ganze Zeug denn transportieren?«, fragte Franz und deutete auf die Gepäckstücke, die sich neben den Fahrrädern stapelten.

»Das kriegen wir schon irgendwie hin. Man muss nur ordentlich packen, dann geht sich das schon aus.«

»Das klappt nie im Leben, Mama«, zweifelte auch Helmut an der Durchführbarkeit des Plans.

Etwa eine Stunde lang versuchte Rosina mit Unterstützung ihrer Söhne, die Gepäckstücke auf den beiden Fahrrädern zu verstauen, während die kleine Amina friedlich in eine Decke eingehüllt auf einer Parkbank schlief. Als Helmut und Rosina versuchten, das Tandem samt Gepäck in Bewegung zu setzen, ging das Vorderrad vorne hoch.

»Ich hab's doch gesagt, das ist viel zu schwer«, schimpfte Franz, der die untauglichen Fahrversuche von Mutter und Bruder fassungslos mit ansehen musste.

»So ein verdammter Mist«, fluchte Rosina vor sich hin. »Wir müssen ein paar Sachen hier zurücklassen.«

Schweren Herzens machte sich Rosina daran, das gesamte Gepäck nach Dingen zu durchsuchen, die für die Reise nach Arabien verzichtbar waren. Da eigentlich so gut wie nichts verzichtbar war, fiel ihr die Wahl sehr schwer. Und so blieben von zehn Gepäckstücken deren drei zurück am Flughafen in Hannover. Und die abenteuerliche Reise zurück in den Orient konnte endlich beginnen.

Helmut erzählt

Schon in Berlin hatten wir unsere Mutter bedrängt, sie müsse unbedingt aufs Fahrrad, weil sie so lange aus der Übung war. »Nein, ich kann das«, hatte sie immer behauptet. Na gut, dachten wir, dann wird das wohl so sein. Aber die Wahrheit kam ans Tageslicht, als wir auf dem Flughafen in Hannover landeten und dort unsere Fahrräder und das Gepäck übernahmen. Das Zittergeld von zweihundert Mark pro Person war unser Startkapital für die Rückkehr in den Orient. Die kurze Flugreise hatte uns Gott sei Dank nicht so viel gekostet, wie wir befürchtet hatten. Am Flughafen versuchten wir zunächst, die riesigen Gepäckballen auf die beiden Fahrräder zu laden. Das ging erst einmal gründlich schief.

Geplant war, dass meine Mutter mit mir auf dem Tandem fährt und Franz mit der kleinen Amina im Kindersitz auf dem anderen Fahrrad. Tatsächlich fuhren wir auch ein paar Meter weit, bis meine Mutter entnervt abstieg und sagte: »So funktioniert das nicht. Das ist alles viel zu schwer.« Anschließend wurde die erste Ausmist-Aktion gestartet, bei der überwiegend Sachen von Franz und mir aussortiert wurden, an denen unser Herz hing. Immerhin schafften wir danach tatsächlich die ersten fünf bis sechs Kilometer Richtung Orient. Das Problem war: Meine Mutter hatte behauptet, sie könne Fahrrad fahren. Sie konnte es nicht. Sie hatte auch gemeint, sie habe einen Plan für die Reise. Sie hatte ihn nicht. Und sie hatte uns erklärt, sie wisse, wo wir schlafen würden. Sie wusste es nicht.

Auf einem Campingplatz verbrachten wir die erste Nacht. Helmut und ich bauten das Zelt auf, das die Amis uns geschenkt hatten, und schliefen darin. Wir waren ja schließlich harte Burschen. Meine Mutter konnte sich mit dem Gedanken, im Zelt zu schlafen, trotz vorheriger Beteuerungen nicht anfreunden. Sie fand für sich und Amina ein Quartier im nahe gelegenen Dorf. Sie war vollkommen fertig von der kurzen Strecke, weil sie seit Jahrzehnten nicht mehr auf einem Rad gesessen und überhaupt keine Kondition hatte.

Um uns ein wenig zu sortieren, blieben wir einige Nächte auf dem Campingplatz, wo wir unser Gepäck noch einmal erheblich verkleinerten. Danach ging es einigermaßen mit dem Radfahren und wir kamen täglich ein paar Kilometer voran. Meine Mutter hatte schnell festgestellt, dass das Übernachten im Zelt keine Option für sie war. Deshalb suchte sie unterwegs immer nach einer billigen Pension oder einem kleinen Hotel, wo wir unterkommen konnten. Um Essen und Unterkunft zu finanzieren, klopfte sie in jedem Ort, durch den wir kamen, im Pfarrhaus an und erzählte den Pastören, dass sie mit ihren drei Kindern eine Pilgerfahrt nach Jerusalem unternehme. Man sei mit dem Rad unterwegs und benötige etwas zu essen. Und in den meisten Fällen ergatterte sie tatsächlich ein paar Mark, die dazu reichten, dass wir uns eine Gulaschsuppe in irgendeinem Landgasthaus bestellen und auch ein Zimmer für die Nacht bezahlen konnten.

Es kam gelegentlich vor, dass wir auf Bauernhöfen nachfragten, ob wir in der Scheune schlafen durften. Meistens musste ich diese ungeliebte Aufgabe übernehmen, was ich nur sehr ungern tat. Ich empfand die permanente Schnorrerei als sehr demütigend, obwohl die Leute, die wir auf der kurzen Strecke zwischen Hannover und Hildesheim kennenlernten, durch die Bank sehr freundlich waren. Häufig boten sie uns ungefragt etwas zu essen und zu trinken an. Vielleicht lag es ja auch daran, dass wir Amina dabeihatten, die mit ihren drei Jahren sehr niedlich aussah. Ein kleiner Sonnenschein, dessen Anblick die Herzen der Menschen zu erwärmen schien.

Erstaunlich war, dass meine Mutter es schaffte, dass wir trotz der schwierigen Umstände unserer Reise mit dem Fahrrad nicht einmal besonders abgerissen aussahen. Obwohl wir bestimmt drei Wochen unterwegs waren, schafften wir lediglich eine Strecke von knapp vierzig Kilometern, was vielleicht auch daran lag, dass wir überhaupt keine Karte dabeihatten und meine Mutter nicht die blasseste Ahnung von Navigation hatte.

Warum sie überhaupt beschlossen hatte, wieder in Richtung Orient zu reisen, war für uns Kinder völlig unverständlich. Und mit jedem Kilometer, den wir uns auf den Rädern über Landstraßen und Feldwege quälten, mit jedem Regenschauer, der uns bis auf die Knochen durchnässte, wurde unser Unverständnis größer. Warum waren wir nicht in Leipzig geblieben, wo wir eine wunderbare Wohnung und genug zu essen hatten, obwohl unsere Mutter nicht einmal gearbeitet hatte? Auch in Wien hätte sie sicherlich mit ein wenig mehr Geduld eine Wohnung und eine Anstellung gefunden. Erst hatte sie auf den kapitalistischen Westen geflucht, der zunehmend degeneriere. Ein paar Monate später konnte sie den sozialistischen Osten nicht mehr ertragen, weil es dort ihrer Meinung nach keine Freiheit gab und man nicht verreisen konnte, wohin man wollte.

Dass es sie zurück in Richtung Gaza und Kairo zog, muss wohl daran gelegen haben, dass sie dort die glücklichste Zeit ihres Lebens verbracht hatte. Sie hatte zwei Krankenhäuser erfolgreich geleitet und mit Abbas Ben Harun den Mann getroffen, mit dem sie hätte alt werden können. Dabei blendete sie offenbar völlig aus, dass sowohl Palästina als auch Ägypten im Vergleich zu europäischen Ländern wie Österreich oder Deutschland rückständig waren und dass Frauen in der orientalischen Gesellschaft nicht viel zu melden hatten und weit davon entfernt waren, selbstbestimmt und gleichberechtigt zu leben.

Planänderung

»Jungs, hört mal, ich kann nicht mehr«, stöhnte Rosina angesichts des steilen Anstiegs, der vor ihnen lag.

Ihr taten die Beine weh, und ihr Bauch rumorte bereits vor Hunger. Franz, der mit Amina schon ein Stück vorausgefahren war, wendete sein Rad und ließ es zurück zu der Stelle bergab rollen, wo seine Mutter sich erschöpft ins Gras hatte fallen lassen.

»Wir müssen aber schauen, dass wir weiterkommen, Mama. Bis zum nächsten Dorf sind es noch drei Kilometer«, sagte Franz. »Wenn wir so oft anhalten und so langsam fahren, kommen wir nie im Orient an.«

Rosina rieb sich ihre schmerzenden Unterschenkel und machte ein ratloses Gesicht.

»Ich weiß ja auch nicht, was wir tun sollen. Ich weiß nur, dass ich heute diesen Berg nicht mehr hinaufkomme.«

»Ah, geh, Mama, wir können ja ein Stückerl schieben. Hinter der Kuppe geht es doch schon wieder bergab.«

»Ich bin auch ziemlich kaputt«, schaltete sich Helmut ein. »Vielleicht ist es am besten, wenn ich die Leute im Haus dort drüben mal frage, ob wir bei ihnen übernachten können.«

»Das ist eine gute Idee, Helmut.«

Der Junge lehnte das Tandem an einen Weidezaun und machte sich auf den Weg zu dem alleinstehenden Haus, das von einem üppig blühenden Garten umgeben war. Er klopfte an die Haustür, die von einem Mann in den Fünfzigern geöffnet wurde.

»Schönen guten Tag. Entschuldigen Sie bitte die Störung. Meine Mutter, ich und meine zwei Geschwister sind mit dem Fahrrad auf dem Weg nach Arabien. Wir haben Angst, dass wir vor dem Dunkelwerden nichts mehr finden, wo wir schlafen können. Könnten wir vielleicht bei Ihnen übernachten?«, fragte Helmut den Mann rundheraus.

»Na, komm erst einmal herein, junger Freund. Du siehst aus, als ob du dringend was zu trinken brauchst.«

Bei einem kühlen Glas Apfelsaft, das Helmut gierig hinunterstürzte, erzählte er die bereits mehrfach abgespulte Geschichte von der Pilgerfahrt nach Jerusalem.

»Das hört sich ja richtig abenteuerlich an«, schmunzelte der Mann, der sich Helmut als Gregor Weiser vorstellte.

Eine halbe Stunde später saßen Rosina und ihre Kinder am Küchentisch und schlugen sich den Bauch voll mit Apfelpfannkuchen, den Gregors Frau Henriette für die unerwarteten Gäste gebacken hatte.

»Und ihr wollt wirklich mit dem Rad bis ganz nach drunten?«, fragte Henriette ungläubig. »Von wo aus seid ihr denn gestartet?«

»Von Hannover. Wir sind vor etwa drei Wochen mit dem Flugzeug aus Berlin gekommen.«

»Dann seid ihr allerdings noch nicht besonders weit geraten, wenn ich das einmal sagen darf«, bemerkte Gregor. »Ich würde sagen, ihr bleibt erst einmal hier bei uns und ruht euch aus. Ihr seht ja alle ein wenig mitgenommen aus.«

»Das wäre furchtbar nett von Ihnen, Herr Weiser«, bedankte sich Rosina mit einem schwachen Lächeln. »Die Pfannkuchen sind übrigens ganz phantastisch.«

Als Rosina ein paar Stunden später im Bett des Gästezimmers lag, das die Weisers für sie und ihre Kinder hergerichtet hatten, bemächtigte sich ihrer eine tiefe Verzweiflung. Sie waren offenbar im Kreis gefahren. Anders war nicht zu erklären, dass sie gerade mal vierzig Kilometer geschafft hatten. Sie mochte sich nicht vorstellen, wie lang die Strecke war, die noch vor ihnen lag bis … oder wo auch immer im Orient es sie hin verschlagen würde. Sicher war nur, dass sie mit dem Rad etliche Monate benötigen würden, um dorthin zu gelangen. Konnte sie das ihren Kindern antun? Ewig unterwegs zu sein mit so gut wie nichts in der Tasche? Rosina beschloss, am nächsten Tag mit den Weisers über ihr Problem zu sprechen. Das Ehepaar machte einen sehr netten Eindruck. Mit wachsendem Erstaunen hatten die beiden der wechselvollen Lebensgeschichte Rosinas und ihrer Kinder bei einem gemeinsamen Glas Rotwein auf der Terrasse gelauscht.

»Dass jemand freiwillig in die DDR übersiedelt, habe ich bisher noch nie gehörte«, amüsierte sich Gregor Weiser. »Normalerweise haben sich die Leute dort vom Acker gemacht, solange die Mauer noch nicht dicht war.«

»Tja, ich dachte, dort würde ich es mit meinen Kindern gut antreffen. Was ja auch nicht ganz falsch war. Wir haben immerhin eine große Wohnung und Möbel bekommen. Aber diese ständige Bespitzelung und vor allem die leeren Regale in den Geschäften: Das hat mit der Zeit doch ziemlich genervt«, erzählte Rosina. Der Wein und die Anstrengungen des Tages hatten ihre Wangen rot gefärbt.

Am nächsten Morgen luden Gregor und Henriette Rosina und ihre Kinder zum Frühstück ein. Der Tisch war reichlich gedeckt mit leckerem Brot, Butter, Marmelade, Wurst, Eiern und Käse, was Franz und Helmut dazu nutzten, sich den Bauch so vollzuschlagen, dass ihnen hinterher schlecht war. Unterwegs hatte es morgens nur selten etwas zu essen gegeben.

»Hört mal. Ich will euch ja keine klugen Ratschläge erteilen«, sprach Gregor Rosina an, nachdem das Frühstücksgeschirr abgeräumt war. »Aber ich denke, dass ihr es kaum schaffen werdet, mit dem Rad bis in die Türkei und weiter zu kommen.«

»Was sollen wir denn Ihrer Meinung nach machen?«, fragte Rosina.

»Also, wenn ich an eurer Stelle wäre, würde ich versuchen, per Autostopp zu fahren.«

»Mit drei Kindern? Wer nimmt uns denn da mit?«

»Vielleicht Fernfahrer? Die haben ziemlich viel Platz in ihren Brummis.«

»Mmh. Ich weiß nicht. Als junge Frau bin ich mal per Anhalter nach Italien gefahren. Das hat tatsächlich ganz gut funktioniert.«

»Ich würde sagen, ihr bleibt noch ein paar Tage bei uns und sammelt neue Kräfte. Und dann versucht ihr es mal auf diese Weise«, schlug Gregor vor.

»Das ist sehr großzügig von Ihnen, Herr Weiser. Vielleicht haben Sie recht. Per Autostopp könnten wir schneller vorankommen. Aber was machen wir mit unseren Rädern?«

»Wir können euch die Räder abkaufen. Dann hättet ihr noch ein bisschen was für die Reisekasse.«

»Das würden Sie tun? Ich kann's ja kaum glauben. Sie hat uns der Himmel geschickt«, stammelte Rosina.

»Nana, lassen wir die Kirche mal im Dorf. Als Christenmensch hilft man doch gerne. Für die Kinder ist es auf jeden Fall besser, wenn ihr schneller ans Ziel kommt, oder?«

»Ja, sicher. Die haben unterwegs schon ganz schön herumgemault.«

Wieder einmal ein richtiges Dach über dem Kopf zu haben und in einem bequemen Bett schlafen zu können, das kam Franz und Helmut geradezu paradiesisch vor. Am Anfang war es ja noch richtig abenteuerlich gewesen, im Zelt zu übernachten und Obst in fremden Gärten zu stehlen. Doch mit der Zeit hatten sich beide immer mehr nach einem richtigen Zuhause gesehnt und vor allem nach regelmäßigem Essen. Von Henriette Weiser, deren Töchter schon erwachsen waren und anderswo lebten, wurden sie nach Strich und Faden verwöhnt. Bei jeder Mahlzeit aßen die Buben so viel, als müssten sie sich für zwei Wochen auf Vorrat vollstopfen. Mit Begeisterung erkundeten sie mit dem Tandem die Umgebung von Hildesheim, während sich Rosina mit Amina beschäftigte und Henriette im Haushalt zur Hand ging.

»Ich weiß nicht, wie ich Ihnen für all das, was Sie für uns getan haben, danken soll«, sagte Rosina, als die Weisers sich ein paar Tage später an der Haustür von ihnen verabschiedeten. Sie umarmte ihre Wohltäter auf das Herzlichste.

»Ich bringe euch mit dem Auto noch zur Hauptstraße. Dann müsst ihr euer Gepäck nicht so weit schleppen«, bot Gregor Weiser an.

Zurück auf der Straße

»Wo soll's denn hingehen, meine Dame?« Der Mann im schwarzen Opel Kapitän beugte sich mit einer Zigarre im Mund aus dem Fenster und blies lässig eine Rauchwolke aus.

»In den Süden. Möglichst weit in den Süden«, antwortete Rosina und setzte ihr verführerischstes Lächeln auf, obwohl der Kerl ungewöhnlich fett war und einen unsympathischen Eindruck machte.

Etwa eine Viertelstunde nachdem Rosina und ihre drei Kinder sich mit ihren Gepäckstücken an der Bundesstraße bei Hildesheim aufgestellt hatten, hielt der erste Lkw an. Allerdings verzichtete Rosina darauf einzusteigen, weil der Fahrer sie schon gleich mit einer anzüglichen Bemerkung begrüßt hatte. Ein paar Minuten später tauchte der Opel Kapitän auf.

»Ich kann euch bis Kassel mitnehmen«, bot der dicke Mann an und stemmte sich unter lautem Stöhnen aus dem Wagen, um den Kofferraum zu öffnen. »Ihr habt aber ganz schön viel Gepäck dabei«, wunderte er sich.

Unterwegs erzählte er Rosina, dass er Vertreter für Metzgereibedarf sei und in Kassel einen Termin mit einem Kunden habe.

»Und ihr wollt in den Orient?«, lachte er schallend.

»Was ist daran so lustig?«, wollte Rosina wissen.

»Wartet da jemand auf euch?«

»Nein, da wartet keiner auf uns. Wir haben dort aber schon ein paar Jahre gelebt. Weil es uns gut gefallen hat, wollen wir wieder zurück.«

»Wo genau ist denn dort?«, wollte der Dicke wissen.

»Nach Kairo vielleicht oder nach Gaza. Ich weiß es noch nicht. Einige Kinder meines verstorbenen Mannes leben in Arabien. Sie werden mir helfen. Hoffe ich jedenfalls.«

»Aha. Das ist ja interessant. Aber mit denen kann ich leider keine Geschäfte machen, weil die Kameltreiber kein Schweinefleisch essen.« Der Dicke schüttelte sich vor Lachen.

»Das ging jetzt aber schneller als mit dem Fahrrad«, stellte Franz zufrieden fest, nachdem der Vertreter sie am Kasseler Bahnhof aus dem Wagen gelassen hatte. Zum Abschied hatte er ihnen einen ganzen Schwarzwälder Schinken samt Bauernbrot geschenkt.

»Damit ihr mir unterwegs nicht verhungert«, hatte er mit einem Augenzwinkern hinzugefügt, bevor er Gas gab und seine Fahrt fortsetzte. Auf einer Parkbank ein paar Hundert Meter weiter schnitt Rosina Schinken und Brot für ihre Kinder auf, die sich gierig darauf stürzten.

»Vielleicht schaffen wir heute noch eine kleine Etappe. Wir haben ja erst zwei Uhr.«

»Können wir nicht erst mal hierbleiben, Mama? Mir ist im Auto so schlecht gewesen, ich hätte mich beinah übergeben«, maulte Helmut, der mit vollen Backen an seinem Schinkenbrot kaute.

»Wir machen es so: Wenn in der ersten halben Stunde keiner anhält, bleiben wir hier«, schlug Rosina vor.

Das Glück war dem ungewöhnlichen Quartett, das sich an der Kasseler Ausfallstraße mit seinen Koffern und Rucksäcken niedergelassen hatte, gewogen. Ein Lkw-Fahrer nahm sie mit, obwohl es mit fünf Personen im Führerhaus ausgesprochen eng wurde. Der junge Mann, etwa um die dreißig, unterhielt sich während der Fahrt angeregt mit Rosina.

»Mein lieber Herr Gesangsverein. Das nenn ich mal mutig: mit drei Blagen per Autostopp in den Orient«, bemerkte er, nachdem Rosina ihm von ihren Plänen erzählt hatte. »Meine Mutter ist vielleicht ein paar Jahre älter als sie. Wenn die zwanzig Kilometer mit dem Zug in die nächste Stadt fahren muss, kriegt sie schon Zustände.«

»Was soll uns groß passieren? Bisher waren die Leute, die wir getroffen haben, alle sehr nett und haben uns geholfen. So wie Sie, nicht wahr?«

»Ach, nicht der Rede wert. Macht doch Spaß, sich mit einer so hübschen Frau wie Ihnen zu unterhalten. Da geht die Zeit einfach viel schneller vorbei, und zack, schon sind wir am Ziel und ich hab Feierabend.«

Gegen Abend rollte der Lastwagen schließlich in Schweinfurt ein.

»Kennen Sie hier zufällig ein Hotel oder eine Pension, wo wir übernachten können?«, fragte Rosina den freundlichen Lkw-Fahrer.

»Ja, gleich um die Ecke unserer Spedition gibt es eine Pension. Die gehört der Tante von meinem Chef. Da kann ich euch rauslassen.«

Die Pension hatte erfreulicherweise noch Zimmer frei. Rosina ließ sich müde auf das frisch bezogene Bett sinken, nachdem sie mit den Buben das Gepäck in den ersten Stock des früher einmal hochherrschaftlichen Hauses geschleppt hatte. Morgen würde sie erst einmal alle Pfarrhäuser in Schweinfurt abklappern, um die Reisekasse wieder etwas aufzufüllen. Früher hätte sich Rosina dafür zu Tode geschämt. Früher, als sie noch Madam Rose war und sich Hausangestellte leisten konnte, als Geld keine Rolle spielte. Ihr kam es vor, als wäre dies alles in einem anderen Leben gewesen.

Und ich werde nicht einfach aufgeben. Kommt gar nicht in Frage, dachte Rosina, kurz bevor ihr die Augen zufielen und sie in einen tiefen, traumlosen Schlaf versank.

Zwei Tage später passierten Rosina und ihre drei Kinder im Mercedes eines älteren Herrn aus Nürnberg, der sich ihnen als Richter im Ruhestand vorgestellt hatte, bei Braunau die Grenze zu Österreich.

»Sie wissen ja sicher, dass Sie für Jugoslawien Visa brauchen«, sagte der Mann, als er sie an einer Raststätte absetzte.

»Vielen Dank. Gut, dass Sie mich darauf hingewiesen haben. Da hätte ich jetzt überhaupt nicht mehr dran gedacht«, antwortete Rosina. »Wo kriege ich denn die Visa her?«

»Ich bin mir nicht ganz sicher, aber ich denke mal, in Salzburg müsste es irgendwo eine zuständige Behörde geben, wo man Sie beantragen kann.«

»Dauert das lange? Ich meine, Monate?«

»Nein, das sind nur Visa, die für die Durchfahrt gelten. Die bekommt man in ein, zwei Tagen.«

»Da fällt mir ein Stein vom Herzen. Wir haben einmal in Rom ein halbes Jahr auf Visa für Kanada gewartet.«

»Na, dann viel Glück und gute Reise.«

Franz erzählt

Ehrlich gesagt hätte ich nie gedacht, dass wir per Autostopp mit vier Personen so schnell vorankommen würden auf unserem Weg in den Orient. In sechs Tagen waren wir in mehreren Etappen von Hildesheim bis Salzburg gefahren. Dort blieben wir etwas länger, weil sich unsere Mutter um die Visa für Jugoslawien kümmern musste. Mal nahm uns ein Autofahrer mit, mal ein Lkw-Fahrer. Wir mussten selten lange warten, obwohl wir sicherlich einen seltsamen Anblick boten mit unserem ganzen Gepäck, das immer noch einen beachtlichen Umfang hatte, obwohl wir es ständig verkleinert hatten.

Wenn wir in einem Auto unterwegs waren, hatten wir oft das Problem, dass meinem Bruder schlecht wurde. Manchmal so arg, dass der Fahrer nicht rechtzeitig anhalten konnte, um zu verhindern, dass ihm Helmut ins Auto kotzte. Danach war die Fahrt für uns meist ziemlich abrupt zu Ende, und wir standen mit unserem Zeug irgendwo mitten in der Pampa. Die steilen Serpentinen hinauf zum Loiblpass über das Karawanken-Gebirge waren allerdings auch für die übrigen Insassen des Wagens eine Herausforderung. Für Helmut waren sie die Hölle.

Selbst in Jugoslawien ging es für uns ziemlich zügig vorwärts. An manchen Tagen schafften wir nur fünfzig Kilometer, an anderen auch schon mal zweihundert. Über Villach und Ljubljana landeten wir schließlich in Zagreb, wo ich plötzlich hohes Fieber und schlimme Gliederschmerzen bekam. Meine Mutter musste sogar einen Arzt holen, weil es mir so schlecht ging, dass sie fürchtete, ich würde ihr wegsterben. Der Doktor sorgte dafür, dass ich nach ein paar Tagen wieder auf den Beinen war. Weil er sich denken konnte, dass unsere finanziellen Mittel sehr bescheiden waren, verzichtete er auf ein Honorar. Die Medikamente, die ich einnehmen musste, schenkte er uns sogar. Dummerweise konnten wir im kommunistischen Jugoslawien keine katholischen Pfarrer mehr anschnorren, sodass unsere Reisekasse von Tag zu Tag leerer wurde.

Bis zur griechischen Grenze müssen wir es möglichst schnell schaffen, gab meine Mutter die Richtung vor, als wir uns in einem Rasthof in der Nähe von Skopje in Mazedonien einen Cevapcici mit Reis schmecken ließen. Sie meinte, sie müsse sich dort irgendeine Arbeit suchen, sonst hätten wir kein Geld mehr für die Weiterreise.

Ein bulliger Fernfahrer, der am Nebentisch eine gewaltige Portion Bratkartoffeln mit Kotelett in sich hineinschaufelte, hatte unser Gespräch mit angehört und bot meiner Mutter spontan an, uns zu helfen. Er könne allerdings nur zwei Leute mitnehmen. Mehr sei nicht möglich, weil er sonst Ärger mit seinem Chef oder der Polizei bekäme. Nachdem wir ein paar Minuten lang beratschlagt hatten, fasste meine Mutter den Entschluss, das Angebot des Fernfahrers anzunehmen. Sie würde mit Amina vorfahren und an der griechischen Grenze auf uns warten. »Ihr kommt's halt mit dem nächsten Auto, das anhält, nach«, erklärte sie uns lapidar. Und schon war sie mit unserer kleinen Schwester auf und davon.

Helmut und ich blieben mit unserem Gepäck ziemlich bedröppelt am Rastplatz zurück. Mit meinen fünfzehn Jahren war ich eigentlich nicht besonders ängstlich. Wenn man aber plötzlich mitten in einem fremden Land steht, mit einem elfjährigen Bruder an der Backe und noch dazu ohne Geld in der Tasche, kann es schon vorkommen, dass einem ein wenig mulmig wird. Zum Glück blieb uns nicht viel Zeit, darüber nachzudenken, ob meine Mutter uns so einfach hätte zurücklassen dürfen. Nachdem wir etwa eine Stunde an der Straße gestanden und gewunken hatten, hielt schließlich ein Autofahrer mit österreichischem Kennzeichen an. Er wollte natürlich unterwegs wissen, was so zwei junge Burschen wie wir allein in Jugoslawien machten. Als wir ihm erzählten, dass unsere Mutter mit unserer Schwester vorausgefahren sei und wir uns an der griechischen Grenze wieder treffen wollten, starrte uns der Mann fassungslos an. »Die hat euch einfach so allein gelassen? Ah geh, Schmarrn!« Der Österreicher, ein gut aussehender Kerl mit dunklen Haaren und markantem Schnauzer, wollte uns partout nicht glauben.

Um ihn zu überzeugen, erzählte ich ihm von unseren Aufenthalten in Kairo und Gaza, von der missglückten Auswanderung nach Kanada und der anschließenden Odyssee durch halb Europa.

»Hat's eure Mutter einen Vogel? Wie kann man so etwas seinen Kindern antun?« Der Österreicher kriegte sich gar nicht mehr ein und schimpfte wie ein Rohrspatz, während wir stumm dasaßen und nur mit den Schultern zucken konnten. Als wir uns der griechischen Grenze näherten, wollte der Mann von uns wissen, an welchem Übergang wir unsere Mutter treffen wollten. Na ja, sagte ich ihm, am Grenzübergang halt. Davon gibt es allein hier in der Gegend ein halbes Dutzend, meinte er.

An der Grenze angekommen, war von Mama und Amina natürlich weit und breit nichts zu sehen. Der Österreicher lud unsere Sachen aus und wünschte uns viel Glück. Er könne leider nicht bei der Suche helfen, weil er einen wichtigen Termin in Athen habe, sagte er und brauste mit Vollgas davon. Da standen wir nun mit langen Gesichtern und wussten erst einmal nicht mehr weiter. Mit den Zöllnern, die uns argwöhnisch beäugten, konnten wir nicht reden, weil wir kein Griechisch und sie kein Englisch verstanden. In unserer Verzweiflung stellten wir uns am Grenzübergang auf und hielten Ausschau nach Fahrzeugen mit Kennzeichen aus Deutschland, Österreich oder der Schweiz. Wir hatten schon reichlich weiche Knie, weil wir seit Stunden nichts mehr gegessen hatten.

Schließlich näherte sich ein nagelneuer VW-Bulli mit Schweizer Nummer der Grenze, hinter dessen Steuer ein junger Kerl mit Wallehaar, Vollbart und blankem Oberkörper hockte, neben sich eine wunderschöne Frau in einem Batikkleid, die ihre nackten Füße lässig auf dem Armaturenbrett abstützte. Ich schilderte dem sympathischen Pärchen auf dem kleinen Parkplatz neben dem Zollgebäude ausführlich unser Problem und fragte die beiden, ob sie uns etwas zu essen geben könnten. Die Frau, sie hieß Friederike, machte gleich zwei Wurstbrote für jeden, während Beat, ihr Typ, uns nachdenklich musterte. Dann werde ich wohl mit euch die Grenzübergänge in der Nähe abklappern. Irgendwo muss die Mama ja sein, seufzte er und kratzte sich am Bart. Und so kurvten wir etwa zwei Stunden durch die Gegend: Beat am Steuer, Friederike mit der Straßenkarte auf dem Schoß und wir verängstigt eingepfercht auf der Rückbank zwischen Kochtöpfen, Zeltplanen und allem möglichen Plunder.

Ich betete zum lieben Gott, lass den Helmut bitte, bitte nicht ins Auto speiben, sonst sind wir endgültig verratzt. Er hockte stumm neben mir und wurde von Minute zu Minute bleicher, weil Beat sich immer mal wieder verfuhr und auf unbefestigten Wegen landete, die statt zur Grenze ins Nirgendwo führten. Anscheinend war Friederike im Kartenlesen nicht die ganz große Nummer. Als wir endlich einen der zahlreichen anderen Grenzübergänge zwischen Jugoslawien und Griechenland erreichten, war es fast schon dunkel. Dennoch konnte ich schon von Weitem das weiße Kleid meiner Mutter erkennen, das sie an diesem Tag trug. Sie stand mit Amina an der Hand direkt an der Zollschranke und schien sich angeregt mit einem der Zollbeamten zu unterhalten.

»Da vorne«, schrie ich begeistert, »da sind sie!« Vor lauter Erleichterung schossen mir die Tränen in die Augen. Auch Helmut, der bis dahin lethargisch vor sich hin gedöst hatte, war mit einem Schlag hellwach. Sobald der Bulli zum Stillstand gekommen war, sprangen wir aus dem Wagen und liefen meiner Mutter in die Arme.

»Mensch, Burli, da seid's ja endlich«, empfing sie mich mit vorwurfsvollem Blick. »Wo bleibt's denn, Kuki?«

Beat beobachtete die freudige Wiedervereinigung zunächst aus der Entfernung, ehe er auf meine Mutter zuging und sie um eine kurze Unterredung unter vier Augen bat. Was die beiden besprachen, konnten wir zwar nicht genau verstehen. Aber klar war, dass Beat meine Mutter ordentlich zur Schnecke machte ob der Verantwortungslosigkeit, die sie ihren Kindern gegenüber an den Tag gelegt hatte. Als sie fertig waren, kehrte Mama mit hochrotem Kopf zu uns zurück. Sie wies Helmut und mich an, uns bei den Schweizern höflich zu bedanken. Friederike und Beat umarmten uns herzlich, ehe sie freundlich winkend ins Landesinnere aufbrachen.

Ich hätte natürlich nicht übel Lust gehabt, meiner Mutter auch ein paar Takte zum Thema Grenzübergang zu sagen.

Doch dazu blieb keine Zeit. Wir mussten uns schließlich ein Quartier suchen, was angesichts der anbrechenden Nacht schwierig erschien. Ich hatte mich schon damit abgefunden, irgendwo auf einer Wiese unter freiem Himmel pennen zu müssen. Aber meine Mutter hatte die Zeit des Wartens offenbar genutzt, um mit einem der Zöllner ins Gespräch zu kommen. Der war wohl offensichtlich scharf auf sie. Denn er tätschelte fortwährend an ihr herum, während Helmut und ich danebenstanden und verschämt in eine andere Richtung schauten.

Eine halbe Stunde später saßen wir alle vier im klapprigen alten Renault des Zöllners, der mit uns zu einem kleinen Dorf unweit der Grenze fuhr, wo er vor einem ziemlich heruntergekommenen Haus anhielt. »Wir übernachten heute bei Kostas«, verkündete meine Mutter freudestrahlend. Ihre Begeisterung ließ merklich nach, als der Zöllner von seiner resoluten Ehefrau in Empfang genommen wurde, die ihn mit einem Redeschwall überfiel, der uns nichts Gutes ahnen ließ. Nachdem der Zöllner sie barsch zurechtgewiesen hatte, verzog sie sich ins Haus und erschien wenig später mit Oliven, Brot und Wein auf der kleinen Terrasse des Hauses. Ihre trotzige Miene sprach Bände: Sie war mächtig eifersüchtig auf Mama, der Kostas nicht eine Sekunde von der Seite wich.

Uns Jungs konnte an diesem Abend nichts mehr erschüttern, dazu war die Aufregung viel zu groß gewesen. Helmut und Amina hatten sich gleich nach dem nächtlichen Imbiss in die Decken eingerollt, die Kostas uns in einem engen, muffigen Kabuff neben dem Hühnerstall auf dem Boden ausgebreitet hatte. Ich durfte ausnahmsweise noch ein Glas Weißwein mit Mama und ihrem neuen Verehrer trinken. Sie unterhielten sich angeregt in einem seltsamen Kauderwelsch aus Deutsch, Italienisch und Englisch, von dem ich nicht viel verstand, weil mir schon die Augen zufielen. Kostas' bärbeißige Ehefrau sah ich erst am nächsten Morgen wieder, als sie uns gebratene Eier und frisches Brot zum Frühstück auf den Tisch stellte. Ihre Laune war über Nacht nicht besser geworden, wie wir feststellen mussten.

Bevor Kostas zum Dienst am Grenzübergang aufbrach, steckte er Mama ein großes Stück Brot, eine Wurst und ein paar Äpfel zu – unter den bösen Blicken seiner Frau, die ihm am liebsten die Augen ausgekratzt hätte. An einer stark befahrenen Straße, die von der Grenze ins Landesinnere führte, setzte er uns schließlich samt Gepäck ab. Wir hatten Deutschland, Österreich und Jugoslawien schon hinter uns gelassen, und das in nicht einmal einem Monat. Ich wollte mir nicht vorstellen, wie lange wir mit dem Fahrrad für diese Strecke benötigt hätten. Aber Tatsache war: Wir näherten uns unaufhaltsam dem Orient …

Thessaloniki

»Boah, ist das schön hier«, staunte Helmut, der sich die Nase an der Scheibe der Beifahrertür platt drückte. »Da, Mama, da vorne, da ist das Meer«, jubelte er.

Sie hatten wieder einmal riesiges Glück gehabt, dass ein älterer Grieche in einem Kleintransporter Rosina und ihre Kinder nahe der Grenze aufgelesen und mitgenommen hatte. Er hatte zwar ein paar Mal anhalten müssen, um an irgendwelchen Baustellen Holz abzuladen. Aber am späten Nachmittag erreichte der Transporter den Stadtrand von Thessaloniki. In einem eher ländlich anmutenden Vorort ließ der Fahrer seine Mitreisenden aussteigen.

Rosina stand wie immer vor der schwierigen Frage: Wo verbringen wir heute die Nacht? Mehrfach fragte sie Passanten auf Englisch nach einem Hotel oder einer Pension. Doch die Leute lächelten sie nur freundlich an und zuckten mit den Schultern. Die Stimmung in der kleinen Reisegruppe war wieder einmal auf dem Tiefpunkt. Franz und Helmut schlurften mit ihrem Gepäck lustlos hinter ihrer Mutter her, die Amina auf dem Arm tragen musste, weil das Mädchen sich weigerte, auch nur einen Schritt weiterzugehen. Sie hatten seit dem Morgen nichts mehr gegessen, weshalb Rosina beschloss, unter einem mächtigen Olivenbaum am Straßenrand erst einmal eine Pause einzulegen und den Proviant zu vertilgen, den Kostas ihnen mitgegeben hatte.

»Können wir nicht mal ein paar Tage länger hier bleiben?«, maulte Helmut.

»Das würde ich ja gerne. Aber wenn wir in den Orient wollen, müssen wir weiterfahren. Wir haben ohnehin kaum noch Geld, Kinder«, antwortete Rosina.

»Vielleicht kannst du ja hier irgendwo arbeiten, Mama. Ich könnte ja auch versuchen, was zu finden«, schlug Franz vor. Er hatte sich der Länge nach im trockenen Gras ausgestreckt und war kurz davor einzunicken. In Kostas' Kabuff hatte er in der Nacht zuvor kaum ein Auge zugetan, weil die dünnen Decken als notdürftige Unterlage keinen ruhigen Schlaf zuließen.

Rosina war zwar ebenso erschöpft wie ihre Kinder, wollte sich ihre zunehmende Verzweiflung jedoch nicht anmerken lassen. Sie wies die Jungen an, auf Amina aufzupassen, derweil sie die Gegend erkunden und nach einem Quartier Ausschau halten wollte. Nach etwa einer Stunde tauchte sie mit einem älteren Mann auf, der eine Schubkarre vor sich her schob. Er lud das Gepäck auf und forderte Rosina auf, ihm zu folgen. Wenig später standen alle auf der Dachterrasse eines unverputzten zweistöckigen Hauses, von der aus man einen herrlichen Blick auf die Stadt und das Meer hatte.

»Wir können hier schlafen«, verkündete Rosina. »Und müssen noch nicht mal was bezahlen.«

»Wieso das?«, wollte Franz wissen.

»Keine Ahnung. Die beiden Männer da vorne sind offenbar Brüder, soweit ich das verstanden habe. Ich glaube, sogar Junggesellen. Also haben wir keine keifenden Weiber zu befürchten wie bei Kostas.«

»Aber immerhin hat uns die Frau heute Morgen noch Eier zum Frühstück gebraten«, wandte Helmut ein.

»Ja, das stimmt. Aber sie war alles andere als freundlich zu uns, oder?«

Dass die beiden Männer Brüder waren, konnte man unschwer erkennen. Sie hatten die gleiche markante, ein wenig platt gedrückte Nase; auch von der gedrungenen Statur her ähnelten sie sich stark. Sie mochten um die fünfzig sein und hatten beide grau meliertes, borstiges Haar. Einer der Brüder winkte den Jungen zu, das Gepäck zu tragen. Er führte sie in ein kleines Zimmer, in dem ein schmales Bett und eine winzige Kommode standen. Obwohl es erst acht Uhr am Abend war und die Hitze des Tages kaum nachgelassen hatte, verzogen sich Franz und Helmut, ohne sich vorher auszuziehen, ins Bett und waren bereits nach fünf Minuten eng aneinandergeschmiegt eingeschlafen. Auch Amina schlummerte auf dem Arm ihrer Mutter, die es sich auf einem ausrangierten Sofa mit einem selbstgebrannten Ouzo gemütlich gemacht hatte. Die beiden Brüder hatten ihre Stühle ganz nahe an das Sofa herangerückt und versuchten mit Händen und Füßen, sich mit Rosina zu verständigen. Der Anisschnaps, der ein starkes Brennen in ihrer Speiseröhre verursachte, ließ sie merklich ruhiger und entspannter werden. Die Brüder hatten einen großen Teller mit Oliven, Tomaten, Salami und eingelegten Fischen vor sie hingestellt und sorgten dafür, dass Rosinas Glas stets gut gefüllt war.

Je weiter der Abend fortschritt und je mehr Ouzo die Brüder hinunterkippten, desto näher rückten sie an ihren Gast heran. Als sich einer der Männer zu ihr aufs Sofa setzte und einen Arm lässig um ihre Schultern legte, begann Rosina sich zunehmend unwohl zu fühlen. Sie versuchte zunächst, die Hand, die sie zärtlich im Nacken streichelte, zu ignorieren.

Gleichzeitig spürte sie eine weitere Hand auf ihrem linken Oberschenkel. Die Brüder wollten ihr offenbar beide an die Wäsche gehen – sozusagen als kleine Belohnung dafür, dass Rosina und die Kinder in ihrem Haus schlafen durften.

Vergeblich versuchte Rosina, die Brüder davon abzuhalten, ihr an die Brüste oder zwischen die Beine zu fassen. Bis sie schließlich einen gellenden Schrei ausstieß, der die Männer zurückzucken ließ. Sie packte Amina, die von dem Lärm aufgewacht war und zu weinen anfing, und stürmte unter dem wilden Geschimpfe der Brüder ins Haus, um die Buben zu wecken.

»Was ist los, Mama, wer hat da eben so geschrien?«, murmelte Franz. »Ist denn schon morgen?«

»Tut mir leid, Burli, aber wir können nicht hier bleiben. Packt alles zusammen. Wir müssen ganz schnell weg.«

Noch völlig schlaftrunken sammelten Franz und Helmut ihre Sachen ein, zogen sich notdürftig an und folgten ihrer Mutter die Treppe hinunter und hinaus ins Freie.

Als sie einen halben Kilometer zwischen sich und das Haus der Brüder gelegt hatten, blieb Rosina stehen. Ihre Lungen brannten, weil sie die meiste Zeit gelaufen war und dabei noch Amina auf den Schultern tragen und einen Rucksack schleppen musste.

»Warum sind wir abgehauen, Mama?«, fragte Helmut, der seine Schuhe in der Eile verkehrt herum angezogen hatte.

»Weil die Männer was von mir wollten.«

»Was wollten sie denn von dir?«, hakte der Junge nach.

»Ach nichts. Ist nicht so wichtig. Wir konnten jedenfalls nicht dort bleiben.«

»Und was machen wir jetzt?«, schaltete sich Franz ein, der wie immer, wenn er zu früh geweckt wurde, extrem schlechte Laune hatte.

»Da vorne scheint ein Friedhof zu sein. Vielleicht finden wir ja ein trockenes Plätzchen, wo wir bis morgen früh ein wenig schlafen können. Kalt ist es ja Gott sei Dank nicht.«

Als Amina das Wort Friedhof hörte, begann sie bitterlich zu weinen und war auch durch Rosinas tröstende Worte nicht zu beruhigen. Nachdem sie ein Stück weitergegangen waren und Amina im Arm von Franz, der sie wie ein Baby vor der Brust trug, eingeschlafen war, stießen sie auf ein Haus, das zur Hälfte noch im Rohbau war.

»Guck mal, Mama, da können wir doch prima übernachten«, freute sich Helmut.

»Klopf mal vorne an der Tür an. Ich glaube, da wohnen schon Leute. Lass uns lieber fragen, damit wir nicht wieder Ärger kriegen.«

Helmut, der auf der Reise von Hannover bis Thessaloniki schon oft von Rosina vorgeschickt worden war, lief um das Haus herum und klopfte kräftig an die blaue Eingangstür des im Dunkeln liegenden Hauses. Nach kurzer Zeit ging das Licht an, und eine ältere Frau erschien auf der Schwelle. Helmut deutete mit der Hand in Richtung Rohbau und versuchte der Frau gestenreich klarzumachen, dass sie dort vorübergehend unterzukommen hofften. Obwohl es mitten in der Nacht war, holte die Frau ihren Mann aus dem Bett. Als Helmut sie zu Rosina und den beiden anderen Kindern führte, die völlig erledigt auf ihrem Gepäck saßen, handelte das Ehepaar sofort. Innerhalb weniger Minuten hatten sie Matratzen und Decken in den Rohbau geschleppt und ein Nachtlager für die späten Gäste hergerichtet.

Die Sonne stand schon hoch am Himmel, als Rosina am nächsten Morgen aufwachte. Sie brauchte einige Sekunden, um zu realisieren, wo sie sich überhaupt befand. Ihre Kinder schliefen noch tief und fest. Sie rappelte sich auf, brachte ihr zerknittertes Kleid, so gut es ging, in Ordnung und zupfte sich die Haare zurecht, um sich nebenan für die Hilfe zu bedanken. Das freundliche Ehepaar fand sie bei der Arbeit im Gemüsegarten. Die Frau ließ gleich ihre Hacke fallen und forderte Rosina auf, am groben Holztisch auf der überdachten Veranda Platz zu nehmen. Kurze Zeit später tauchte sie wieder mit einem Tablett voll mit Brot, Tomaten, Gurken und kalten gebratenen Fleischstücken auf. Für Rosina gab es außerdem einen tiefschwarzen Mokka, für die Kinder, die einer nach dem anderen am Frühstückstisch auftauchten, frische Milch.

Gegen Mittag standen Rosina und ihre Kinder frisch gestärkt an der Hauptstraße des Vororts, in dem sie übernachtet hatten, und hofften darauf, dass sie jemand mit ins Stadtzentrum von Thessaloniki nahm. Nach einer halben Stunde hatte immer noch keiner angehalten. Bis sich ein Fuhrwerk näherte, das von einem mickrigen Esel gezogen wurde. Auf dem Kutschbock saß ein Mann, dessen graue Haare in alle Himmelsrichtungen standen und dessen mächtiger Bart ihm bis auf die Brust reichte. Auf seiner Karre lagerten Essensreste, die offenbar aus einem Restaurant oder einer Kantine stammten und einen merkwürdigen Geruch verströmten.

Der Mann lächelte Rosina freundlich zu und forderte sie per Hand auf, auf dem Kutschbock neben ihm Platz zu nehmen. Rosina war ja in ihrem Leben schon in einigen Fahrzeugen unterwegs gewesen, in Sportcabrios und schicken Limousinen, in verrosteten Rappelkisten, in Kleinbussen und Lastwagen. Mit einer Eselskarre hatte sie bisher noch nie vorliebnehmen müssen. Lieber Gott, wie tief bin ich gesunken, dachte sie. Doch ihre schon seit Tagen schmerzenden Füße rieten ihr, das Angebot des sympathischen Griechen mit den lustig funkelnden Augen anzunehmen. Der würde ihr garantiert nichts Böses tun, so viel Menschenkenntnis traute sich Rosina mittlerweile zu. Bei den zudringlichen Brüdern hatte sie schon von Anfang an kein gutes Gefühl gehabt.

Während der Esel langsam vor sich hin trabte und den Karren mit seinem Herrn, Rosina und Amina auf dem Bock zog, liefen Franz und Helmut nebenher. Das Gepäck hatten sie in einer noch freien Ecke neben den Essensabfällen deponiert. Das gemächliche Tempo des Esels konnten sie mithalten, ohne sich groß anstrengen zu müssen.

Nach etwa zwei Kilometern erreichten sie einen kleinen Bauernhof, der idyllisch inmitten eines Olivenhains lag. Der Grieche, der während der gesamten Fahrt kein Wort gesprochen hatte, lenkte den Karren in Richtung eines Geheges, in dem sich Hunderte von Hühnern tummelten. Er wies Franz und Helmut an, ihm dabei zu helfen, die Essensreste vom Karren abzuladen und im Gehege zu verteilen. Im Nu waren die Jungen von den wild pickenden Hühnern umlagert, die sich gegenseitig das Futter streitig zu machen versuchten. Amina verfolgte das Geschehen mit sichtlichem Vergnügen aus sicherer Entfernung.

»Ich glaube, du hast recht, Franz. Wir brauchen ein paar Tage Pause, ehe wir weiterreisen«, meinte Rosina, als sie am Abend im Garten des Bauernhofs saßen und frisch gepressten Zitronensaft tranken.

Wie Rosina im Laufe des Tages von Leuten erfuhr, die Eier und Gemüse kaufen wollten, hieß ihr Gastgeber Spiridon und war seit seiner Geburt taubstumm. Obwohl nur seine Schwester gelegentlich nach dem Rechten sah, war Spiridons Haus für einen allein lebenden Mann ungewöhnlich sauber und aufgeräumt. Spiridon hatte Rosina gleich nach der Ankunft zu verstehen gegeben, dass sie und ihre Familie willkommen seien. Um sich für seine Gastfreundschaft erkenntlich zu zeigen, hatte Rosina nach Durchsicht der gut gefüllten Speisekammer im Keller ein opulentes Essen gekocht: Gemüsesuppe, Kartoffeln, gebratene Hühner und frisches Obst aus dem Garten. Spiridon, der wie ein König mitten zwischen den Kindern thronte, strahlte übers ganze Gesicht, als Rosina das Essen auftrug. Die Buben hatten ihm den ganzen Nachmittag über geholfen, eine kleine Treppe seitlich des Hauses anzulegen. Sie waren wegen der für sie ungewohnten körperlichen Arbeit hungrig wie die Wölfe.

Spiridons Haus war zwar nicht besonders groß. Aber immerhin gab es zwei Zimmer, die Rosina und ihre Kinder beziehen konnten. Der Hausherr schien richtig glücklich über die ungewohnte Gesellschaft zu sein. Vor allem in die kleine Amina war er vollkommen vernarrt. Bei einer abendlichen Rundfahrt mit dem Eselskarren durfte Amina wieder bei Spiridon vorne auf dem Bock sitzen, Franz und Helmut machten es sich hinten auf ein paar staubigen Säcken bequem. Rosina nutzte die Zeit, die sie allein in Spiridons Haus verbrachte, ausgiebig zur Körperpflege, die in den zurückliegenden Wochen öfters zu kurz gekommen war. Außerdem rührte sie eine Wanne mit Seife an, um schmutzige Wäsche zu waschen, von der es in ihrem Gepäck eine Menge gab.

Als Spiridons Schwester zwei Tage später auf dem Hof vorbeischaute, beäugte sie die Fremden zunächst mit großem Misstrauen. Doch ihr Bruder machte ihr mittels Zeichensprache rasch klar, dass die Gäste nur auf der Durchreise seien. Eleni, so hieß die hagere Frau mit den pechschwarzen, streng nach hinten gekämmten Haaren, sprach ein wenig Englisch. Nach einer halben Stunde, die sie benötigte, um ihre Scheu gegenüber Rosina abzulegen, quasselte sie munter drauflos, erzählte von ihrem Bruder, den sie sehr liebte, und von ihrem

Mann, der im Jahr zuvor plötzlich verstorben war. Sie fragte Rosina, wohin die Reise gehen solle und wann sie wieder aufzubrechen gedenke.

»In a few days we will be back on the road«, erklärte Rosina Eleni, die sie nachmittags zu einem Glas Retsina eingeladen hatte. Die Griechin erzählte Rosina im Gegenzug, dass ihr Bruder es sehr genieße, sie und ihre Kinder auf dem Hof um sich zu haben, und dass sie gerne noch ein paar Tage seine Gastfreundschaft in Anspruch nehmen dürften.

»Du, Mama, hier bei Spiridon ist es echt toll. Können wir noch etwas bleiben? Bitte, bitte.« Helmut hatte sich selbstbewusst vor seiner Mutter aufgebaut, die Hände in die Hüften gestemmt. Rosina verzog angewidert das Gesicht, weil ihr Sohn stark nach Hühnermist stank, den er gemeinsam mit Spiridon verladen hatte.

»Wir schauen mal. Länger als zwei, drei Tage nicht mehr. Wir wollen doch irgendwann im Orient ankommen«, antwortete Rosina zur Enttäuschung von Helmut, der ein langes Gesicht machte und bedröppelt von dannen schlich.

»Ehrlich gesagt: Ich finde es öde hier. Spiridon ist zwar total nett. Aber am Meer würde es mir besser gefallen«, sagte Franz, der das Gespräch zwischen Mutter und Bruder mitbekommen hatte. »Der Strand ist nur ein paar Kilometer weg. Können wir morgen mal da hin?«

»Ich werde Spiridon fragen, ob er uns hinbringen kann. Einverstanden?«

»Mannomann, das wäre toll. Wir sind seit Gaza nicht mehr im Meer gewesen«, frohlockte Franz.

Helmut erzählt

Also, wenn's nach mir gegangen wäre, hätten wir noch ewig beim Spiridon bleiben können. Am Vormittag war ich meist mit ihm unterwegs, um die Essensreste einzusammeln, die er an seine Hühner verfütterte. Am Nachmittag half ich ihm, die Eier, die die Hühner gelegt hatten, der Größe nach zu sortieren. Ich hatte sehr schnell Freundschaft geschlossen mit Spiridons altersschwachem Hund und der Katzenfamilie, die sich auf dem Bauernhof tummelte. Am Abend durften Franz und ich gelegentlich auf dem Esel reiten, der uns geduldig durch die Gegend trug. Meine Mutter sorgte dafür, dass es gut und reichlich zu essen gab, obwohl sie eigentlich nicht gerne kochte, soweit ich mich erinnern kann.

Die Verständigung mit Spiridon war überhaupt kein Problem. Wir machten uns mit Gesten verständlich, auch wenn es hin und wieder mal ein Missverständnis gab. Er war einfach ein feiner Kerl, der uns Buben keinen Wunsch abschlagen konnte. Meiner Mutter sowieso nicht. Die schaute Spiridon stets mit bewundernden Augen an. Im Gegensatz zu den seltsamen Brüdern, vor denen wir geflüchtet waren, hätte es Spiridon nie gewagt, ihr zu nahe zu treten.

Mein Bruder fühlte sich auf dem Bauernhof im Gegensatz zu mir nicht besonders wohl. Er saß meistens irgendwo unter einem Baum und vertrödelte die Zeit. Zum Arbeiten hatte er überhaupt keine Lust. Ein paar Mal kutschierte uns Spiridon zum Meer, das nicht sehr weit entfernt lag. Der Sandstrand war fast menschenleer und das Wasser fantastisch warm, sodass wir wie früher in Gaza stundenlang durch die Wellen tobten. Selbst Amina, die mit ihren langen blonden Locken zu niedlich aussah, wagte sich mit ihren stämmigen Beinchen ins Wasser, während meine Mutter die Gelegenheit nutzte, sich ausgiebig zu sonnen und für die weitere Reise neue Kraft zu tanken.

Wir wollten eigentlich nach knapp zwei Wochen bei Spiridon wieder aufbrechen und per Autostopp von Griechenland weiter in die Türkei fahren, als eines Abends ein Mann aus dem nahe gelegenen Dorf auf dem Hof auftauchte. Seinen Namen habe ich vergessen. Ich erinnere mich nur daran, dass er der Bürgermeister war und einigermaßen gut Deutsch sprechen konnte. Er stellte sich meiner Mutter vor und erklärte ihr, dass er von Spiridons Schwester Eleni erfahren habe, dass wir unterwegs in den Orient seien. Im Dorf sei man sehr beeindruckt davon, dass eine Österreicherin mit drei Kindern eine solche Reise auf sich nehme, und das auch noch ohne männliche Begleitung.

Und jetzt kommt der Clou: Die Dorfbewohner hatten Geld gesammelt, damit wir statt per Anhalter bequem mit der Bahn nach Istanbul fahren konnten. Die Häuser im Ort, durch den wir schon mehrmals mit Spiridon gefahren waren, machten nicht den Eindruck, als würden dort besonders reiche Leute wohnen. Ganz im Gegenteil. Und doch hatten sie gespendet für eine ihnen gänzlich unbekannte Familie, die nur auf der Durchreise war. Überhaupt muss man sagen, dass viele

Menschen auf dem weiten Weg von Hannover bis nach Griechenland uns überaus freundlich begegneten, uns halfen, wo immer wir Hilfe brauchten, und uns häufig Essen und Geld zusteckten. Erstaunlicherweise gerieten wir unterwegs nie in eine wirklich brenzlige Situation, sieht man einmal von dem übergriffigen Brüderpaar ab.

Als der Tag des Abschieds gekommen war und uns ein Mann aus dem Dorf mit seinem Wagen zum Hauptbahnhof in Thessaloniki fahren sollte, war Spiridon untröstlich. Er umarmte jeden Einzelnen von uns, ganz besonders herzlich Amina, mit Tränen in den Augen. Vorher hatte er mich mit in seine Schlafstube genommen und mir dort einen Hirschfänger als Geschenk übergeben. Die meisten meiner persönlichen Gegenstände waren auf der Reise abhandengekommen, weil wir ständig unser Gepäck reduzieren mussten. Meine Armbanduhr zum Beispiel, die ich mir vom Taschengeld, das ich im Berliner Fahrradladen verdient hatte, in einem Pfandhaus gekauft hatte, war zusammen mit unseren Fahrrädern in Hildesheim zurückgeblieben. Als wir im Zug in Richtung Türkei saßen, schwor ich mir, dass ich Spiridons Messer niemals und unter keinen Umständen hergeben würde.

Ich muss sagen, es war ausgesprochen angenehm, nicht wie ein Vagabund an der Straße warten zu müssen, bis irgendein Auto anhielt und uns mitnahm. Wir fuhren mit der Eisenbahn und konnten unterwegs die unterschiedlichsten Landschaften bewundern, die langsam an uns vorbeizogen. Wir benötigten mehr als einen ganzen Tag, bis wir in Istanbul ankamen. Die Spende der Dorfbewohner war so großzügig, dass wir uns dort sogar ein Hotel leisten konnten.

Schon im Zug hatte Amina über Bauchweh geklagt. In Istanbul ging es ihr richtig schlecht. Während Franz und meine Mutter sich auf die Suche nach einem Arzt machten, blieb ich mit meiner Schwester im Hotel zurück. Ich bekam richtig Panik, als sie plötzlich das Bewusstsein verlor. Kurze Zeit später kehrte Mama gottlob zurück. Wir brachten Amina zu einer Rot-Kreuz-Station in einem österreichischen Hospital, das von Nonnen geleitet wurde. Wir hatten alle fürchterliche Angst, dass meine kleine Schwester sterben könnte. Doch nach einigen Tagen im Krankenhaus erholte sie sich wieder, und wir konnten endlich unseren Aufenthalt in der riesigen Stadt am Bosporus genießen.

Einmal fuhren wir gemeinsam mit einem Boot zu den Prinzeninseln hinaus, wo es wunderschön war – ein besonders bei den Einheimischen beliebter Ausflugsort. Auf der Bootsfahrt geriet mein Bruder in einen heftigen Streit mit meiner Mutter. Ich weiß nicht mehr, was ihn damals geritten hatte, aber er warf einfach all seine Zeugnisse über Bord, so als würde er sie in diesem Leben nicht mehr benötigen. Mama war natürlich entsprechend sauer. Aber irgendwie konnte ich den Burli schon verstehen. Er war kaum mal mehr als ein Jahr am Stück regelmäßig zur Schule gegangen, und daran war einzig und allein meine Mutter schuld. Und für ihn stand fest, dass er als Fünfzehnjähriger nirgendwo mehr zur Schule gehen würde – wo immer wir am Ende noch landen würden.

Ich selbst hatte auch seit Monaten keine Schule mehr von innen gesehen. Genauer gesagt seit unserer übereilten Abreise aus der DDR. Ich kann nicht sagen, dass ich das Lernen damals besonders vermisst hätte. Aber das ständige Umherziehen von einem Ort zum anderen ging mir schon ziemlich auf die Nerven. Kaum hatten wir uns irgendwo für ein paar Tage eingerichtet, ging es wieder weiter. Meiner Mutter machte es offenbar nicht so viel aus, dass sie oft nicht wusste, wo wir am Abend schlafen und ob wir etwas zu essen haben würden.

In Istanbul hatten wir das Glück, dass sie für die Zeit unseres Aufenthalts Zimmer im österreichischen Krankenhaus organisieren konnte. Ich habe nicht die leiseste Ahnung, wie sie das hinbekommen hat. Sie kannte ja niemanden dort. Ob ihr der Verweis darauf, dass sie in Kairo und Gaza ein Krankenhaus geleitet hatte oder dass sie im Roten Kreuz aktiv war, geholfen hat? Ich weiß es nicht.

Nachdem sich Amina erholt hatte und wieder putzmunter umhersprang, packten wir unsere Siebensachen zusammen, um weiter in Richtung Arabien zu reisen. Franz und ich staunten nicht schlecht, als uns meine Mutter zu einem riesigen Busbahnhof schleppte. Als ich sie fragte, ob wir nicht per Autostopp fahren würden, sagte sie: Nein, diesmal nehmen wir den Bus. Die katholische Gemeinschaft im österreichischen Krankenhaus hat für uns gesammelt. Wir haben genug Geld, um mindestens bis Beirut zu kommen.

Die Reise quer durch die Türkei übers Gebirge und am Meer entlang durch den Libanon war ausgesprochen anstrengend und alles andere als angenehm. Um ehrlich zu sein: Es war die Hölle. Der Kleinbus war nicht sonderlich groß und normalerweise für zehn Personen ausgelegt. Doch die Fahrgäste, die in den größeren Orten, in denen wir anhielten, ständig wechselten, transportierten im Bus nicht nur Haustiere, Möbel und Baumaterial, sondern allen möglichen Krempel. Man hatte kaum Platz, um einmal seine Beine auszustrecken. An Schlaf war selbst in der Nacht nicht zu denken. Die Reisestrapazen waren so groß, dass sich meine Mutter entschloss, in Iskenderun eine Pause einzulegen, die wir alle dringend nötig hatten. Denn der Bus fuhr häufig über schlecht ausgebaute Straßen und verfügte über keine besonders gute Federung. Jedes größere Schlagloch katapultierte uns aus den Sitzen. Durch das beständige Durchrütteln bekam meine Mutter erst

Kopfschmerzen, dann tat ihr auch noch der Rücken fürchterlich weh. Franz und ich versuchten, zwischendurch wenigstens für ein paar Minuten zu dösen. Doch der Lärmpegel im Bus war zeitweise infernalisch, speziell, wenn etwa Hähne krähten oder Hunde wie verrückt bellten.

Als wir nach schier endloser Fahrt schließlich Beirut erreichten, tat sich für uns das Paradies auf. Die libanesische Metropole war Anfang der 1960er-Jahre die schönste Stadt, die ich bis dahin im Orient gesehen hatte. Sie wurde nicht ohne Grund als das Paris des Nahen Ostens bezeichnet. Im Gegensatz zur Türkei, wo es viele Gegenden mit kargen Landschaften und wenig Grün gab, erschien mir Beirut wie eine Oase mitten in der Wüste. Wir bezogen das Hotel Alhambra, das mitten in einer belebten Geschäftsstraße lag, auf der es fast europäisch zuging.

Brief an Yassin

Fast vier Monate waren vergangen, seit sie und die Kinder mit dem Fahrrad in Hannover aufgebrochen waren, um zurück in den Orient zu gelangen. Rosina lag auf ihrem Bett im Hotel Alhambra und ruhte sich aus. Den ganzen Tag über war sie durch die Zimmer gelaufen und hatte kontrolliert, ob die Angestellten ihre Arbeit ordentlich erledigt hatten. In einer halben Stunde musste wieder hinunter ins Restaurant, um dort nach dem Rechten zu sehen. Ihr neuer Job im »Alhambra« machte ihr Spaß. Organisieren war nun mal ihr Ding, das hatte sie bereits als Direktorin in den Krankenhäusern in Gaza und Kairo bewiesen.

Zu der vorübergehenden Anstellung war sie eher durch Zufall gekommen. Sie hatte zwei Tage nach der Ankunft in Beirut mit Amina, Helmut und Franz abends im Restaurant noch eine Kleinigkeit gegessen. Der Speiseraum war rappelvoll, die Kellner kamen mit den Bestellungen kaum nach. Einige Gäste warteten schon mehr als eine Stunde auf ihr Essen und wurden langsam unruhig. Rosina war bereits fertig und hatte die Kinder zurück ins Hotelzimmer geschickt. Vielleicht brauchen die noch jemanden, der mit anpackt, dachte sie bei sich und steuerte kurz entschlossen auf den Oberkellner zu. Sie fragte ihn auf Englisch, ob er Hilfe beim Bedienen der Gäste benötige. Der Mann, ein hochgewachsener Kerl mit langem Backenbart und mit vor Brillantine glänzendem Haar, wäre ihr vor Freude fast um den Hals gefallen. In Windeseile hatte er eine Servierschürze für Rosina organisiert und ihr erklärt, auf welchen Tischen sie schon mal das Geschirr abräumen sollte.

Während sie durch das Restaurant flitzte und Stapel von Tellern mit Essensresten in die Küche brachte, dachte Rosina unwillkürlich an ihre Zeit in Triest zurück, als sie die Attraktion in Albertos Hafencafé gewesen war. Wie lange war das jetzt her? Sie rechnete nach. Helmut, der damals in Italien gezeugt worden war, wurde schon bald zwölf Jahre alt. Mein, Gott, dachte Rosina, wie schnell die Zeit vergeht.

Gegen Mitternacht leerte sich der große Speisesaal, und die Kellner konnten nach geschlagener Schlacht endlich gemeinsam eine Zigarette an der Hintertür rauchen.

»Sie waren unsere Rettung, Madam …?«

»Ben Harun. Rose Ben Harun. Nennen Sie mich einfach Madam Rose. «

»Madam Rose. Sehr angenehm. Es ist mir eine Ehre, Sie in unserem Hotel begrüßen zu dürfen.«

Der Hotelmanager ergriff Rosinas Hand und deutete einen Kuss an.

»Haben Sie schon öfters in der Gastronomie gearbeitet?«, fragte er.

»Ja, vor einigen Jahren in Italien. Ich bin ein wenig aus der Übung.«

»Das hat man aber nicht gemerkt. Mein Kompliment. Sie haben das ganz fantastisch gemacht«, säuselte der Hotelmanager, ein etwas schmieriger Glatzkopf im schwarzen Anzug.

»Eine Frau von Ihrem Format gehört allerdings nicht in den Service, wenn ich das mal bemerken darf. Hätten Sie vielleicht Interesse, für uns als Hausdame zu arbeiten?«

»Als Hausdame? Was hätte ich denn da zu tun?«

»Sie müssten sich zum Beispiel um Gäste kümmern, die ein Problem haben, und dafür Sorge tragen, dass alle Zimmer perfekt hergerichtet sind.«

»Und Sie glauben, dass ich dafür geeignet bin?«

»Davon bin ich überzeugt, Madam.«

Rosina hatte mit dem Hotelmanager vereinbart, dass sie nur ein kleines Taschengeld als Lohn erhielt, dafür aber zwei Zimmer im Haus umsonst nutzen konnte, Verpflegung inklusive. Da sie neben Deutsch auch noch Englisch, Arabisch und ein paar Brocken Französisch beherrschte, kam Rosina mit den Gästen bestens zurecht. Abends blieb ihr genügend Zeit, sich zu pflegen und ihre Kleidung in Ordnung zu halten. Die Arbeit im Hotel verschaffte ihr Zeit, darüber nachzudenken, wo sie sich letztendlich niederlassen würde. Kairo war nach ihrem Geschmack zu groß und zu hektisch, um dort auf Dauer mit den Kindern zu leben. Auch Gaza kam nicht in Frage, weil die politische Situation dort nach wie vor angespannt war. Im Kopf ging sie alle Kontakte, die sie in ihrer Zeit im Orient geknüpft hatte, noch einmal durch.

Wie hieß noch gleich der älteste Sohn von Abbas? Yussuf, Younes oder so ähnlich. Nein, richtig, Yassin, so lautete sein Name. Rosina hatte ihn erst bei der Beerdigung ihres Mannes kennengelernt. Ein sympathischer, sehr sportlicher junger Mann. Gewichtheber oder Boxer, wenn sie sich recht erinnerte. Sie hatten sich vom ersten Augenblick an gut verstanden damals, auch wenn der Anlass ihrer ersten Begegnung ein sehr trauriger war. Vielleicht konnte sie über Hadya, Abbas' jüngste Tochter, die jetzt bei ihrer Tante lebte, herausfinden, wo Yassin zu erreichen war. Er hatte ihr beim Begräbnis erzählt, dass er irgendwo in einem Ministerium arbeitete. In welchem Land, das war Rosina allerdings entfallen.

Die Telefonnummer von Abbas' Schwester fand sie in ihrem schwarzen Notizbuch, das sie immer mit sich führte. Hadya freute sich wie eine Schneekönigin, als ihre Tante ihr den Hörer übergab und sich Rosina am anderen Ende der Leitung meldete. Weil die Telefongebühren hoch waren, konnte sich Rosina nicht ausführlich nach den neuen Lebensumständen ihrer Stieftochter erkundigen. Die Adresse ihres Bruders Yassin wusste Hadya sogar aus dem Kopf. Er war nach seinem Studium in England nach Kuwait gezogen und hatte dort tatsächlichen einen gut bezahlten Posten im Ministerium ergattert. An ihrem einzigen freien Tag, den ihr der Hotelmanager in der Woche zugestand, setzte sich Rosina auf die sonnenüberflutete Terrasse, um Yassin einen Brief zu schreiben.

Lieber Yassin,
ich weiß nicht, ob du dich noch an mich erinnerst: Ich bin Rose, die Frau deines verstorbenen Vaters Abbas und die Mutter deiner Halbschwester Amina, von der ich dich herzlich grüße. Sie ist jetzt beinahe vier Jahre alt und ein ausgesprochen hübsches und aufgewecktes Mädchen. Ich schreibe dir aus dem Alhambra-Hotel in Beirut, wo wir seit einigen Tagen wohnen. Ich arbeite dort als Hausdame. Eigentlich wollte ich mit meinen Kindern nach unserer Zeit in Gaza nach Kanada auswandern. Das hat jedoch nicht geklappt. Und so sind wir erst in Rom, dann in Wien und später in Ostdeutschland gelandet.
Die schönste Zeit meines Lebens, auch wenn sie sehr kurz war, habe ich mit deinem Vater verbracht, der leider so früh

von uns gegangen ist. Deshalb hat es mich – ich weiß, es klingt verrückt – wieder zurück nach Arabien gezogen. Zusammen mit meinen drei Kindern habe ich den weiten Weg von Berlin bis nach Beirut gemacht. Und jetzt ist es höchste Zeit, dass wir wieder irgendwo Wurzeln schlagen.
Da viele meiner Kontakte, die ich in Ägypten und in Palästina hatte, verloren gegangen sind, kenne ich kaum noch jemanden, der mir helfen könnte, einen Platz zu finden, wo ich mich mit meinen Kindern niederlassen kann. Deshalb wende ich mich mit diesem Brief an dich. Vielleicht hast du ja eine Idee, wo es sich angenehm leben lässt und wo ich eine neue Anstellung finde. Schließlich muss ich ja meine Kinder irgendwie ernähren, auch wenn Franz, mein ältester Sohn, jetzt schon so groß ist, dass er selbst Geld verdienen kann.
Lieber Yassin, ich weiß nicht, wie es dir zurzeit geht. Ich hoffe natürlich, gut. Und ich würde mich sehr freuen, auf welchem Weg auch immer von dir zu hören.

Ich umarme dich herzlich.
Deine Stiefmutter Rose Ben Harun

Die letzte Etappe

Als Rosina Abbas geheiratet hatte und zum islamischen Glauben übergetreten war, hatte sich seine Familie sehr um sie bemüht. Sie war damals eine Fremde gewesen, die mit ihrem nordischen Aussehen und ihren blonden Haaren eigentlich überhaupt nicht in den Clan passte. Doch man hatte sie damals ohne große Vorbehalte und Diskussionen akzeptiert, was möglicherweise daran lag, dass Abbas Ben Harun eine Persönlichkeit war, die überall respektiert wurde und der man sich nicht entgegenstellte. Rosina war überrascht gewesen, wie herzlich die wenigen Mitglieder der weit verstreut lebenden Familie, die sie während der kurzen Zeit ihrer Ehe kennenlernte, sich ihr gegenüber zeigten. Auch aus dieser Erfahrung heraus hatte sie den Versuch gewagt, Abbas' Sohn Yassin anzuschreiben. Sie hoffte inständig, dass die Familie ihres verstorbenen Mannes sie nicht im Stich lassen würde.

Etwa zwei Wochen nachdem sie ihren Brief abgeschickt hatte, wurde sie im Hotel Alhambra ans Telefon gerufen. Yassin war am Apparat.

»Hallo, Rose, welch eine Freude, dass ihr zurückgekommen seid. Herzlich willkommen im Orient«, begrüßte Yassin Rosina.

»Hast du meinen Brief bekommen?«

»Ja, sicher, ich habe mich sehr gefreut, dass du dich an mich gewandt hast. Ich habe auch einige meiner Geschwister informiert, dass ihr in Beirut seid. Sie waren ganz begeistert.«

»Das ist schön. Ich bin auch froh, wieder hier zu sein. Es war eine lange, sehr anstrengende Reise, vor allem für die Kinder. Aber jetzt ist alles gut.«

»Ich habe länger darüber nachgedacht, Rose, wo ihr am besten hingehen könntet. Es gibt da einige Ideen, aber noch nichts Konkretes.«

»Schade, ich hatte gehofft ...«

»Natürlich werde ich euch helfen. Das ist gar keine Frage«, fiel Yassin ihr ins Wort. »Aber ich brauche ein wenig Zeit. Deshalb schlage ich vor, dass ihr erst einmal zu mir nach Kuwait kommt. Ich habe in meiner Wohnung Platz genug für euch alle. Zumindest für den Augenblick. Dann können wir in Ruhe überlegen, wo es euch gefallen könnte. Was sagst du dazu, Rose?«

»Das ist ein sehr großzügiges Angebot, Yassin. Ich weiß nicht, ob ich das annehmen kann. Wir haben auch im Augenblick noch zu wenig Geld, um die Reise nach Kuwait bezahlen zu können.«

»Es ist doch Ehrensache, dass die Familie euch hilft. Und ums Geld mach dir mal keine Gedanken. Ich schicke euch Flugtickets. Es dauert nur ein paar Stunden, und schon seid ihr in Kuwait. Du wirst sehen, bei mir habt ihr es gut.«

»Ich habe nur Sorge, dass wir die hohen Temperaturen nicht gut vertragen«, wandte Rosina ein.

»Ach, daran werdet ihr euch sehr schnell gewöhnen.«

»Wenn du meinst. Ich danke dir sehr, dass du uns aufnehmen willst. Du kannst dir nicht vorstellen, wie erleichtert ich bin.«

»Also, wir machen es wie besprochen: Ich schicke euch die Tickets, und du rufst mich vom Flughafen kurz an, bevor ihr losfliegt, damit ich euch abholen kann. Schreib dir meine Telefonnummer im Ministerium auf.«

»In Ordnung, Yassin. Und vielen Dank. Du bist ein Schatz.«

Als Rosina aufgelegt hatte, merkte sie, dass ihr die Beine vor Aufregung zitterten. Sie hatte sich nicht getäuscht: Auf Abbas' Söhne war Verlass. Erst hatte Malik ihnen in Leipzig geholfen, sich zurechtzufinden, jetzt spendierte ihnen sein ältester Bruder Yassin mal eben so die Flüge nach Kuwait. Hätte ich in meiner eigenen Familie so viel Rückhalt gehabt, wäre mein Leben sicher anders verlaufen, dachte Rosina zurück an die vielen unschönen Auseinandersetzungen, die sie als junge Frau mit ihren Eltern und Geschwistern in Wien gehabt hatte. Ob sie noch alle lebten? Ihr war's egal. Sie hatte jetzt eine neue Familie, Leute, die sich umeinander kümmerten und sich halfen, wenn einer in Not war. Die Zukunft erschien ihr mit einem Mal wieder rosiger. Sie nahm sich vor, in Kuwait zuerst dafür zu sorgen, dass Helmut wieder in die Schule ging und einen vernünftigen Abschluss machen konnte, auch wenn sie nur vorübergehend bei Yassin bleiben würden. Der Junge hatte leider schon viel verpasst in den vergangenen Jahren. Für Amina, die in ein oder zwei Jahren so weit war, würde sie eine erstklassige englischsprachige Schule suchen.

Allerdings hatte Rosina keinen blassen Schimmer, wie es in Kuwait aussah und wie die politischen Verhältnisse dort waren. Auch der Hotelmanager, mit dem sie ein gutes Verhältnis hatte, konnte ihre Wissenslücke nicht schließen. Er kannte niemanden in Kuwait und wusste nur, dass die Scheichs dort eine Menge Geld mit Öl verdienten.

»Wo, sagst du, fliegen wir hin?« Franz starrte seine Mutter entgeistert an.

»Nach Kuwait«, antwortete sie, um größtmögliche Gelassenheit bemüht.

»Wo ist das denn nun wieder?«

»Das liegt am Persischen Golf.«

»Und was sollen wir dort?«

»Wir werden bei Yassin wohnen. Das ist der älteste Sohn von Abbas. Er arbeitet dort in irgendeinem Ministerium.«

»Geh, Mama, sei mir nicht bös. Aber ich glaube, du hast einen Vogel.«

»Es steht ja noch nicht fest, wie lange wir bei Yassin bleiben. Aber wir haben erst mal ein Dach überm Kopf und genug zu essen.«

»Das hatten wir in der DDR auch. Und trotzdem sind wir von dort abgehauen, oder?«

»Das war ganz was anderes, Franz. Und genug zu essen gab es in der DDR schon gar nicht. Oder hast du die leeren Regale in den Geschäften vergessen?«

»Nein, habe ich nicht. Aber in Wien hat's keine leeren Regale gegeben, und da war's schön. Da kannte ich mich aus. Geblieben sind wir wieder nicht.«

»In Wien habe ich aber keine Arbeit gefunden und eine Wohnung auch nicht.«

»Du hast ja auch nicht besonders lange gesucht, Mama. Mein Vater hätte uns sicher geholfen, wenn du ihn gefragt hättest.«

»Pah, der Ludwig? Der hätte gleich gar nichts zu Wege gebracht.«

»Und wovon sollen wir in Kuwait leben, bitte schön? Meinst du, du findest da schneller eine Arbeit als in Wien?«

»Das werden wir sehen, wenn wir dort sind. Yassin hat uns Tickets fürs Flugzeug geschickt. Wir fliegen übermorgen. Ihr könnt schon mal anfangen, eure Sachen zu packen.«

»Na, Servus. Der Helmut wird sich sicher ganz furchtbar freuen, dass wir wieder wegfahren. Frag ihn: In Beirut ist es doch wunderbar. Warum bleiben wir nicht einfach hier?«

»Weil ich beschlossen habe, dass wir alle zusammen nach Kuwait zu Yassin fliegen. Und damit Schluss der Diskussion. In ein paar Jahren kannst du von mir aus machen, was du willst. Aber so lange bestimme ich, wo wir hingehen. Hast du das verstanden?«

Franz drehte sich auf dem Absatz um und ließ seine Mutter allein im Hotelzimmer zurück. Warum konnte sie nicht einfach mal Ruhe geben und an einem Ort bleiben? Ausgerechnet jetzt, wo er eine neue Freundin in Beirut gefunden hatte! Er hatte Vivian erst ein paar Mal getroffen und mit ihr am Strand herumgeturtelt. Doch der Gedanke daran, sich von ihr von jetzt auf gleich verabschieden zu müssen, schmerzte ihn sehr. Helmut, der sich mit Vivians Bruder Harry angefreundet hatte, würde es ähnlich ergehen.

Sobald ich alt genug bin, um für mich selbst sorgen zu können, bin ich weg, schwor sich Franz.

Helmut erzählt

Das Erste, was wir von Kuwait zu sehen bekamen, war Sand. Ganz viel Sand. Schon als wir vom Flughafen wegfuhren, stieg uns der penetrante Ölgestank in die Nase, der wegen der Raffinerien ständig über der Stadt lag. Alles war grau, braun, beige. Kein Grün weit und breit zu sehen. Yassin, unser Stiefbruder, war mit seinem Onkel zum Flughafen gekommen, um uns mit einem Plymouth, einem richtigen amerikanischen Straßenkreuzer, abzuholen. Wir fühlten uns in so einer tollen Limousine natürlich wie die Könige. Der Airport bestand damals lediglich aus einem langgezogenen einstöckigen Gebäude. Man stieg auf dem Rollfeld aus und war erst mal in der Prärie.

Auf dem Weg in die City fuhren wir mitten durch die Wüste. Ich muss sagen: Ich fand es einfach grauenhaft. Schlimmer noch als grauenhaft. Vielleicht deshalb, weil wir gerade aus Beirut kamen. Beirut war blühend, lebendig, schick. Es hatte ein ganz besonderes Flair. Davon war Kuwait meilenweit entfernt. Besonders irritiert waren wir von den Männern, die alle in weißen Kaftanen durch die Gegend rannten. So etwas kannten wir beispielsweise von Gaza nicht. Wir mussten uns auch daran gewöhnen, dass die meisten Frauen schwarz gekleidet und verschleiert waren. Bei manchen konnte man nicht einmal die Augen sehen. Ich empfand das als schlimm und konnte umso weniger verstehen, warum wir den Libanon verlassen hatten.

Yassin, der großzügigste Mensch, den ich in meinem Leben getroffen habe, tat alles, damit wir uns in Kuwait wohlfühlten. Obwohl sein jüngster Bruder Haleb bei ihm lebte und seine Wohnung nicht sonderlich groß war, hatte er Betten und Matratzen für uns alle besorgt und sogar besondere Sachen wie dänische Butter eingekauft. Er hatte sich wirklich in Unkosten gestürzt, denn Importware war in Kuwait sehr teuer.

Nachdem wir uns ein wenig eingelebt hatten, ging ich zusammen mit Haleb zur Schule. Meine Mutter hatte Amina in einer Art Vorschule untergebracht. Dort lernte sie neben Arabisch, Französisch und Englisch auch Ballett.

Franz weigerte sich standhaft, noch mal die Schulbank zu drücken. Er wollte lieber arbeiten. Nach Aushilfsjobs bei einem Schmied und in der Mercedes-Niederlassung in Kuwait heuerte er auf einem größeren Fischtrawler an, der einem Verwandten von Yassin gehörte. Allerdings musste dieses Schiff, das aus amerikanischen Navy-Beständen stammte, erst für den professionellen Fischfang umgebaut werden. Auf dem gleichen

Schiff arbeitete auch Haleb, nachdem er die Schule abgeschlossen hatte. Die Schufterei auf dem Trawler war schwer, sehr schwer sogar. Oft kamen Franz und Haleb mit völlig zerschundenen Händen nach Hause vom Fischen im Persischen Golf. Obwohl sie noch so jung waren damals, machte ihnen der Job auf See allen Strapazen zum Trotz Spaß.

Zu unser aller Erleichterung machte meine Mutter keine Anstalten, nach ein paar Wochen wieder zu neuen Zielen aufzubrechen. Sie schien – wenigstens für den Moment – angekommen zu sein, auch wenn Kuwait sicherlich nicht der Ort war, an dem sie alt werden wollte. Und Yassin tat alles, wirklich alles in seiner Macht Stehende, damit wir uns bei ihm wie zu Hause fühlten. Man muss sich das einmal vorstellen: Bevor wir in Kuwait auftauchten, kannten wir ihn so gut wie gar nicht. Meine Mutter hatte ihn vorher ein einziges Mal beim Begräbnis seines Vaters getroffen. Und dennoch behandelte er uns wie seine eigenen Schwestern und Brüder. Die Frage, wann wir bei ihm ausziehen und uns eine eigene Wohnung mieten würden, stellte sich einfach nicht. Im Gegenteil: Nach ein paar Wochen, die wir zu sechst in Yassins Wohnung verbrachten, mietete er ein größeres Haus mit wunderschönem Garten. Er war ja eigentlich in einem Alter, in dem man heiratet und selbst eine Familie gründet. Eigenartig, dass er in dieser Hinsicht so gar keine Ambitionen hatte …

Liebe im Verborgenen

Nein, Kuwait war wahrlich nicht der Ort, den Rosina im Sinn hatte, als sie mit ihren Kindern von Berlin aus die lange Reise zurück nach Arabien antrat. Durch seine reichlich sprudelnden Ölquellen hatte es das Emirat, das Anfang der 1960er-Jahre seine Selbstständigkeit von Großbritannien erlangt hatte, zwar zu einem gewissen Wohlstand gebracht. Aber das konservativ ausgerichtete Gesellschaftssystem des von Scheichs regierten Kleinstaates entsprach eigentlich nicht den Vorstellungen einer modernen mitteleuropäischen Frau wie Rosina. Weil sie im Gegensatz zu den einheimischen Frauen stets westliche Kleidung trug und ihr nach wie vor hübsches Gesicht nicht verschleierte, erregte sie wie schon in Kairo und Gaza Aufsehen, wenn sie alleine oder mit ihren Kindern in der Öffentlichkeit auftauchte.

Es gab natürlich auch in Kuwait eine kleine ausländische Community, die nach eigenen Regeln lebte und sich nicht gezwungen sah, Burnus und Schleier zu tragen. Rosina war zwar bei ihrer Heirat mit Abbas Ben Harun zum islamischen Glauben übergetreten, doch sie dachte nicht im Traum daran, sich wie eine Araberin zu kleiden oder sich dem strengen Sittenkodex zu unterwerfen. Außerdem, und das war das Entscheidende, stand sie unter dem Schutz ihres Stiefsohnes Yassin, der im Finanzministerium einen hohen Posten bekleidete und über entsprechend gute Verbindungen bis in die höchsten Kreise hinein verfügte.

Rosina hatte die vierzig schon eine Weile hinter sich gelassen. Doch nachdem sie in Kuwait erstmals seit Jahren zur Ruhe gekommen war, blühte sie regelrecht auf. Sie genoss es, sich weder um eine eigene Wohnung noch um einen Job kümmern zu müssen. Ohne dass groß darüber gesprochen worden war, hatte Yassin die Rolle des Familienoberhaupts übernommen. Wenn Rosina Lebensmittel, Kleidung oder Schulutensilien für die Kinder brauchte, konnte sie sich darauf verlassen, dass Yassin ihr das nötige Geld gab.

»Warum tust du das alles für uns?«, fragte sie ihn, ein paar Tage nachdem sie das von Yassin gemietete neue Haus bezogen hatten und am Abend einen Aperitif im Garten tranken.

»Was meinst du mit alles?«

»Na, das Haus hier, die neuen Möbel, die Schuhe für die Jungs, mein neues Kleid. Das hast du bezahlt, oder nicht?«

»Ihr gehört zu meiner Familie, Rose. Bei uns kümmert man sich um seine Verwandten. Ist das in Europa anders?«

»Ein bisschen schon. Wir sind ja nicht mal richtig verwandt.«

»Du warst die Ehefrau meines Vaters. Und damit gehörst du zu unserer Familie. Amina, deine Tochter, ist meine Halbschwester, also eine Blutsverwandte.«

»Das ist wirklich großartig, dass du das so siehst. Aber wir können nicht einfach hier aufkreuzen, uns bei dir einnisten und deine Großzügigkeit ausnutzen.«

»Warum zerbrichst du dir den Kopf, Rose? Ihr könnt so lange in meinem Haus bleiben, wie ihr wollt. Wenn du einen Job haben willst, suche dir einen. Wenn nicht, sorge ich allein für uns.«

»Aber was ist mit dir? Willst du nicht heiraten und selbst Kinder haben?«

»Ich bin jetzt fast neunundzwanzig Jahre alt, ich habe noch viel Zeit, um mir eine Frau zu suchen. Außerdem habe ich schon eine Familie. Das seid ihr.«

Rosina zuckte mit den Schultern. Yassin war einfach eine Seele von einem Menschen: so selbstlos und bescheiden, so aufrichtig und klug.

»Komm, lass dich einfach mal umarmen als Dank für all die guten Dinge, die du für mich und die Kinder getan hast«, schlug Rosina spontan vor. Sie stand auf, streckte Yassin beide Hände hin und zog ihn zu sich hoch. Als sie ihren Kopf an den seinen drückte, nahm sie den herben Körpergeruch ihres Stiefsohns wahr, der sie unmittelbar an Abbas erinnerte. Die Umarmung dauerte nur ein paar Sekunden, doch als Rosina sich löste und sich wieder auf ihrem Gartenstuhl niederließ, versagten ihr fast die Beine. Eine leichte Verlegenheit machte sich zwischen ihnen breit.

»Das war schön«, unterbrach Yassin endlich die Stille.

»Wie meinst du das?«

»Es war schön, dich in meinem Arm zu halten, Rose.«

»Ja, das war es. Ich hoffe, dass uns niemand gesehen hat. Sonst kommen die Leute am Ende noch auf komische Gedanken.«

Yassin lächelte statt einer Antwort und nippte an seinem Whiskyglas.

»Ach, die Leute. Die reden doch immer. Das ist hier in Kuwait nicht anders als in Österreich oder Deutschland.«

»Nur mit dem Unterschied, dass die Sitten hier wesentlich strenger sind. Stockhiebe gibt es bei uns als Strafe schon lange nicht mehr. Und enthauptet wird auch keiner.«

»Ich glaube, es besteht keine Gefahr, dass ich mit Stockhieben bestraft werde, wenn ich die Ehefrau meines verstorbenen Vaters umarme. Und selbst wenn, würde ich das Risiko jederzeit wieder eingehen.«

Rosina fühlte, wie ihr das Blut in den Kopf schoss. Die Verwirrung, die sich ihrer nach der Umarmung bemächtigt hatte, war immer noch so groß, dass sie nicht wagte, aufzustehen und ins Haus zu gehen.

»Ich würde gerne noch einen Augenblick allein hier im Garten bleiben«, flüsterte sie schließlich. »Ich hoffe, es macht dir nichts aus.«

»Ich habe sowieso noch ein paar Sachen fürs Ministerium zu erledigen«, antwortete Yassin, bevor er sich mit seinem Glas und der Whiskyflasche ins Haus verzog.

Was war das denn eben? Rosina war noch immer ganz perplex. Wie war sie bloß auf die blöde Idee gekommen, Yassin zu umarmen? Nach ihrem Empfinden hatte der körperliche Kontakt mit ihrem Stiefsohn eine halbe Ewigkeit gedauert – jedenfalls eindeutig zu lang für eine freundschaftliche Geste unter Verwandten.

Rosina, reiß dich zusammen, hör auf mit diesem Quatsch, flüsterte sie vor sich hin und schlug sich gleichzeitig mit beiden Händen gegen die Wangen. Sie hatte etwas gesehen, das ihr Angst machte: das Begehren in Yassins Augen. Viele Jahre war sie daran gewöhnt gewesen, dass Männer sie so anschauten, speziell die glutäugigen orientalischen Männer. Seit sie wieder Zeit genug hatte, sich zu pflegen und auf ihr Äußeres zu achten, zog sie deutlich mehr Blicke auf sich als vorher, wenn sie in der Stadt unterwegs war.

Jetzt also auch Yassin, der strebsame, intelligente, fürsorgliche Sohn von Abbas, ihrer großen Liebe, dachte Rosina mit einem Anflug von Verzweiflung. Ihr Unterbewusstsein hatte schon länger registriert, dass Yassin seinem Vater auf fast unheimliche Weise ähnelte: die gleiche kräftige Statur, der gleiche Gang, der gleiche Geruch. Wenn sie in Yassins Augen sah, in diese seelenvolle Tiefe, erkannte sie darin ohne Anstrengung ihren verstorbenen Mann wieder. Es war, als wäre Abbas als junger Mann zu ihr zurückgekehrt, als hätte der liebe Gott – oder vielleicht war eher Allah dafür verantwortlich – seinen Fehler wiedergutmachen wollen, den er ihrer Meinung nach durch den frühen Tod des Richters begangen hatte.

Hatte sie deshalb mit ihren Kindern um die halbe Welt reisen müssen, um auf schicksalhafte Weise auf Yassin zu treffen, der im Stande schien, die tiefe Wunde, die sie durch den Verlust Abbas' erlitten hatte, zu heilen? In Rosinas Kopf herrschte ein unvorstellbares Chaos. Sie war nicht mehr in der Lage, einen klaren Gedanken zu fassen, weshalb sie sich entschloss, die halb angefangene Flasche Weißwein auszutrinken, um leicht berauscht wenigstens im Schlaf für ein paar Stunden zur Ruhe zu kommen.

Was konnte sie tun, damit das Begehren aus Yassins Augen wieder verschwand? Solange sie unter einem Dach lebten, würde die Situation eher schwieriger als leichter werden. Da war sich Rosina sicher. Irgendwann würde vielleicht auch einer der Buben merken, wie sehr sich Yassin offenbar zu ihr hingezogen fühlte. Sie hatte sich schon die ganze Zeit über gewundert, dass er nie andere Frauen erwähnte. In seinem Alter waren die meisten seiner Landsleute längst verheiratet und hatten Kinder. Rosina konnte sich nicht vorstellen, dass Yassin auch nur ansatzweise Probleme haben würde, eine hübsche Frau zu finden. Schließlich stammte er aus einer angesehenen Familie. Er verdiente für arabische Verhältnisse viel Geld als Ministerialbeamter und sah zudem noch ausgesprochen gut aus. Selbst wenn man seine im Übermaß vorhandenen menschlichen Qualitäten außer Acht ließ, war Yassin eine gute Partie auf dem Heiratsmarkt.

Rosina nahm sich vor, ihn schon bald nach seinen Plänen für die Zukunft zu befragen. Sie konnte auf keinen Fall zulassen, dass er seine eigenen Wünsche dauerhaft zurückstellte, um ihr und ihren Kindern ein weitgehend sorgenfreies Leben zu ermöglichen. Allerdings war das nur die eine Seite der Medaille. Wenn sie ehrlich zu sich selbst war, musste sie zugeben, dass ihr die Nähe von Yassin keineswegs unangenehm war. Im Gegenteil: Bei der Umarmung hatte sie zu ihrer eigenen Überraschung eine Erregung gespürt, die eindeutig sexueller Natur war. Ihre letzte intime Begegnung mit einem Mann lag schon eine ganze Weile zurück.

Das war mit Bob, vor etwas mehr als zwei Jahren, erinnerte sie sich.

Weder in der DDR noch in Berlin und schon gar nicht auf der langen Reise Richtung Kuwait hatte sie das Bedürfnis verspürt, sich einen Liebhaber zuzulegen. Es hatte ohne Zweifel eindeutige Angebote gegeben. Aber Rosina fand, dass sie über das Alter hinaus war, sich jedem Dahergelaufenen an den Hals werfen zu müssen. Andererseits hatte sie mit Anfang vierzig noch keine Lust, sich in das Schicksal einer langsam vor sich hin alternden Witwe zu ergeben. Sie wurde immer noch begehrt. Das hatte sie erst kürzlich bemerkt, als sie mit Yassin auf der privaten Party eines befreundeten palästinensischen Ehepaars eingeladen war. Yassin arbeitete zwar für die kuwaitische Regierung, pflegte aber so gut wie keine Kontakte zu den Einheimischen, die, streng gläubig wie sie waren, lieber unter sich blieben, weshalb Yassins Freundes- und Bekanntenkreis vorwiegend aus Ausländern bestand, darunter Leute aus Ägypten, Syrien, Jordanien, Palästina und dem Libanon.

Auf der besagten Party trug Rosina ein neues Kleid aus schwarzem Taft mit dunkelgrünen Ornamenten, das ihr ausgezeichnet stand. Im Laufe des Abends hatten sich zahlreiche Gäste um sie geschart, ausschließlich Männer, die versuchten, mit ihr ins Gespräch zu kommen. Yassin war stets in ihrer unmittelbaren Nähe geblieben, fast wie ein eifersüchtiger Ehemann. Die Frauen hatten an einem anderen Tisch zusammengesessen und den neuesten Klatsch ausgetauscht, während Rosina, ohne sich groß etwas dabei zu denken, mit den Männern geflirtet hatte. Ein gut aussehender Grandseigneur in den Fünfzigern hatte es sogar gewagt, ihr bei einer gemeinsamen Zigarette im Garten seine Telefonnummer zuzustecken.

»Was wollte eigentlich dieser aufgeblasene Kerl mit den grauen Schläfen von dir?«, fragte Yassin Rosina auf dem Nachhauseweg im Taxi.

»Ich denke, das, was Männer üblicherweise von Frauen wollen. Er hat mir sogar seine Telefonnummer gegeben.«

»Und? Wirst du ihn anrufen?«

»Aber wo denkst du hin«, empörte sich Rosina. »Er war zwar sehr charmant, aber eine Spur zu aufdringlich.«

Den Rest der Fahrt hatten sie schweigend verbracht. Obwohl Yassin sich bemühte, seine Gefühle unter Kontrolle zu halten, spürte Rosina, dass er verärgert und schlechter Stimmung war – übrigens zum ersten Mal, seit sie zusammen unter einem Dach lebten.

»Hast du die Party genossen?«, fragte er sie, um von seiner üblen Laune abzulenken.

»Ja, ich habe sie sehr genossen. Es war fast so schön wie damals in Gaza, als ich mit deinem Vater oft ausgegangen bin und mit Freunden gefeiert habe«, antwortete Rosina.

»Du hast ihn sehr geliebt, oder?«

»Ja, das habe ich. Mehr als jeden anderen Mann. Er war einfach … Ich weiß nicht, mir fehlen die Worte, um deinen Vater zu beschreiben. Aber ich glaube, vor allem war er weise. Eine unglaubliche Persönlichkeit. Neben ihm bin ich mir immer ganz dumm vorgekommen.«

»Rose, mach dich jetzt nicht kleiner, als du bist. Du hast doch heute Abend gesehen, wie sie um dich herumgestrichen sind. Du warst der Mittelpunkt des ganzen Festes, die anderen Frauen waren grün vor Neid.«

»Klingt ja ganz so, als wärst du ein bisschen stolz auf deine Stiefmutter«, sagte Rosina lächelnd und legte Yassin wie zufällig eine Hand auf den Oberschenkel.

»Sag nicht immer Stiefmutter. Du weißt, dass ich das Wort hasse.«

»Was bin ich denn für dich, wenn nicht deine Stiefmutter?«

Statt einer Antwort starrte Yassin stumm geradeaus. Er war froh, dass das Taxi just in diesem Augenblick vor ihrem Haus hielt. Er hätte nicht gewusst, was er antworten sollte.

Vollendete Tatsachen

Endlich, dachte Rosina, entspannt in der Wanne liegend. Endlich komme ich wieder unter Leute, statt gelangweilt im Haus herumzusitzen und die Wände anzustarren.

Auf Vermittlung eines Bekannten von Yassin hatte sie ein paar Tage zuvor eine Stelle bei einem Arzt angetreten, der dringend jemand suchte, der seine Praxis organisatorisch auf Vordermann brachte. Sie wollte wieder ihr eigenes Geld verdienen, um Yassin nicht ewig auf der Tasche zu liegen. Sie hatte sich in der Praxis überraschend schnell zurechtgefunden. Der Arzt war sehr zufrieden mit ihrer Arbeit, bei der sie ihre Erfahrungen als ehemalige Krankenhausdirektorin einbringen konnte.

Rosina sollte an diesem Tag erst gegen Mittag in der Praxis erscheinen, weil die Sprechstunde wegen einer Operation später begann. Sie hatte sich deshalb ein ausgiebiges Schaumbad gegönnt und dabei in einem Buch gelesen. Weil niemand im Haus war, lief sie nackt durch die Zimmer, sammelte die überall verstreut liegenden Kleidungsstücke der Kinder ein und räumte sie zurück in die Schränke. Das Thermometer zeigte draußen mehr als vierzig Grad. Im Haus selbst waren es um die dreißig, weshalb Rosina es als äußerst angenehm empfand, keinen Faden auf dem Leib zu tragen. Wenn sie nur daran dachte, in einer Stunde durch den Glutofen Kuwait-City mit dem Taxi zur Praxis fahren zu müssen, brach ihr schon der Schweiß aus.

Während sie vor dem Spiegel stand und sich schminkte, nahm sie aus den Augenwinkeln eine Bewegung wahr, die sie zusammenfahren ließ.

»Wer ist da?«, fragte sie mit banger Stimme.

»Ich bin's nur. Ich hatte eine Akte vergessen, die ich dringend brauche. Ich hoffe, ich habe dich nicht allzu sehr erschreckt.«

Im Spiegel sah Rosina, dass Yassin die Badezimmertür einen Spalt geöffnet hatte und auf ihren Rücken starrte. Sie wollte instinktiv nach ihrem Morgenmantel greifen, der über der Wanne hing. Doch Yassins Augen, die ihrem Blick im Spiegel begegneten, befahlen ihr, sich nicht zu rühren.

»Bleib so. Du bist wunderschön, Rose. So unglaublich schön«, flüsterte Yassin, während er fast wie in Zeitlupe die Badezimmertür öffnete und sich Rosina von hinten näherte.

Die Wimperntusche in der einen Hand, die andere abgestützt auf dem Rand des Waschbeckens, wartete sie wie zur Salzsäule erstarrt, was als Nächstes passieren würde. Sekunden später spürte sie seine warmen Hände auf ihren Schultern.

»Wir dürfen das nicht tun, Yassin. Wir müssen vernünftig sein«, hauchte sie, während sich ihre Brustspitzen zusammenzogen. »Was werden die Kinder sagen, wenn …«

Weiter kam sie nicht, weil Yassin sie zu sich umdrehte und sie küsste. Ohne ein Wort zu sagen, hob er sie wie eine Feder in die Höhe und trug sie in sein Schlafzimmer.

»Wo willst du hin?«, fragte Yassin, als Rosina sich eine halbe Stunde später schweren Herzens aus seiner Umarmung löste.

»Ich muss in die Praxis. Ich bin ohnehin schon spät dran.«

»Ruf an und sag ihnen, dass du krank bist. Du kannst jetzt nicht einfach gehen und mich alleine lassen.«

»Du musst doch auch wieder zurück ins Büro«, wandte Rosina ein.

»Ich habe Bescheid gesagt, dass ich einen Außentermin habe«, grinste Yassin, der nackt zwischen den zerwühlten Laken lag und genussvoll an einer Zigarette zog. »Bitte, lass mich für dich in der Praxis anrufen.«

»Nein, das geht nicht. Ich habe doch erst vor ein paar Tagen angefangen. Der Doktor wirft mich gleich wieder raus, wenn ich nicht komme. Wir können heute Abend über alles reden. Versprochen.«

»Na gut. Aber dann sind die Kinder da. Ich möchte so gerne noch einmal tun, was wir eben getan haben.«

»Ich auch. Es war so unglaublich intensiv, dass mir die Tränen gekommen sind. Trotzdem. Ich bin die Ältere von uns beiden, ich muss vernünftig sein. Bis heute Abend, mein Liebster.«

Mein Liebster. Das hört sich gut an, dachte Yassin, während er zuschaute, wie Rosina sich in Windeseile ankleidete, ihre Handtasche schnappte und mit derangierter Frisur aus dem Haus eilte.

Jetzt war es also doch passiert. Sie hatte es kommen sehen, es war quasi unvermeidlich gewesen. Rosina schaute gedankenverloren aus dem Fenster des Taxis, das sie auf dem schnellsten Weg zur Praxis bringen sollte. Sie fühlte immer noch ein starkes Prickeln auf ihrer Haut, all ihre Sinne waren in Aufruhr. Kein Wunder: Sie hatte gerade Sex mit ihrem Stiefsohn gehabt, der fast fünfzehn Jahre jünger war als sie. Und das ausgerechnet in einem Land, wenn man im Falle Kuwaits von einem solchen sprechen konnte, in dem ausgesprochen strenge Sitten herrschten, was das Zusammenleben von Mann und Frau anbelangte. Selbst wenn man sich in arabischen Familien umeinander kümmerte, wie Yassin immer wieder betont hatte, konnte sich Rosina beim besten Willen nicht vorstellen, dass der Koran ein Liebesverhältnis zwischen Mutter und Stiefsohn gutheißen würde.

Vielleicht war es gar nicht angezeigt, sich allzu viele Gedanken zu machen. Eine kurze Affäre, die, wenn man es geschickt anstellte, im Verborgenen bliebe, würde sicher keine schwerwiegenden Folgen haben.

In ein paar Wochen, wenn die erste Lust verebbt ist, hat er mich schnell wieder satt, dachte Rosina. Sie versuchte, sich mit einem Fächer ein wenig Kühlung zu verschaffen im überhitzten Taxi. Yassin war zu jung, um als Ehemann für sie in Frage zu kommen. Ganz davon abgesehen, welch einen Skandal eine solche Verbindung im Emirat auslösen würde. Aber auch im liberaleren Europa fiel eine Frau, die einen deutlich jüngeren Mann heiratete, aus dem Rahmen. Man konnte es natürlich auf die simple Tatsache reduzieren, dass zwei Menschen, die einander mochten, sich gegenseitig Vergnügen verschafft hatten. Punktum. Doch so überwältigend der Liebesakt mit Yassin auch gewesen war, so war sich Rosina dennoch sicher, dass zumindest bei ihr mehr dahintersteckte als das reine Bedürfnis nach Lustbefriedigung. Ihre Gefühle für Yassin waren intensiv. Das hatte sie schon bemerkt, bevor sie mit ihm intim geworden war. Sie war gerne mit ihm zusammen, weil er aufmerksam war und höflich, weil er Rücksicht auf ihre Wünsche nahm und sie ermutigte, wenn dies nötig war. Beispielsweise als sie im Zweifel war, ob sie die Stelle in der Arztpraxis annehmen sollte.

Sie mussten heute Abend dringend miteinander reden, nahm sich Rosina vor. Es war vermutlich zwecklos, Yassin zur Vernunft zu ermahnen und ihn zu bitten, Abstand von ihr zu halten. Die Leidenschaft, mit der er sie genommen hatte, war überzeugend gewesen, so überzeugend, dass auch Rosina von diesem Sog mitgerissen wurde. Man konnte es drehen und wenden, wie man wollte, aber sie und ihr Stiefsohn waren jetzt ein Liebespaar. Das hieß, es ging vor allem darum zu überlegen, unter welchen Bedingungen diese hochbrisante Verbindung funktionieren konnte.

Als Rosina am Abend von der Arbeit zurückkehrte, wartete Yassin bereits ungeduldig auf sie.

»Ich habe mir gedacht, dass wir in ein Restaurant gehen. Dort können wir uns in Ruhe unterhalten«, schlug er gleich vor.

»Lass mich erst einmal ankommen. Ich bin völlig durch den Wind. In der Praxis habe ich keinen klaren Gedanken fassen können«, stöhnte Rosina.

»Bereust du es schon?«, fragte Yassin unsicher.

»Ach, du Dummkopf. Wie könnte ich so etwas Schönes bereuen?«

Im beliebten Zaman-Restaurant, das für seine arabischen Spezialitäten weit über Kuwait hinaus bekannt war, musste Yassin ständig den Impuls unterdrücken, Rosinas Hand zu ergreifen und sie zu küssen.

»Vielleicht war es doch keine so gute Idee, hierher zu kommen. Zu Hause könnte ich dich wenigstens umarmen und streicheln«, sagte Yassin.

»Und was machen wir so lange mit den Kindern?«

»Die gehen doch irgendwann ins Bett, und dann sind wir allein.«

»Und was würden wir dann tun?«

»Na, das Gleiche wie heute Morgen – nur etwas ausführlicher, denke ich«, grinste Yassin.

»Ich habe den ganzen Tag darüber nachgedacht, ob wir nicht einen fürchterlichen Fehler machen. Wenn deine Familie erfährt, dass ...«

»Sie wird es nicht erfahren, Rose. Schau, hier bei uns im Orient gibt es eine Menge strenger Regeln, die alle angeblich respektieren. Zumindest nach außen hin. In Wahrheit hält sich kaum jemand dran.«

»Das ist mir auch schon aufgefallen. Was heißt das für uns?«

»Innerhalb unseres Hauses sind wir ein Liebespaar, sind wir eine Familie mit zwei Erwachsenen und drei Kindern.«

»Und außerhalb?«

»Bin ich wie bisher der Stiefsohn, der der Frau seines verstorbenen Vaters vorübergehend Obdach gewährt.«

»Das verstehe ich. Aber es könnte ja sein, dass wir uns umsonst Gedanken machen, weil du in ein paar Wochen genug von mir hast und dir eine hübsche, zwanzigjährige Araberin suchst, die dir zehn Kindern schenkt.«

»Du weißt, dass das nicht passieren wird.«

»Warum nicht?«

»Ganz einfach: weil ich dich liebe.«

»Ach hör auf, Yassin. Wir kennen uns erst ein paar Wochen, haben einmal miteinander geschlafen, und du sprichst schon von Liebe.«

»Ich habe es schon gewusst damals beim Begräbnis meines Vaters, als ich dir zum ersten Mal begegnet bin.«

»Im Ernst?«

»Im Ernst. Ich habe dein Bild tagelang nicht mehr aus dem Kopf bekommen. Als du später Hals über Kopf aus Gaza weggegangen bist, war ich am Boden zerstört. Ich hätte nicht gedacht, dass ich dich noch einmal wiedersehe.«

»Das ist ja verrückt. Ich fand dich auch auf Anhieb sympathisch. Bei der Beerdigung stand ich allerdings noch so unter Schock, dass ich die Leute um mich herum kaum richtig wahrgenommen habe. Du bist mir trotzdem im Gedächtnis geblieben. Sonst hätte ich dir sicherlich keinen Brief geschrieben und dich um Hilfe gebeten.«

Unter dem Tisch tastete Yassin nach Rosina und schob ihr mit einer sanften Bewegung den Saum des Seidenkleids nach oben, um ihren nackten Oberschenkel zu liebkosen.

»Warte bis nachher, dann kannst du mich streicheln, wo immer du willst. Wir haben noch nicht überlegt, wie wir uns den Kindern gegenüber verhalten.«

»Amina ist auf jeden Fall noch zu klein, um zu begreifen, was gespielt wird. Helmut fliegt in zwei Wochen ins Internat nach Beirut. Bleibt also nur Franz.«

»Ich habe das Gefühl, dass er schon etwas gemerkt hat. Der Kerl hat für so etwas einen siebten Sinn«, war sich Rosina sicher.

»Ich glaube, es wird ihm egal sein. Ich verstehe mich gut mit ihm. Das ist ein prima Junge. Wenn er tatsächlich in ein paar Wochen auf dem Schiff meines Onkels anheuert, hat sich das Problem schon gelöst.«

»Ich hab so meine Zweifel, dass wir das Versteckspiel so lange durchhalten. Ich würde mich am liebsten auf der Stelle auf dich stürzen und dich vernaschen.«

»Worauf warten wir dann noch?«

»Ich dachte, wir kriegen noch ein Dessert.«

»Heute Nacht bist du mein Dessert, Rose«, flüsterte Yassin, ehe er den im Frack gekleideten Kellner aufforderte, ihm die Rechnung zu bringen: »Wenn's geht, schnell, wenn ich bitten darf.«

Der Schutzengel

Na, was sagst du, Abbas? Dein Sohn und ich sind ein Liebespaar. Ist das nicht unglaublich? Hast du dabei etwa deine Finger im Spiel gehabt?

Es war schon eine Weile her, dass Rosina zuletzt Zwiesprache mit ihrem verstorbenen Mann gehalten hatte. Sie hatte sich gleich nach seinem Tod angewöhnt, mit ihm zu reden. Zuerst bei ihren täglichen Besuchen am Grab in Gaza, später, auf ihrer Reise durch Europa, meistens nachts, wenn sie nicht schlafen konnte und sich vor Sorge im Bett irgendeiner ländlichen Pension herumwälzte. Sie hatte versucht, sich vorzustellen, was Abbas ihr in der jeweiligen Situation geraten hätte. Und dieser stumme Dialog mit seinem Geist im Jenseits hatte ihr stets geholfen, Entscheidungen zu treffen. Abbas war ihr Schutzengel gewesen, als zudringliche Männer sich an ihr vergreifen wollten, wie in Thessaloniki geschehen. Er hatte auf sie aufgepasst, als die Buben an der griechischen Grenze vorübergehend verloren gegangen waren. Und er hatte sie auf Umwegen zielsicher zu Yassin geführt, der ihr turbulentes Leben wieder in ruhige Fahrwasser gebracht hatte.

Du bist ein weiser Mann, mein Abbas. Du hast es so eingerichtet, dass Yassin ab jetzt mein Schutzengel sein wird. Du hast gewusst, dass er mir ohne zu zögern seine Zukunft opfern würde. Doch ich bin unsicher, ob ich dieses große Geschenk annehmen darf. Mein Kopf sagt eindeutig Nein, mein Herz dagegen genauso unzweifelhaft Ja. Es gibt diesen alten Spruch »Wie der Vater, so der Sohn«. Manchmal ist an solchen Weisheiten etwas dran. Ich erkenne dich in Yassin wieder. Es ist, als wärst du wiedergeboren worden in einem jüngeren Körper.

Oh, Abbas, ich schäme mich nicht zuzugeben, dass mich dieser junge Körper unglaublich erregt, wenn wir miteinander Liebe machen. Yassin ist längst nicht so sanft und einfühlsam, wie du es warst. Doch dafür reißt er mich mit seiner Leidenschaft jedes Mal so sehr mit, dass mir hinterher die Beine zittern. Vielleicht geziemt es sich für eine Frau meines Alters nicht, so zu reden. Aber wenn ich mit Yassin zusammen bin, fühle ich mich wie ein junges Madel, wie in meinen Backfisch-Jahren daheim in Wien. Es ist nicht zu fassen, aber er verehrt mich wie eine Göttin – trotz der schlaffen Haut, die sich zunehmend an meinen Oberschenkeln zeigt, trotz der Fettpolster auf meinen Hüften und trotz meiner nicht mehr ganz so stolzen Brüste, die den Naturgesetzen gehorchend an Schönheit und Festigkeit eingebüßt haben.

Sag mir, Abbas, womit habe ich dieses unerwartete Glück verdient? Ich war meinen Kindern sicherlich nicht immer eine gute Mutter. Den Franz, meinen Burli, habe ich einfach beim Ludwig zurückgelassen. Helmut, mein Kuki, hat dauernd die Schule wechseln müssen und wegen meiner Rastlosigkeit so oft seine Freunde verloren. Tja, und Amina, unsere süße Tochter, hat ihre ersten Lebensjahre praktisch auf der Straße verbracht.

Sei beruhigt: Es geht ihnen gut, seit wir bei Yassin in Kuwait sind. Das ist immerhin ein Trost. Vor allem Amina entwickelt sich prächtig. Vielleicht schaust du ja von oben zu, wenn sie in ihrem Tütü die ersten Ballettschritte übt. Mein Gott, sieht sie niedlich aus dabei. Ich könnte weinen, so sehr berührt mich das. Obwohl ich im Augenblick zum Weinen überhaupt keinen Anlass habe. Stell dir vor, Abbas, ich arbeite wieder. In einer Arztpraxis. Es läuft gut, auch wenn ich aufpassen muss. Mein Chef fängt schon an, mir merkwürdige Blicke zuzuwerfen. Ich weiß, wie das enden kann. Zum Beispiel mit einem Rauswurf wie in Kairo.

Außerdem gibt es keinen Grund mehr, mich auf irgendwelche Affären einzulassen. Denn ich liebe Yassin. Ich kann diesen Satz einfach so aussprechen, ohne dass es mir peinlich ist, weil es der Wahrheit entspricht. Wir beide gehören zwar verschiedenen Generationen an, was hin und wieder mal zu Meinungsverschiedenheiten führt, speziell wenn es um die Erziehung von Amina geht. Doch das Band, das uns verbindet, ist so fest, dass der Altersunterschied – zumindest momentan – keine Rolle spielt.

Du solltest uns sehen, wenn wir mit unseren Freunden die Nächte durchfeiern, als wären wir nicht mitten in der Wüste, sondern in einem Nachtklub in Kairo. Wir haben eine Menge Spaß zusammen, dein wunderbarer Sohn und ich. Gott sei Dank gibt es hier genug Leute, die sich ihre Lebensfreude von den miesepetrigen Kuwaitis nicht verderben lassen. Offiziell heißt es ja, im Emirat gebe es ähnlich wie in Saudi-Arabien keinen Alkohol in der Öffentlichkeit – Drogen und Prostitution sowieso nicht. Darüber kann ich nur lachen. Diese Scheinheiligkeit der Araber ist etwas, was mich wirklich stört. Und natürlich die fehlende Freiheit, die mich ein wenig an unsere Zeit in der DDR erinnert. Mit dem Unterschied, dass die Spitzel im real existierenden Sozialismus ihren Job besser machten als die muslimischen Sittenwächter hier.

Ich will jetzt noch nicht darüber nachdenken, Abbas, aber ich fürchte, dass ich nicht bis an mein seliges Ende in Kuwait bleiben werde. Sicher, man kann sich an die Mentalität der Leute gewöhnen, an all die verschleierten Frauen und die

Männer mit Burnus. An die glühende Wüste und das scharfe Essen. Aber ich sehne mich manchmal schon arg nach dem frischen Grün des Wienerwalds und dem Schnee der Alpen. Solange Helmut noch zur Schule geht und Franz seinen Weg noch nicht gefunden hat, werde ich mich nicht von diesem Ort wegbewegen. Ganz gleich, was passiert. Ich weiß nur, irgendwann werden wir zurück nach Europa gehen, und Yassin wird mich dabei begleiten. Er spricht schon ein paar Brocken Deutsch, was sich teilweise sehr lustig anhört. Aber er lernt unglaublich schnell, das muss ich sagen.

Vielleicht könnte er eine Stelle in der Botschaft eines arabischen Landes in Deutschland oder Österreich bekommen. Mit seinen Sprachkenntnissen und seinem Charme müsste das eigentlich klappen. Yassin hat einen guten Einfluss auf meine Söhne, die in den letzten Wochen wesentlich zielstrebiger geworden sind. Ich hatte mir für Franz sicher etwas anderes vorgestellt als Schiffsjunge auf einem Fischkutter. Aber leider ist seine Schulbildung so lückenhaft – daran bin ich wohl im Wesentlichen schuld –, dass er weder in Kuwait noch in Europa Aussichten hat auf höhere Posten. Dennoch erstaunt mich immer wieder, wie lebensklug dieser Bub ist, wie gut er mit Menschen umgehen kann. Vor allem mit Menschen weiblicher Natur. In dieser Beziehung ist er schon jetzt ein richtiger Matrose: in jedem Hafen eine Braut. Er scheint da ein wenig nach mir zu schlagen …

So, Abbas, mein Liebster: Drück mir die Daumen, dass wir unser Glück, das sich in der Person von Yassin so unvermutet bei uns eingestellt hat, noch lange genießen können. Ich entbinde dich hiermit von deiner schwierigen Aufgabe, mein Schutzengel zu sein. Du kannst jetzt endlich in Frieden ruhen. Wer weiß, vielleicht sehen wir uns ja in einem anderen Leben wieder.

Epilog

Amina ist eine Frau von sechzig Jahren mit einem runden, hübschen Gesicht und hellbraunen, halblangen Haaren. Was an ihr besonders auffällt, sind ihre tiefdunklen, wachen Augen. Ich sitze gemeinsam mit ihren Brüdern Franz und Helmut auf der Terrasse ihres Hauses im Rheinland, um zu versuchen, die abenteuerliche Lebensgeschichte ihrer Mutter zu rekonstruieren. Auf dem Tisch stehen neben etlichen Flaschen Wein auch arabische Spezialitäten. Das Gespräch zieht sich bis in die späte Nacht hinein.

Amina erzählt

Ehrlich gesagt: Ich war mehr als geschockt, als mein Bruder Franz auf die Frage des Autors, ob meine Mutter ein Verhältnis mit meinem Halbbruder Yassin gehabt habe, ohne zu zögern mit Ja antwortete. Ich bin buchstäblich aus allen Wolken gefallen. In den Tagen nach unserem Gespräch verspürte ich eine unsägliche Wut auf meine Mutter. Ich fühlte mich tief verletzt. Sie hatte mir nie etwas davon gesagt. Und ich selbst hatte nicht die geringste Ahnung von dieser Beziehung, obwohl ich jahrelang mit beiden in einem Haushalt gelebt hatte.

Ich war sogar so sauer, dass ich zur Stadtverwaltung ging, um das Grab meiner Mutter vorzeitig einebnen zu lassen. Weil die Ruhezeit der Grabstätte ohnehin in Kürze abläuft, verzichtete ich darauf. Sowohl meine Mutter als auch Yassin sind schon lange tot, was mir leider die Möglichkeit nimmt, diese Geschichte für mich aufarbeiten zu können. Meine Brüder waren an besagtem Abend erstaunt, dass ich nichts davon gewusst hatte, dass meine Mutter und Yassin ein Paar waren und zumindest in Kuwait auch als solches auftraten, wenn sie sich in Gesellschaft von vertrauten Personen befanden. Ich war zu diesem Zeitpunkt noch ein Kind von vier, höchstens fünf Jahren. Aber später, als wir zusammen in Deutschland lebten, hätte mir auffallen müssen, in welchem Verhältnis diese mir so wichtigen Menschen zueinander standen.

Wenn ich zurückblicke, habe ich noch mehr Gründe, wütend auf meine Mutter zu sein. Zum Beispiel wegen der Tatsache, dass ich dreizehn Mal die Schule wechseln musste. Nicht, wie man denken könnte, wegen schlechter Leistungen oder aus disziplinarischen Gründen. Nein, es war ihre unbegreifliche Ruhelosigkeit, die mich und meine Brüder zwang, immer wieder von vorne anzufangen, wenn wir uns gerade irgendwo eingewöhnt und Freunde gefunden hatten. Immerhin blieben wir fast sechs Jahre im Haus von Yassin. Wie Franz mir versicherte, begann die Liebesbeziehung zwischen Mama und Yassin schon wenige Tage, nachdem wir in Kuwait angekommen waren. Herrgott, er war doch so viel jünger als sie!

Aber so war das ja wohl immer: Die Männer flogen nun mal auf meine Mutter. Selbst als ich später meinen ersten Freund hatte und der mich manchmal zu Hause abholte, kriegte er immer glänzende Augen, wenn Mama ihm die Tür öffnete und kurz mit ihm plauderte. Trotzdem: Yassin war mein Bruder, vielmehr mein Halbbruder, gleichzeitig ersetzte er mir den Vater, den ich nie kennengelernt hatte. Wenn ich daran denke, dass sie …

Nein, lieber nicht. Das bringt mich nur noch mehr durcheinander, als ich ohnehin schon bin. Es führt mir nur einmal mehr vor Augen, welch eine außergewöhnliche Persönlichkeit meine Mutter doch war. Mit all ihren Stärken und Schwächen. Sie war eine Frau, die auf Konventionen pfiff, die dorthin ging, wo der Wind sie hintrieb. Manchmal ohne Rücksicht auf Verluste, wie meine Brüder bestätigen können, deren Leben vermutlich anders verlaufen wäre, wenn Mama ein wenig sesshafter gewesen wäre.

Was mich im Nachhinein am meisten an ihr fasziniert hat, ist der ungeheure Mut, den sie hatte – selbst noch in höherem Alter, als sie von heute auf morgen ihre Koffer packte und vom Rheinland in den Westerwald umzog, um dort ein Seniorenheim zu leiten. Und mich wieder einmal allein zurückließ bei Yassin, der damals keine allzu große Lust hatte, sich um ein pubertierendes Mädchen mit argen Verlustängsten zu kümmern.

Meine Mutter stammte aus einer kleinbürgerlichen Familie mit ungarischen Wurzeln, ihre Eltern ließen sich scheiden. Sie verfügte über keine höhere Schulbildung und musste schon früh selbst ihr Geld verdienen. Sie hätte sicherlich beim Ludwig, ihrem ersten Mann, bleiben und in Wien ein normales Leben führen können mit ihren beiden Jungen. Das vermutlich ziemlich ereignislose Leben einer Hausfrau mit Kindern, so wie das in den Fünfziger- und Sechzigerjahren üblich war. Das war ihr jedoch nicht genug. Sie wollte raus. Koste es, was es wolle. Und dabei hat sie das einzige Kapital eingesetzt, das sie hatte: ihr gutes Aussehen. Es war nicht so, dass sie einfach nur hübsch war. Das war sie zweifelsohne. Sie hatte darüber hinaus jedoch eine Ausstrahlung und einen Charme, die insbesondere auf Männer eine starke Wirkung ausübten.

Der ägyptische Arzt, der ihr die Stelle in einem Hospital in Kairo vermittelte, kannte sicherlich den Unterschied zwischen einer Röntgenassistentin und einer Krankenschwester. Er war einfach von ihr begeistert, da spielte die fehlende Qualifikation am Ende keine Rolle. Dass Mama später eine Affäre mit ihm hatte, ist kaum verwunderlich. Feministinnen würden ihr höchstwahrscheinlich vorwerfen, dass sie sich in die besseren Kreise regelrecht hochgevögelt hat, um es einmal derb auszudrücken. Aber jetzt mal ehrlich: Welche Chancen hatten Frauen damals, nur durch Fachkompetenz oder besonderen Arbeitseinsatz nach oben zu kommen? So gut wie keine, denke ich. Wir reden hier von einer Zeit, als die Ehefrau ihren Mann um Erlaubnis fragen musste, wenn sie arbeiten gehen wollte.

Wenn ich mir vorstelle, was es heißt, seine beiden Kinder beim Vater zu lassen und mit null Ahnung und null Sprachkenntnissen in ein unbekanntes Land zu reisen, um dort in einem Krankenhaus zu arbeiten, dann muss ich sagen: Meine Mutter hatte Courage, und zwar nicht zu knapp. Ein halbes Jahr später war sie schon Leiterin des Hospitals – so geschehen erst in Kairo und so geschehen wenig später in Gaza. Dass sie beste Kontakte zu wichtigen Leuten hatte, mag da sicher geholfen haben. Aber wie meine Brüder versichern, war Mama auch außergewöhnlich tüchtig. Sie konnte fabelhaft improvisieren und hatte vor nichts und niemandem Angst.

Ich meine, wer marschiert schon als Rot-Kreuz-Schwester einfach mal so zur israelischen Armee, um deren Generäle darauf hinzuweisen, dass sie ihre ägyptischen Kriegsgefangenen gefälligst ordentlich zu behandeln haben, statt sie hungern zu lassen? Dafür muss man schon eine große Portion Chuzpe haben. Später in Kuwait hat sie über ihre Beziehungen zu Botschaftsmitarbeitern und Ministerialbeamten Audienzen bei den Scheichs bekommen, um diesen zum Beispiel zu raten, den Müll nicht einfach mitten in die Wüste zu kippen, sondern das vor sich hin rottende Zeug wenigstens mit Erde abzudecken. Kein Blödsinn! Hat sie gemacht. Und was das Erstaunlichste ist: Die Scheichs haben auf sie gehört und auch ihren Vorschlag umgesetzt, im großen Stil Entsalzungsanlagen zu bauen und große Wasserreservoire anzulegen. Ich würde mal sagen: nicht schlecht für ein Mädel aus der Wiener Vorstadt.

Ein Kind von Traurigkeit war sie ganz sicher nicht. So erzählen meine Brüder beispielsweise immer von feuchtfröhlichen Partys, die nach dem Tod meines Vaters in unserem Haus in Gaza gefeiert wurden. Es gibt ein Schwarz-Weiß-Foto, auf dem Mama in einer Bar in Kairo neben dem späteren ägyptischen Präsidenten Anwar el-Sadat sitzt – als Grand Dame, mit einer Zigarette im Mund. Beide haben offensichtlich beste Laune und amüsieren sich mit den anderen Gästen beim Auftritt einer Bauchtänzerin. Ich selbst kann mich noch dunkel erinnern, dass es auch in unserem Haus in Kuwait häufig hoch herging. Und dabei wurde reichlich Alkohol konsumiert, wie ich mir habe sagen lassen. Einmal fuhr ich als kleines Mädchen mit Mama und Yassin am späten Abend an einen einsamen Ort am Meer. Als wir dort ankamen, gab Yassin ein Lichtzeichen mit der Taschenlampe. Kurz darauf kam ein Boot an Land, das kistenweise Whisky geladen hatte, der bei uns im Kofferraum verschwand. Der Familienausflug wurde quasi zur Schmuggeltour genutzt. Unfassbar, wenn man darüber nachdenkt. Speziell bei den drakonischen Strafen, mit denen Alkohol- oder Drogenschmuggel seinerzeit in Ländern wie Kuwait oder Saudi-Arabien geahndet wurden. By the way: Geschlechtsverkehr zwischen nicht verheirateten Personen war ebenfalls unter Strafe gestellt, was Mama und Yassin offenbar nicht die Bohne gekümmert hat.

In Kuwait arbeitete Mama nach einer kurzen Zeit der Eingewöhnung wieder regelmäßig. Zuerst als Sprechstundenhilfe bei einem Arzt, später wechselte sie in ein Krankenhaus nach Katar. Zeitweise gab sie sogar Ballettunterricht, obwohl sie nie selbst getanzt hatte. Das nötige Knowhow brachte ihr eine pensionierte Ballettmeisterin bei, die in unserer Nachbarschaft wohnte. Und meine Mutter lernte schnell, das muss man sagen. Denn unsere Balletttruppe, zu der auch ich gehörte, trat in selbst genähten Rokoko-Kostümen sogar im kuwaitischen Fernsehen auf.

Nach unserem Weggang von Kuwait Ende der Sechzigerjahre waren Mama und Yassin für eine kurze Zeit getrennt. Yassin studierte ein weiteres Mal in England, während meine Mutter und ich mit dem Bus und dem Zug elend lange durch den Nahen Osten und die Türkei nach Österreich reisten. Wir wohnten zunächst bei der Mutter eines Freundes, der unser Haus in Kuwait übernommen hatte. Ich weiß nicht mehr, warum wir irgendwann in Frankfurt landeten. Jedenfalls kam Mama am Hauptbahnhof mit einer älteren Frau ins Gespräch, die im Rheinland, genauer gesagt in Düren lebte und allein in einem großen Haus wohnte. Sie bot uns an, bei ihr unterzukommen Meine Mutter sollte sich als Gegenleistung ein wenig um die behinderte Dame kümmern. Das ging allerdings nicht lange gut. Mama mietete eine kleine Wohnung in der Nähe und bewarb sich bei einer Maschinenbaufirma. Eigentlich wollte sie sich dort im Büro nützlich machen. Weil jedoch nur in der

Produktion eine Stelle frei war, fing sie dort an zu arbeiten. Es dauerte jedoch nicht lange, bis sie sich mit der Familie des Firmenchefs bekannt gemacht hatte und einen weniger anstrengenden Posten im Betrieb erhielt. Ich ging derweil in die Schule und musste mich häufig der Anfeindungen von Kindern aus der Nachbarschaft erwehren, die es – warum auch immer – auf mich abgesehen hatten.

Der Firmenchef vermittelte meiner Mutter ein paar Jahre später eine Imbissbude in Langerwehe, einem größeren Ort in der Nähe von Düren. Dort wollte sie sich selbstständig machen. Mama merkte jedoch schon nach ein paar Monaten, dass die Fritten- und Würstchenbraterei nichts für eine Frau ihres Formats war, weshalb sie das Geschäft Yassin überließ, der aus England zurückgekehrt war und wieder bei uns wohnte. Meine Mutter nahm stattdessen einen Job in einem Altenheim an, und wieder einmal zogen wir um. Diesmal in ein kleines Dorf an einem Stausee zwischen Düren und Aachen.

Die letzten Jahre ihres Berufslebens verbrachte sie im Westerwald, wo sie als Leiterin eines Pflegeheims tätig war. Nachdem Yassin keine Lust mehr hatte, sich mit mir und meinen Teenager-Launen herumzuschlagen, setzte er mich eines Tages, als wir uns wegen irgendeiner Kleinigkeit gestritten hatten, ins Auto und brachte mich in den Westerwald. Ich kann mich noch gut an seine Worte erinnern, als er mich bei meiner Mutter ablieferte: Hier ist deine Tochter. Kümmer dich drum, sagte er nur.

Im Westerwald schaffte ich immerhin die mittlere Reife auf der Handelsschule, was bei meinen häufigen Schulwechseln schon ein kleines Wunder war. Ich wollte danach in einem Modegeschäft in der Nähe von Neuwied eine Lehre machen. Der Laden war eigentlich ganz gut, nur der Chef war reichlich seltsam, weshalb ich schon nach wenigen Tagen nicht mehr hinging. Yassin, der uns fast jedes Wochenende besuchte, verdiente zu diesem Zeitpunkt nicht nur viel Geld mit seiner Imbissbude. Er hatte auch noch eine Diskothek eröffnet, die bombig lief und jede Menge Gewinn abwarf. Er kam eines Tages zu mir und lud mich zu einem Ausflug ein. Wir fuhren ein paar Kilometer durch die Gegend, bis er in einem größeren Ort vor einem Geschäft anhielt.

Ich fragte ihn, was wir hier wollten. Er grinste breit und zeigte auf ein leer stehendes Ladenlokal. Das wird deine neue Boutique. Ich richte sie für dich ein, strahlte er. So war Yassin, mein Bruder: herzensgut und großzügig. Aber er konnte auch ausgesprochen ungemütlich werden, wenn mir Jungs gegen meinen Willen zu nahe auf die Pelle rückten. Er hatte mir gegenüber einen ausgeprägten Beschützerinstinkt. Als früherer Gewichtheber und Boxer war Yassin jederzeit in der Lage, sich Respekt zu verschaffen, was er als Betreiber eines Tanzlokals hin und wieder auch tun musste. Damals waren – zumindest auf dem platten Land – Türsteher weitgehend unbekannt.

Die Boutique, die ich mit zwanzig Jahren eröffnete, erwies sich als Goldgrube. Wenig später heiratete ich zum ersten Mal und bekam einen Sohn. Die Ehe hielt nicht lange, ebenso wenig wie meine zweite, aus der mein zweiter Sohn hervorging. Mit Ende zwanzig lernte ich schließlich meinen dritten Mann kennen, mit dem ich nun schon seit über dreißig Jahren zusammenlebe.

Den Wandertrieb meiner Mutter habe ich gottlob nicht in den Genen. Im Gegenteil: Ich bin ausgesprochen sesshaft. Und ich habe mich nicht nur um meine beiden leiblichen Söhne liebevoll und intensiv gekümmert, sondern im Laufe der zurückliegenden Jahrzehnte dreißig Pflegekinder, Jungen wie Mädchen, betreut. Zu vielen halte ich auch nach deren Auszug aus unserem Haus engen Kontakt. Es wäre mir nie in den

Sinn gekommen, auch nur eines dieser Kinder im Stich zu lassen. Ohne meinen Mann Achim, der mich immer und zu allen Zeiten unterstützt hat, hätte ich diese mitunter schwierige Aufgabe kaum bewältigen können. Er war stets mein Fels in der Brandung. Pflegemutter zu sein war für mich fast so etwas wie eine Berufung, die allerdings auch viele Nerven gekostet hat, wie ich zugeben muss.

Nach dem Tod meiner Mutter, die die letzten Monate ihres Lebens in einem Pflegeheim bei uns in der Nähe verbrachte, begann ich zu malen und bildhauerisch tätig zu sein. Meine Arbeiten, überwiegend abstrakte Gemälde, erfuhren so viel Zuspruch, dass ich mich entschloss, eine eigene Galerie zu eröffnen. Mama starb Anfang der Nullerjahre im Alter von zweiundachtzig Jahren – nach einem, wie ich finde, sehr aufregenden Leben. Sie überlebte Yassin immerhin um sechs Jahre. Mein Halbbruder wurde nur einundsechzig Jahre alt und erreichte wie alle Söhne von Abbas Ben Harun kein hohes Lebensalter. Malik, sein ebenfalls in Deutschland lebender jüngerer Bruder, starb bereits mit einundfünfzig. Damit Maliks Frau und seine beiden Kinder versorgt wurden, heiratete Yassin seine Schwägerin aus Pflichtgefühl seiner Familie gegenüber. Wie gesagt: Er war eine Seele von Mensch. Ich vermisse ihn nach den all den Jahren immer noch sehr als Freund und Ratgeber.

Und was wurde aus deinen Brüdern? Das werde ich häufiger gefragt, wenn ich im engen Freundeskreis die Geschichte meiner Mutter erzähle. Franz ist mittlerweile dreiundsiebzig Jahre alt und lebt in seiner Geburtsstadt Wien. Nachdem er in Kuwait einige Jahre auf einem Fischtrawler gearbeitet hatte, bot ihm seine Reederei an, nach Norwegen auf ein größeres Schiff zu wechseln. Dort lernte er eine junge Norwegerin kennen, mit der er in einer lauen Mittsommernacht eine Tochter zeugte. Die beiden wollten zusammen nach Österreich gehen, doch dazu kam es nie. Franz kehrte allein nach Wien zurück, wo er als Lastwagenfahrer und als Taxichauffeur jobbte und zwischendurch in einer Tankstelle angestellt war, die er später als Selbstständiger übernahm. Erfolgreich als Geschäftsmann war Franz mit einer Firma, die Heizöl und Gas vertrieb. Er heiratete in den 1970er-Jahren eine Wienerin, mit der er zwei Töchter bekam. Die Ehe hat nach wie vor Bestand. Franz hat sich in seinem mittlerweile beschaulichen Leben als Rentner gemütlich eingerichtet.

Mein Bruder Helmut bewies, was die Ehe anbelangt, ähnlich wie ich nicht ganz so viel Durchhaltevermögen. Er war zwei Mal verheiratet und lebt jetzt mit seiner Lebensgefährtin im Hessischen. Helmut ist inzwischen neunundsechzig Jahre alt. Nachdem wir Kuwait verlassen hatten, arbeitete er wie Franz zunächst auf einem Schiff. Später absolvierte er eine Ausbildung in der Gastronomie. Danach war er lange Zeit in renommierten Hotels tätig, ehe er ein eigenes Geschäft für Teppiche und Antiquitäten eröffnete, das er vor einigen Jahren mit Gewinn verkaufen konnte. Helmut hat keine Kinder.

Zu meiner arabischen Verwandtschaft, die unter anderem in Jordanien und in Kanada lebt, unterhalte ich nach wie vor enge Kontakte. Die Töchter meines Vaters Abbas Ben Harun leben bis auf eine, die vor Kurzem gestorben ist, noch alle. Es ist eine große Freude, wenn ich sie besuche. Bei diesen Gelegenheiten werde ich immer an meine arabischen Wurzeln erinnert, auf die ich sehr stolz bin.

Danksagung

Diese wundervolle und vor allem wahre Lebensgeschichte hätte ich ohne die detaillierten Schilderungen der Kinder von Rosina nie zu Papier bringen können. Deshalb ein großes Dankeschön an Muna, Norbert und Gunter, die jederzeit bereit waren, meine hartnäckigen Nachfragen zu beantworten. Meiner Ehefrau Barbara schulde ich Dank für ihre immer währende Unterstützung, die sie mir während des Schreibprozesses angedeihen ließ.